Für meine Familie und Freunde

© 2022 Berit Ullmann

Autor: Berit Ullmann
Umschlaggestaltung, Illustration: Berit Ullmann

ISBN: 9783756217762

Herstellung und Verlag: BoD – Books on Demand, Norderstedt

Berit Ullmann

Zwergisches

Zwergisch

Inhaltsverzeichnis

Geröll

Vor langer, langer Zeit machten sich zwei Zwerge auf den Weg, ihre schöne Heimat im Nimmersangtal zu verlassen, um die große, weite Welt zu erkunden. Auf dem Rücken ihrer beiden Minishetties, Mickey und Mini, sah die Welt schon viel größer aus. Frohen Mutes hatten sie Proviant, den leckeren Blaubeerkuchen von Oma Matilda, mitgenommen und bogen rechts am großen Apfelbaum, der war immerhin so hoch, dass noch kein Zwerg es je geschafft hat, die Baumkrone zu sehen, in die Hauptstraße ein. Sie ritten vorbei an Seppels Schneiderei, der die besten Lederhosen im ganzen Nimmerwald und nicht nur in Zwerghausen herstellte und winkten fröhlich der buckligen Bäckerin zu. Schon bald konnten sie das leise Plätschern des Wasserfalls hören, der ihren Aufstieg in den Nimmerwald ankündigte und damit den Beginn ihrer Reise.

Die Sonne schien und sie ritten singend dem Nimmerwald zu. Langsam ging es bergauf. Die kleinen Shetties bewegten sich rasch vorwärts. Sie freuten sich, so einen schönen Ausritt machen zu dürfen. Doch plötzlich hörte die Straße auf. Vor den Zwergen lag eine Geröllhalde, die Schlimmes ahnen ließ.

Ein Erdrutsch! Damit hatten sie nicht gerechnet, wie sollten sie auch. Es war ja niemand in das Tal gekommen, der es ihnen hätte sagen können. Ratlos sahen sie sich um. Mit den Shetties konnten sie nicht über die Geröllhalde, dazu war sie viel zu groß. Sie konnten ja nicht einmal sehen, wo der Weg weiterging. Aber aufgeben wollten sie nicht. Auf gar keinen Fall. Und schon gar nicht so kurz nach dem Beginn ihrer Reise. Sie mussten einen Weg finden, dieses Hindernis zu überwinden.

Nach einer kleinen Stärkung, die Mattis, der etwas verfressene Zwerg, dabei hatte, fiel dem zweiten Zwerg Thea ein, dass es einen kleinen Bergpfad gab, auf dem sie den versperrten Weg umreiten konnten. Es ist zwar ein sehr mühsamer und auch gefährlicher Weg, auf dem schmalen Pfad direkt am Abgrund entlang zu reiten, aber dennoch entschlossen sie sich diesen Weg zu nehmen. Mattis war zwar ein kleiner Angsthase, dennoch ließ er sich von Thea überreden. Sie hatten ja ihren Reiseproviant schon verzehrt und am Ende des schmalen Bergpfads gab es eine Taverne, wo sie ihre Wegzehrung wieder auffrischen könnten. Damit köderte Thea ihren kleinen, molligen Kollegen.

Die Sonne neigte sich schon langsam gen Horizont und die Bäume des Waldes warfen lange Schatten, so dass die Schlucht rechts neben ihnen noch um einiges tiefer wirkte. Mickey stapfte sicheren Schrittes dicht an der sicheren, haltbietenden Wand des Berges an der Schlucht entlang und Mattis trieb sein zu ihm passendes molliges Reittier an, es Mickey und seiner Reiterin gleich zu tun. Doch Mini streikte, tänzelte und bewegte sich gefährlich nahe auf den Abgrund zu. Vielleicht war das doch keine gute Idee gewesen in Sam Weißgamschis und Frodos Fußstapfen zu treten. „Wir sind doch nur Zwerge!" schnaufte Mattis, als er vergeblich versuchte, sein Ross an die sichere Seite des Berges zu treiben. Wenn er an seinem Bein hinuntersah, schwebte sein Fuß bedrohlich über einem schwarzen Nichts. „Hey! Thea! Warte auf mich!" rief er seiner Gefährtin zu. Der sich windende Weg versperrte die Sicht und er hoffte nur, dass Theadora, Thea, nicht allzu weit vorangeritten war. Er konnte doch jeder Zeit mit diesem störrischen Esel von Mini abrutschen!

Plötzlich hörte er ein ohrenbetäubendes Poltern nur wenige Meter vor ihm, hinter der nächsten Biegung und einen gellenden Schrei.

Mattis war starr vor Schreck. Selbst Mini bewegte sich keinen Schritt mehr. Was sollte er nur tun? „THEA!" Was ist nur passiert? Sie ist abgestürzt! Was soll ich nur machen? Am besten den ZRD (Zwergischer Rettungs-Dienst) benachrichtigen. Aber wie denn? Selbst wenn es gelänge, auf diesem schmalen Pfad umzudrehen - er würde zu lange ins Tal brauchen (bei den Zwergen im Nimmersangtal gibt es noch keine Handys); dann würde jede Hilfe für Thea zu spät kommen. Mattis' Gedanken schossen wie wild durch seinen Kopf. Wäre er doch im gemütlichen Nimmersangtal geblieben! Aber alles Jammern half jetzt nichts. Er nahm all seinen Mut zusammen und ritt zögernd weiter, Schritt für Schritt. Was würde ihn hinter der Biegung erwarten? Könnte er Thea und ihr Shetty überhaupt ausfindig machen? Die Lage war hoffnungslos! Jeder Schritt vorwärts ließ sein Herz schneller klopfen. Vorsichtig lugte er um den Felsvorsprung. Dann sah er Thea! Und Mickey! Mickey stand dort mit angsterfüllten Augen. Der Pfad war an dieser Stelle nur noch etwa fußbreit und ein Teil fehlte sogar! Thea hing direkt am Abgrund nur noch an einer Baumwurzel und starrte fassungslos und abwesend vor sich hin. Was war nur passiert?

Mattis fühlte einen Moment lang eine merkwürdige Leere in seinem Kopf. Dann hörte er einfach auf zu denken und handelte. „Thea?" fragte er. Sie schien ihn nicht zu hören. „THEA!?" fragte er diesmal lauter, eindringlicher. Langsam drehte Thea den Kopf und sah ihn an. „Halt dich fest! Ich komme!" rief er ihr zu. Langsam und vorsichtig stieg Mattis ab, zwängte sich an der Bergseite an Mini vorbei und band den Zügel an einem kleinen Baum fest, der in einem Felsspalt wurzelte.

Dann drückte er Mini seitwärts gegen den Felsen und befahl ihr „Bleib stehen!". Als er sich Thea zuwendete, wunderte er sich flüchtig darüber, dass das Tier ihn plötzlich zu verstehen schien und sofort gehorchte.

Auf dem Bauch kroch er vorsichtig zu dem Abbruch. Er hörte noch wie Thea flüsterte: „Schnell, ich kann mich nicht mehr ..." als er auch schon zugriff und Thea am Handgelenk erwischte. Zum Glück war Thea deutlich leichter als er, außerdem verbargen sich unter seinen Fettschichten ganz ansehnliche Muskelpakete. Er schaffte es tatsächlich, Thea so weit hochzuziehen, dass sie mit der zweiten Hand nach seinem Arm greifen konnte. Er schob sich Stück für Stück zurück und zog Thea langsam über den Rand. Dann half er ihr sich zu setzen und an den Felsen zu lehnen. „Bleib sitzen, ruh dich etwas aus." sagte er. "Ich bin gleich zurück".

Vorsichtig ging er zur Biegung, an der Mini angebunden war. Sie stand immer noch an der gleichen Stelle, wo er sie verlassen hatte. Er strich ihr über die Nüstern und flüsterte „Braves Tier". Ein kurzes Schnauben war die Antwort. Dann zog er das Seil aus der Packtasche, wickelte es zweimal um die Baumwurzel und zog das kurze Seilende soweit durch, bis von der Wurzel zwei gleichlange Seilenden herabhingen. Dann ging er wieder zu Thea. Es schien, als hätte sie sich wieder erholt. Als sie aufstand fragte er „Alles klar?". „Wieso nicht?" fragte sie zurück. OK, ihr ging es wieder gut. Er war beruhigt. Dann zog er die Seilenden unter seinen Armen hindurch und knüpfte sich mit einem doppelten Palstek einen perfekten Brustgurt.

„Warte" sagte Thea. „Lass mich das machen. Ich bin leichter und falls ich abrutsche, kannst Du mich besser halten". Sie hatte Recht. Mattis brauchte dazu nur einen Blick auf die bröckelige Kante zu werfen. Dort wo vor kurzem noch der Weg weitergegangen war, klaffte nun eine gut 1 Meter große Lücke, die der Erdrutsch mitgenommen hatte. Obwohl so ein Zwerg mit seinem Pony ja nun nicht so viel wog, war das doch zu viel gewesen für dieses bröcklige Gestein und der Boden hatte unter Thea und Mickey nachgegeben. Das Pony war wohl vor Schreck auf die andere Seite in Sicherheit gesprungen und hatte dadurch seine kleine Reiterin verloren. Aber zum Glück hatte sie sich ja festhalten können. Nun ist aber so ein Meter in der Zwergenwelt schon eine beachtliche Strecke, wenn man bedenkt, dass die größten Zwerge gerade einmal an die 90 cm reichen... Aber umkehren wollten die beiden auch nicht, also hieß es zur Tat zu schreiten und weitergehen.

Mattis verzurrte das Seilende als Brustgurt bei Thea. Mit neuem Mut und mit Mattis als Absicherung am anderen Seilende, sprang Thea über die Lücke. Es war ganz leicht! Thea stand still und Mattis hörte sie nur etwas leise murmeln. Er fragte nach, was Thea gesagt hatte. Sie sagte nur: „Ach nichts, alles in Ordnung". Tatsächlich hatte Thea sich etwas geärgert, denn damals, als sie noch für den ZFK (Zwergischer Fünfkampf) trainierte, konnte sie nie aus dem Stand diese Weite springen und jetzt eben war es doch so einfach. Wahrscheinlich lag das an Mattis, der ihr immer und überall den Rücken stärkte und ihr so das nötige Selbstvertrauen gab. Mattis stand immer noch mit fragendem Gesicht auf der anderen Seite und hielt das doppelte Seil mit beiden Händen. Sein Gesicht entspannte sich wieder. Er war froh, dass ihm gerade noch rechtzeitig eingefallen war, vor dem Sprung genügend Seil zu geben. Er mochte sich gar nicht vorstellen was passiert wäre, wenn Thea plötzlich mitten in der Luft von dem Seil abgebremst worden wäre...

Thea löste das Seil von ihrer Brust und befestigte es an Mickeys Sattel. Dann führte sie ihr Shetty so weit nach vorn bis sich das Seil straffte.

Doch dann zog ein Schatten über Theadoras pausbäckiges Gesicht: „Was machen wir denn mit Mini?" fragte sie, „wir können sie doch nicht einfach hier zurücklassen!" Mini war schon um die Ecke gekommen und stand jetzt dicht hinter Mattis. Wie sollten sie denn das Pony über die Lücke schaffen? Fragend und ratlos schauten sie zu dem kleinen Schecken hinüber.

Mini schnaubte ärgerlich, „Was dachten sich die beiden denn! Sie zurücklassen, pah, so ein kleiner Graben war doch nix für ein ausgewachsenes, stolzes Mini-Shetty!" Mit ihrem Anlauf stieß Mini Mattis beinahe beiseite und er taumelte, um sein Gleichgewicht zu behalten. Umzufallen wäre vor Thea doch etwas peinlich gewesen oder (die schlimmere Variante) im Abgrund zu verschwinden wäre fatal gewesen. So führte er einen komisch anmutenden Ententanz auf und bekam gar nicht mit, dass er auf einmal alleine auf seiner Seite der Lücke stand. Denn Mini hatte, wie es sich natürlich für ein ausgewachsenes, stolzes Mini-Shetty gehörte, diesen lächerlichen Meter mit Leichtigkeit überwunden. Dass sie sich danach leicht humpelnd zu Mickey verzogen hatte, hatten die beiden Zwerge in ihrer Aufregung gar nicht mitbekommen.

Als Mattis sich endlich gefangen hatte, ging er zum Abgrund. So viel Mut wie das Pony hätte er auch gerne. Für ihn sah die metergroße Lücke schon bedenklich groß aus. Und Zwerge hatten nun mal kurze Beine! Dafür konnte er natürlich nichts! Ja, wenn er ein großer Gnom wäre, die werden immerhin bis zu 1,10m groß! Ja dann wäre das doch überhaupt kein Problem. Aber ein Gnom - ? Er verlor sich etwas in Gedanken. Nein ein Gnom wollte er doch nicht sein. Es hieß, sie würden ausschließlich Fleisch essen, - für absolute Herbivore wie die Zwerge nicht auszudenken. Und noch schlimmer: es wurde geflüstert, dass sie besonders gerne Gnomfleisch aßen! Das aber war verboten und so wichen sie auf Zwergenfleisch aus (Zwerge waren ihre nächsten Verwandten). Über Mattis Nacken wanderte eine Gänsehaut und er konnte nicht anders als sich umzudrehen, fast erwartend, einen Gnom zu sehen.

„Nun beeil dich!" rief Thea, „Wir wollen hier schließlich nicht übernachten!" Noch immer mit Gänsehaut ergriff Mattis nun das gespannte Seil und hangelte sich über den Abgrund. Erst auf der anderen Seite und hinter Mickey traute er sich wieder zurückzuschauen. Und natürlich waren da keine Gnome, was für ein Dummkopf er doch war. Schnell löste er das Seil von Mickeys Sattel, ließ ein Ende fallen und zog am anderen Ende das Seil komplett zurück. War schon eine gute Idee, das Seil nur um den Baum zu wickeln und doppelt zu führen anstatt zu verknoten! Da zahlten sich die Übungen bei ZTHW (Zwergisches Technisches Hilfswerk) echt aus. Er verstaute das Seil wieder in der Packtasche.

Als dann sein Blick zur Abbruchkante schweifte, musste er lachen. Sie hatten es beide, nein alle vier, auf die andere Seite geschafft! Was für ein Abenteuer! Auch Thea fing an zu lachen und lachend machten sie sich auf, den Rest des schmalen Weges zu erklimmen. Diesmal führten sie ihre mutigen Gefährten allerdings, noch so eine Überraschung brauchten sie ja nun wirklich nicht!

Es wurde auch Zeit! Die Sonne war längst hinter den Bäumen verschwunden und sie mussten die Taverne noch vor Anbruch der Nacht erreichen. Es wäre unverantwortlich, bei Dunkelheit auf diesem gefährlichen Pfad zu übernachten oder weiterzugehen.

Schon kurze Zeit später verbreitete sich der Pfad etwas, mündete auf einen richtigen Weg und da sahen sie auch schon die Lichter der Taverne. Durch das schwindende Tageslicht klang Stimmengewirr herüber, es schien einige Aufregung zu herrschen.

Als sie näher kamen, verstummte das Stimmengewirr plötzlich. Alle Blicke richteten sich auf die Neuankömmlinge. Ein älterer Zwerg erhob sich von einer Bank und ging einige Schritte auf sie zu. „Wo kommt ihr denn her?" fragte er. „Alle Wege in dieser Richtung sind doch verschüttet. Wir sitzen hier seit Tagen fest!" „Bergrutsche, ja, wissen wir" entgegnete Thea. „Wir kommen aus dem Nimmersangtal und wären selber fast abgestürzt" Der ältere Zwerg musterte sie und die Shetties. „Ich habe noch nie gehört, dass jemand das geschafft hat. Ihr müsst erstaunlich viel Mut und ein besondere Form von Glück haben." sagte er nachdenklich. „Aber kommt erst einmal herein und stärkt euch. Ihr müsst ja halb verhungert sein!" Das war Musik in Mattis' Ohren, er hatte ganz vergessen WIE hungrig er war.

Er wollte schon in die Taverne stürmen; da hielt Thea ihn zurück. „Zuerst müssen wir unsere Tiere versorgen", sagte sie. Und richtig, die beiden Ponys sahen sehr mitgenommen aus. Jetzt merkten sie auch, dass Minis Bein angeschwollen war. Dass sie es überhaupt noch bis hierhin geschafft hatte! Etwas ratlos standen Mattis und Thea und betrachteten ihre tierischen Gefährten. Dann war es wieder Mattis, der zur Tat schritt (dabei war er unten im Nimmersangtal als etwas träge bekannt). Er ließ sich von dem Wirt ein sauberes Tuch geben, tränkte es in dem kristallklaren kalten Wasser des vorbeifließenden Nimmerbachs und wickelte es geschickt um Minis Bein. Inzwischen hatte Thea schon einen Eimer mit Wasser besorgt. Die Shetties tranken, als ob sie kurz vorm

Verdursten gewesen wären. Danach durften sie sich über die Wiese der Taverne hermachen.

Dann konnten auch Mattis und Thea endlich an sich selbst denken. Sie waren nicht nur extrem hungrig, sondern auch sehr erschöpft - und sämtliche Knochen schmerzten. Für Mattis war so viel Bewegung ja sehr ungewohnt. Nachdem sie ausgiebig gegessen hatten (sie waren eingeladen und mussten ihre Erlebnisse immer wieder erzählen) und ihre Shetties in den Stall gebracht hatten, wo diese sich auch sofort zur Ruhe legten, fielen sie in ihre Betten. Mattis konnte sich noch mal kurz darüber wundern, dass sie alle vier hier waren und schon war er eingeschlafen. Thea war schon im Reich der Träume. Sie schliefen einfach nur – sehr lange und fest.

Kardir

Am nächsten Morgen, es war schon eher Mittag, wurden sie durch aufgeregte Stimmen geweckt. Neue Gäste waren aus Richtung Nimmerwald angekommen. „Unheimlich....." „riesig..." „furchtbar laut..." waren einige Gesprächsfetzen, die sie mitbekamen. Was war im Nimmerwald bloß los? Und nun schoss es Thea auch durch den Kopf: „Woher kamen nur die Erdrutsche? Es hatte seit Wochen nicht mehr geregnet." Beide Zwerge waren auf einmal hellwach.

Mattis hatte immer noch die Gesprächsfetzen im Ohr und diese ließen ihm keine Ruhe. Er wollte nicht aufdringlich wirken, doch erforderte die Gegebenheit mit den Erdrutschen eine besondere Behandlung. Der schüchterne Mattis ging auf einen der Neuankömmlinge zu, von dem er einige Minuten zuvor die Bruchstücke des unüberhörbaren Treibens mitbekommen hatte. Er stellte sich höflich vor: "Hallo, ich bin Mattis". Da die Neugier um die Ungereimtheiten der Bergrutsche so in Mattis überschäumte, stürzte er gleich mit seinen Fragen los. „Woher kommen diese Erdrutsche? Was war riesig?"

Einer der Neuankömmlinge ergriff das Wort, um zu erzählen, was ihnen widerfahren war. „Wir sind nur auf der Durchreise zur weit entfernten Stadt Oras. Auf unserem Weg durch die Berge haben wir an dem anderen Ende der Schlucht Grolme gesehen, die einige Riesen in Ketten wie Hunde an der Leine führten. Die Grolme führen irgendetwas im Schilde, nur wenn sie wieder einen ihrer hinterlistigen Pläne ausbrüten, trifft man sie in diesem Gebiet. Zum Glück haben sie uns nicht bemerkt! Wir nahmen die Beine in die Hand und flüchteten Hals über Kopf, sogar unsere Waren ließen wir zurück, die wir auf dem Basar in Oras verkaufen wollten."

Mattis Gesichtszüge verfinsterten sich. In Gedanken versunken, fragte er sich die ganze Zeit, was die Grolme vorhatten. Ganz im Gegensatz zu Thea. Nachdem die beiden Zwerge sich gestärkt hatten und Mattis noch über die Grolme nachdachte, überfiel Thea ein eiskalter Schauer: Mini! Sie hatte sich heute noch gar nicht um das Bein gekümmert! Wie hatte sie das nur vergessen können?! Böse funkelte sie Mattis an „Ich geh zu Mini" setzte sie ihn mit etwas fauchender Stimme in Kenntnis.

Zum Glück hatten sich die Stallzwerge schon um die Ponys gekümmert und Mini stand mampfend an ihrem Trog, das rechte Vorderbein entlastend. Thea trat näher und musste feststellen, dass das Bein kein Stückchen besser als gestern aussah, wie konnte es auch. Die Bandage legte sie beiseite. Sie konnte keinerlei Wunde erkennen. Und auch beim Abtasten fiel ihr nichts besonders auf, bis auf die Schwellung natürlich. Thea seufzte, das sah nach einer langen Heilung aus. Ansonsten sah Mini allerdings gut aus, sie hatte gut gefressen und getrunken und sich, so wie ihr Fell aussah, anscheinend auch nachts hingelegt. Nur das Bein machte Thea Sorgen. Behutsam untersuchte sie noch einmal jeden Zentimeter ohne Erfolg. Das sah ganz nach einer Zerrung aus. Also hieß es Kühlen, Kühlen und nochmals Kühlen und vorsichtige Bewegung. Der Nimmerbach war zum Glück ganz nah an der Taverne, so dass sie Mini ihr gutes Halfter überstreifte und sie vorsichtig zum Bach führte.

Erleichtert stellte Thea fest, dass die Lahmheit nicht ganz so schlimm war wie befürchtet. Anderseits, dachte sie, Mini ist ein ganz schön tapferes kleines Wesen, ganz wie sie. Sie kraulte gedankenverloren über Minis Fell, während das Pony mit seinen Vorderbeinen im kühlen Nass stand. Der gestrige Tag kam ihr wie ein Traum vor. Sie hatte Mattis noch nie so tatkräftig und mutig gesehen. Bisher war es immer sie gewesen, die gehandelt hatte. Aber der neue Mattis gefiel ihr. Und seine Schüchternheit schien er auch zu verlieren, er hatte sich heute Morgen ja ganz angeregt mit den anderen Gästen unterhalten…

In Gedanken versunken bemerkte Thea gar nicht, wie sich auf der anderen Seite des Flusses die Äste der Bäume bewegten. Etwas bewegte sich im Schatten des Waldes. Mini spitzte aufmerksam die Ohren. „Was ist denn, Süße?" fragte Thea und sah in die Richtung, die Minis Aufmerksamkeit beanspruchte. Ganz angespannt blähte das Pony die Nüstern. Trotz Theas wachsender Anspannung musste sie doch feststellen, dass Mini richtig hübsch aussah, wenn sie sich so aufrichtete. Im Wald knackten ein paar Äste, es hörte sich an, als ob etwas Größeres durchs Gehölz wanderte. Vielleicht ein Reh, für einen Hasen war es definitiv zu groß. Thea behielt das andere Ufer genau im Blick. Das „Etwas" schien sich dem Wasser zu nähern, vielleicht wirklich nur ein Reh oder Hirsch, der durstig war. Doch irgendetwas in Thea und vor allem an Minis Verhalten sagten ihr, das war kein Tier. Mini würde auf einen Pflanzenfresser nicht so aufmerksam reagieren, aber Furcht schien sie auch nicht zu haben. Langsam wurde Thea ungeduldig, sollte das dumme „Etwas" doch endlich auftauchen, dann wüsste sie wenigstens, was es war. Kurzentschlossen watete sie vorsichtig durch das flache Bächlein, selbst ein Zwerg konnte es gefahrlos überqueren, die tiefste Stelle machte gerade einmal 20 cm aus.

Plötzlich wurden die Äste beiseite geschoben und ein relativ großer felliger Fuß tauchte auf. Thea blieb wie angewurzelt stehen, wenn der Rest des Körpers zu dem Fuß passte, musste es sich um einen Riesen handeln, mindestens 1,30 oder sogar noch größer! Thea war unentschlossen: „Was meinst du?" fragte sie Mini. Das Pony schnaubte. Wie schon erwähnt, war sie nun wirklich kein Angsthase, schließlich war sie ein waschechtes Mini-Pony! „Nun gut, dann lass uns den Neuankömmling mal begrüßen" vernahm das Pony, als sich Thea wieder in Richtung des Riesenfußes aufmachte, von dem jetzt auch ein weißliches, dichtbehaartes Bein aufgetaucht war. Schnell folgte nun auch der Rest des Geschöpfes. Erstaunt blieb es vor Thea stehen.

Für eine kleine Ewigkeit standen beide sprachlos voreinander, so als wenn keiner der beiden wusste, was zu tun sei. Dann entblößte der Gnom sein mächtiges Gebiss und stieß einen furchteinflößenden Schrei aus. Thea wich einen Schritt zurück, auch Mini schien langsam doch der Mut zu verlassen. Der Gnom sah die beiden erwartungsvoll an und Thea, schon fast im Begriff das Weite zu suchen, hatte genug Zeit sich zu wundern, dass er sie noch nicht fressen wollte. Immer noch standen die drei abwartend und ratlos voreinander. Mini schnaubte, sie schien sich über diesen merkwürdigen Gnom auch zu wundern.

„H-Hallo?" fragte Thea vorsichtig, und ärgerte sich, dass man ihr so deutlich ihr Unbehagen anmerkte. Ob er sie überhaupt verstehen konnte? „H-h-hallo" kam schüchtern zurück. „Du bist ein Gnom" stellte Thea etwas ungeschickt fest. „Ja, und du ein Zwerg" kam ebenso verlegen zurück. Was für eine merkwürdige Situation, waren Gnome nicht dafür bekannt, Zwerge zu fressen? Vielleicht war er ja nicht hungrig? „Du… du wirst mich doch nicht verzaubern oder verwünschen o-o-o-oder sch-sch-schlimmeres?" kam zitternd von dem Gnom. Thea musste lachen: verzaubern? Der Gnom schien verwirrt. „Natürlich nicht, wenn du mich nicht frisst" gab sie zurück. „Fressen?" fragte der Gnom „warum sollte ich dich fressen, ich mag kein Fleisch, meine ganze Familie isst kein Fleisch". Nun war es an Thea sich zu wundern. „Nicht?" gab sie mit kugelrunden Augen zurück. Der Gnom lachte, es war ein lautes, absolut ansteckendes Lachen, mehr wie Donnergrollen. Eine Zeitlang standen sie lachend da. Bis der Gnom fragte „Was stimmt nicht mit deinem Pony?" Verwundert darüber, dass er das so schnell gesehen hatte, obwohl Mini sich kaum bewegt hatte und das Bein vom langsam fließenden Wasser verdeckt war, antwortete sie: „Sie hat sich gestern bei einem Erdrutsch verletzt. Ich kann aber keine Wunde erkennen."

Der Gnom kam näher: „Darf ich mir das mal ansehen, wir Gnome sind dafür bekannt, wahre Wunder zu bewirken." „Dafür seid ihr zwar nicht bekannt," meinte Thea, „aber schaden kann's ja nicht.". "Wie meinst du das denn" wollte der Gnom wissen, während er fachmännisch das ganze Pony begutachtete. „Ach, soweit ich weiß, seid ihr Fleischfresser und Kannibalen". Der Gnom sah sie erstaunt an und hielt eine Weile inne. Dann sah er sich kopfschüttelnd das kranke Bein an. „Übrigens, ich bin Kardir" stellte er sich vor. „Ich schätze die Kleine hat eine Muskelzerrung."

„So weit war ich auch schon" entgegnete Thea. „Und warum zauberst du sie dann nicht gesund?" fragte der Gnom, aufrichtig verwundert. Thea musste wieder lachen: „Ja, wie denn?" „Na ja, ihr Zwerge zaubert doch und wenn man nicht aufpasst, ist man ein Baum oder Stein und so lange verdammt bis der Zauberer stirbt."

Diesmal war es Thea, die in lautes Gelächter ausbrach. „Wir!?" rief sie aus. „Wir doch nicht, was wir gut können ist kochen und essen" japste sie. Kardir sah sie kurz zw eifelnd an und stimmte dann in ihr Gelächter mit ein. „Na so was" keuchte er. Als sie sich beruhigt hatten, half Thea Kräuter zu sammeln, aus denen Kardir eine Paste für Minis Bein machen wollte. Das musste sie unbedingt Mattis erzählen, der würde Augen machen.

Wie aufs Stichwort hörten Kardir und Thea plötzlich eine, auf jeden Fall für Zwerge, laute Stimme so gebieterisch wie möglich: „Halt, lass Thea in Ruhe!" Die beiden drehten sich verdutzt um. Mattis stand mit einem Stock bewaffnet, zitternd, aber dennoch erstaunlich mutig, vor dem gut einen Kopf größeren Gnom. Noch bevor Thea etwas erwidern konnte, hieb er mit dem Stock kraftvoll auf den verdutzten Kardir ein. „Nicht!" rief Thea aus „du tust ihm ja weh" und zerrte Mattis von dem Gnom fort.

„Aber das ist doch..." fing Mattis an. „Ja, ich weiß, ein Gnom" sagte Thea. „Ich mache euch mal bekannt". Sich dem Gnom zuwendend sagte sie „Kardir, dies ist Mattis, mein Gefährte. Er hatte Angst um mich und wollte mich beschützen. Mattis, das ist Kardir. Er ist zwar ein Gnom, aber er isst kein Fleisch und seine ganze Familie auch nicht. Dafür versteht er viel von großen und kleinen Pferden".

Puh, das hätte leicht eskalieren können, dachte Thea. Zum Glück schien die Situation nun gerettet zu sein. Kardir und Mattis beäugten sich immer noch misstrauisch. „Haust Du immer gleich mit dem Knüppel drauf?" fragte Kardir während er seinen Kopf abtastete, wo der Stock ihn getroffen hatte. „Nein" antwortete Mattis. „Eigentlich nie. Tut mir leid, aber eben habe ich richtig Angst um Thea gehabt. Und über euch Gnome haben wir so viele Gruselgeschichten gehört...".

„Ja, das sagte Thea auch schon. Wir sollen sogar Kannibalen sein. Über euch haben wir gehört, dass ihr zaubern könnt und Gnome in Steine und Bäume verwandelt. Außerdem sollt ihr hinterlistig und gemein sein. Anscheinend ist das alles Unsinn". Kardir bereitete schnell eine Paste aus den Kräutern und dachte nach.

„Ich würde zu gerne wissen", sagte er während er die Paste auf Minis Bein auftrug, „woher diese blöden Geschichten über die Zwerge und die Gnome kommen."

Er stand auf und reckte sich, was ihn noch größer erscheinen ließ. „Gebt dem Pony bis morgen Ruhe. Die Paste muss morgen früh abgewaschen werden. Dann dürfte die Schwellung zurückgegangen sein und das Bein kann vorsichtig wieder belastet werden. Ich muss jetzt gehen". Er nickte ihnen zu, drehte sich um und verschwand wieder im Unterholz. Seine Geräusche wurden schnell leiser und verstummten dann ganz.

Kardir ließ zwei verwirrte Zwerge zurück. Das alles war einfach zu aufregend für die Bewohner des friedlichen und gemütlichen Nimmersangtals. Der Nimmerberg war so unendlich groß und sie hatten sich nie Gedanken darüber gemacht, was es wohl dahinter gab. Natürlich wusste man, dass es Gnome, Grolme und Riesen gab, aber sie waren doch immer so weit entfernt, dass man sich gar nicht vorstellen konnte, ihnen jemals zu begegnen. Der Gedanke an Grolme und Riesen in der nächsten Schlucht ließ beide schaudern. Und dann hatten sie auch noch einen waschechten Gnom getroffen. Gnome hatten zwar ein furchterregendes Äußeres, aber sie waren nicht bösartig, wie sie immer gehört hatten – vorausgesetzt Kardir war nicht die Ausnahme von der Regel. Nachdenklich schaute Thea in die Richtung, in die er entschwunden war. Wo er wohl wohnte? Nie hatte sie irgendwo eine

Gnombehausung gesehen (und war bisher sehr froh darüber gewesen). Sie wünschte beinahe, Kardir könne sie beide in diesem gefährlichen Gebiet begleiten.

„Wir bringen Mini zurück in den Stall", unterbrach Mattis ihre Gedanken. „Dann verbringen wir diese Nacht noch in der Taverne. Mit Mini können wir heute sowieso nicht mehr weiter und es ist auch schon viel zu spät. Es wäre auch wichtig, vorher etwas mehr über die Grolme herausfinden und über die Gerüchte über Gnome und Zwerge. Vielleicht ist der ältere Zwerg noch da. – Und dann müssen wir Kardir suchen", fügte er nachdenklich hinzu. Sie führten Mini zu Mickey in den Stall, streichelten sie und sahen ihnen noch eine Weile beim Fressen zu, in ihre Gedanken vertieft über Grolme, Riesen, Gnome, Erdrutsche und all die Gefahren, die sie bestanden hatten und die ihnen wohl noch bevorstanden. Vielleicht sollten sie so schnell wie möglich in ihre Heimat zurück? Aber nein, das konnten sie nicht. Sie hatten schon auf dem Hinweg große Mühe, die Lücke im Weg zu überwinden. Und für Mini war dieser Weg unmöglich. Außerdem mussten sie herausfinden, was die Grolme vorhatten. Vielleicht war das Nimmersangtal in Gefahr und sie beide waren dazu bestimmt, es zu retten. Wie sollten aber zwei kleine Zwerge das nur anstellen? Vielleicht sollten sie Kardir fragen, ob er sie begleiten wolle? Seine Größe könnte hilfreich werden. Etwas verunsichert, aber voller Tatendrang, kehrten sie in die Taverne zurück.

Vor der Taverne nahm Mattis Thea beiseite und fragte sie, woher sie die Gerüchte um die Gnome kannte. Sie entgegnete ihm, dass die alte Martha immer über die Gnome erzählt habe. Es kam nur ein leises "hhmmm" von Mattis zurück. „Uns hat immer Otto von den Gnomen erzählt". Thea stieß mit aufgeregt piepsiger Stimme aus: "Das ist der Mann von Martha"! Man konnte fast die Rauchwolke über Mattis Kopf sehen, wie er darüber nachdachte. „Wir werden erstmal den Wirt darüber befragen, aber stürz nicht gleich auf ihn los und bombardier ihn mit Fragen", sagte Mattis.

Beide gingen in die Taverne. Der Wirt stand alleine an der Theke und zapfte gerade ein zwergisches Starkbier in einen Humpen. Mattis wollte gerade Luft holen, um den Wirt erstmal in ein Gespräch zu verwickeln, da platze Thea von hinten schon mit fünf Fragen auf einmal auf den Wirt zu. Der Wirt stand kurz verdutzt da, so dass der Humpen etwas überlief. „Nun mal langsam, junge Dame", sagte der Wirt mit einem Lächeln im

Gesicht. „Setzt euch erstmal, ich bring euch etwas zu Trinken und werde euch dann eine Geschichte erzählen."

Aber bevor er erzählen konnte, mischte sich ein alter grauer Zwerg ein. Er hatte erstaunlich ausgeprägte rundliche Wangenknochen und dichte Haare, sowie einen Bart. Sogar die Arme wiesen Haare auf, für einen Zwerg ziemlich viele sogar. „Wisst ihr, laut einer Legende lebten vor langer Zeit, lange vor eurer Geburt, Zwerge und Gnome friedlich zusammen…" „Ach, hör doch mit den alten Geschichten auf, Griesgram!" warf ein anderer Zwerg ein und wandte sich ab. Auf die fragenden Blicke von Thea und Mattis hin, setzte Griesgram der Graue seine Geschichte fort: „Um ehrlich zu sein, lebten sie nicht nur friedlich nebeneinander, sie waren eins. Damals gab es noch keine Zwerge und keine Gnome, und keine Grolme. Statt ihrer gab es die Mobbler. Sie lebten in einem wunderschönen Königreich. Vereint mit Einhörnern, Drachen, Elfen, Feen, Zentauren, Pegasi und so weiter." Thea und Mattis sahen einander zweifelnd an. Einhörner und Drachen? Die gab es doch nur in Märchen. „Jaja, zweifelt nur. Aber ich sage euch, diese Welt existierte, sie war voller Magie und Zauber und friedlich. Natürlich gab es hier und da Streitigkeiten, aber nichts Ernstes." „Was ist passiert?" wollte Thea trotz ihrer Zweifel doch wissen. Vielleicht wurde es ja eine nette Geschichte. „Nun ja, einige Mobbler, wurden gierig, sie wollten mehr für sich, sie wollten das Königreich für sich. Die Königsfamilie war ihnen im Weg. Also schmiedeten sie einen

hinterhältigen Plan und entführten die zukünftige Königin der Mobbler, die Hüterin der Magie und setzten Gerüchte in die Welt, so dass jede Adelsfamile und jedes Dorf das andere verdächtigte und Kriege entstanden. Je mehr die gierigen Mobbler ihre Intrige ausspannten, umso mehr veränderten sie sich. Ihre Gesichter wurden ganz grau und eingefallen, ihre Zähne fingen an zu faulen und ihre Augen wurden ganz gemein und hohl. Ihr Aussehen wurde genauso hässlich und abstoßend wie ihre Seelen. Auch die Magie verabscheuten sie immer mehr."

Griesgram der Graue hielt inne, sein Gesicht war traurig, als würde er sich erinnern. „Als der Irrtum bemerkt wurde, war es zu spät, Kriege waren entfacht, sie hatten erbittert gekämpft. Die Kluft war zu tief, um wieder zusammenzukommen oder die Entstehung und Ausbreitung der Grolme aufzuhalten. Oder die Zerstörung des Kristalls…" Griesgram machte wieder eine Pause, bevor er weitererzählte: „So verfiel das Königreich und die finsteren Gestalten wurden immer mächtiger und mehr. Bis schließlich die Mobbler aufgeben mussten. Sie verstreuten und entzweiten sich immer mehr und es entstanden die Gnome und Zwerge. Die alten Adelsfamilien der Mobbler starben aus oder wurden zu Grolmen. Die Grolme veränderten die Magie so, wie sie sich veränderten und der restliche Zauber verflog. Vereinzelt übriggebliebene Drachen verließen das Land und ließen es schutzlos in den Händen der Grolme. Die verbliebenen Elfen und Feen, die nicht im Kristall waren, verschwanden und ohne diese Hüter der Wälder suchten auch die wenigen Einhörner ihr Glück in der Ferne, vielleicht sogar am anderen Ende des Meeres"

Der Alte ist wohl etwas verwirrt, dachte Thea. Was war das denn für eine Geschichte?

Griesgrams Gesicht sah nun sehr alt aus. Schweigend saßen sie da, bis schließlich Mattis fragte: „Was ist mit der zukünftigen Königin passiert?" Griesgram blickte ihn leer an, es schien als bräuchte er einige Minuten, um wieder in die Gegenwart zurückzukehren. „Ich…, ich meine, sie haben die Prinzessin gefunden, aber zu spät, das Unheil war schon über das Land gekommen und die Grolme zu mächtig. Selbst der Rat konnte nicht mehr viel tun." Traurig sah er Thea lange an. Und etwas wie Hoffnung schien in seinen Augen zu glitzern. „Du siehst ihr gar nicht mal so unähnlich, mit den azurblauen Augen und deinem goldenen Haar!" murmelte er. Thea errötete unwillkürlich.

„Also, hab ich das richtig verstanden? Zwerge und Gnome waren mal ein und dasselbe, und Grolme?!?" fasste Mattis zusammen. „Nicht ganz, sie haben denselben Ursprung. Aber die Mobbler waren mächtig und gütig. Sie konnten zaubern und waren Meister in den Heilkünsten. Doch mit ihnen ist auch der Zauber aus dieser Welt verschwunden." „Und woher kommen dann all diese Gerüchte über Gnome und Zwerge?" Griesgram lachte leise auf „Ihr müsst verstehen, das alles war lange, lange vor eurer Zeit. Viel ist seitdem passiert und viel Zeit vergangen. Auch wenn die Adelsfamilien, und selbst Illidan, ihren Irrtum noch zu

Lebzeiten bemerkten und der Rat versuchte gegen zu steuern, der Großteil des Königreiches war gespalten und neue Arten entstanden. Und je weiter sie sich entzweiten, um so mehr Gerüchte entstanden übereinander. Natürlich taten die bösen Zungen und Intriganten nichts, um dem entgegenzuwirken. Je weiter Zwerge und Gnome, und alle anderen, sich entzweiten, umso besser für die entstandenen Grolme."

Theas Stirn war in Falten gelegt, was für eine wirre Geschichte! Und wer war Illidan? Fragend sah sie zu Mattis. Auch ihm war die Verwirrung und Zweifel anzusehen.

„Die letzte Prophezeiung, " fuhr Griesgram unbeirrt fort „die Caleidope die Weise in ihrem Brunnen sah, bevor die Magie verschwand, besagte:

> Wenn die alten Geschlechter sich vereinen,
> Und weder Baum noch Fluss mehr weinen,
> Dann werden wiedergeboren werden,
> die Magie und der Zauber hier auf Erden."

Griesgram lächelte, während er den Vers zitierte. Für eine kurze Zeit schien ein merkwürdiges, ehrfürchtiges und weises Leuchten von ihm auszugehen. Thea musste sich fragen wie alt er wohl sei. Mehr zu sich selbst sprechend unterbrach Griesgram Theas Gedanken: „Ihr hättet das sehen sollen. Die schönsten Blumen blühten im Frühjahr und die Feen tanzten um sie herum und erfüllten sie mit Magie, auf dass sie noch mehr strahlten und leuchteten. Und die Elfen, die Elfen! Solch zarten Geschöpfe und doch so stark, nie ließen sie ihren Wald im Stich. Sie waren immer fleißig dabei, kranke Bäume zu heilen, die Erde zu verzaubern und der Wald dankte es ihnen mit dem herrlichsten Grün das ihr je gesehen habt. Sie flüsterten und sangen im Wind und erzählten ihre jahrtausend alten Geschichten, begleitet vom Chorus der Bäche und Flüsse. Der Nimmerbach konnte singen und sprudeln! Nicht das traurige Plätschern von heute. Nein, ein wunderschöner, harmonischer Gesang, ganz erfüllt von Magie" Seine Stimme verlor sich, wie seine Gedanken sich scheinbar in einer längst vergangenen Zeit verloren. Oder wohl eher seiner Fantasie, dachte Thea. „Wenn die alten Geschlechter sich vereinen..." murmelte Mattis nachdenklich. Glaubte Mattis dem alten Zerg etwa? fragte sich Thea. War das vielleicht keine fantastische Geschichte, sondern enthielt sie ein Fünkchen Wahrheit? Eine ganze Weile saßen sie schweigend und nachdenklich beieinander.

„Die alten Geschlechter, pah! Wenn ich das schon höre! Griesgram, Du spinnst mal wieder total. Wer soll denn das wohl sein, bitte sehr?" Der Wirt hatte sich auf dem Tresen aufgestützt und seine Augenbrauen waren ganz zusammengezogen. Finster, aber auch belustigt fixierte er Griesgram. „Wie kannst Du den beiden solch einen Unsinn erzählen? Jeder weiß doch, wozu die Gnome fähig sind. Sie fressen uns auf, so einfach ist das!" Er begann sich zu ereifern und redete sich langsam richtig in Rage. „Aber vielleicht meinst Du ja die Grolme und die Riesen? Das hätte doch was, hä?" Wie wild schrubbte er mit einem Handtuch den Tresen blank.

Griesgram lächelte leise. „Seht Ihr, das ist es, was diese Welt kaputt macht. Niemand traut dem Anderen mehr über den Weg. Das Misstrauen ist in jeden Lebensbereich eingesickert und führt zu Neid, Missgunst und Hass." Etwas leiser fügte er hinzu „Wenn ihr hier fertig seid, geht nach draußen und trefft mich vor der großen Eiche in der Nähe des Pferdestalls. Ich muss Euch noch etwas sagen und..." er zögerte etwas „ich brauche Eure Hilfe." Er stand auf und ging nach draußen.

Der Wirt hatte sich wieder beruhigt. „Entschuldigt bitte, Griesgram ist völlig harmlos. Ein ruheloser Wanderer und ein bisschen konfus. Manchmal will er einfach seine alten Geschichten loswerden und dann ist er nicht zu bremsen."

„Ist an den Geschichten etwas dran?" fragte Mattis. „Keine Ahnung" antwortete der Wirt. „Aber ich kenne niemanden, der ähnlich wirre Geschichten erzählt. Allerdings kenne ich auch niemanden, der auch nur annähernd so alt ist wie Griesgram der Graue." Theas Kopf ruckte zum Wirt herum „Wie alt ist er denn?" fragte sie. „Weiß ich nicht. Aber er muss sehr alt sein. Mein Großvater hat einmal erzählt, Griesgram hätte früher einmal einen anderen Namen gehabt. Aber den habe ich vergessen. Großvater erzählte, er war einmal ein Kurier oder Berater oder etwas ähnliches."

Dann erinnerte er sich an seine Pflichten. „Was möchtet ihr denn essen? Ich habe heute frische Bohnenkeime mit Pfifferlingen auf einem Reisbett und einer sehr delikaten Sauce. Zum Nachtisch gibt es frische Prestlinge mit Sahne." „Mmh, lecker" sagte Mattis. „Aber was sind denn Prestlinge?" „Prestlinge? Ach so, ja. Also Prestlinge ist eine uralte Bezeichnung für Erdbeere. Bei uns hat sich das eben einfach so erhalten. Ist wahrscheinlich sogar älter als Griesgram, hi hi hi har ha." Er kicherte albern.

Mattis schaute fragend zu Thea, sie nickte. „Wir nehmen das, und für jeden ein Bier." sagte Mattis. „Nein, für mich lieber Wasser" warf Thea ein. Der Wirt verschwand. Thea beugte sich etwas zu Mattis und sagte leise „Ich muss auf meine Linie achten und außerdem haben wir heute noch etwas vor..." Mattis grunzte. „Was hältst Du von der Sache? Meinst Du der Alte spinnt?"

Thea dachte nach. Ja, was war dran an dem, was der alte Zwerg erzählte? Mittlerweile hatten sie ja Kardir kennengelernt und wussten, dass die Gnome zu Unrecht diesen schlechten Ruf hatten. Die Mobbler konnten zaubern und waren Meister in Heilkünsten, hatte Griesgram gesagt. Waren die Zauberkünste vielleicht noch tief bei den Zwergen verwurzelt, so wie die Heilkünste bei den Gnomen?

„Thea?" Mattis wartete auf eine Antwort. „Nein, ich glaube nicht, dass Griesgram spinnt", antwortete sie langsam. „War es wirklich eine Legende, die er erzählt hat? Mir kam es so vor, als ob er selbst alles erlebt hat. Woher weiß er denn, wie die Prinzessin oder Hüterin ausgesehen hat? Aber kein Zwerg wird so alt", fügte sie nachdenklich hinzu.

„Lass uns erst einmal etwas essen. Ich falle um vor Hunger", meinte Mattis unvermittelt. Er wunderte sich etwas, dass er das nicht schon vorher gemerkt hatte.

Der Wirt brachte ihnen ein duftendes Mahl, das liebevoll angerichtet war und die beiden ließen es sich schmecken. Mattis genoss jeden Bissen und sah sehr zufrieden aus, doch Thea rutschte schon hibbelig auf ihrem Stuhl hin und her. „Beeil dich. Griesgram wartet vor der großen Eiche auf uns". Mattis seufzte und wischte sich den Mund mit der Serviette ab. Dann gingen sie hinaus. Die Sonne ging schon unter. Theas Herz klopfte laut. Ich brauche Eure Hilfe, hatte er gesagt. Wartete vielleicht ein richtiges Abenteuer auf sie?

Der alte Zwerg saß unter der Eiche. Er sah müde aus. Sie gingen auf ihn zu und setzten sich zu ihm. Lange saßen sie schweigend da. Dann begann Griesgram: „Es ist ein Wunder, dass ihr die Taverne erreicht habt. Es muss etwas an Euch sein, dass Ihr die Erdrutsche überlebt habt. Vielleicht liegt es auch an Eurem außergewöhnlichen Mut". Er sah Thea lange an und schüttelte leicht den Kopf. „Wie Ihr wisst, sind die Grolme in diesem Gebiet erschienen. Sie sind bösartig und geben sich nie zufrieden mit dem, was sie haben. Sie wollen das Zwergen - und Gnomengebiet zerstören; die Erdrutsche waren nur der Anfang. Sie missgönnen den Zwergen und Gnomen ihr friedliches Leben. Ihr müsst wissen, die Zwerge ließen sich damals im Nimmersangtal nieder, die Gnome zogen es vor, ihre Behausungen unterirdisch im Berg anzulegen und den Zwergen möglichst nicht zu begegnen."

„Und die Königin, oder zukünftige Königin?", fragte Thea. „Einige sagen sie hätte sich mit ihrer verbliebenen Familie in der Nähe des Nimmersangtals niedergelassen, weil dort so ein schöner Bach war. Aber andere wieder behaupten das Gegenteil. Es war eine sehr chaotische Zeit…", war die Antwort.

„Ja - und wobei können wir Dir helfen?", fragte Mattis abrupt. „Wir sind doch nur zwei Zwerge - und gar nicht mal so mutig", fügte er leise hinzu.

„Ich beobachte die Grolme schon sehr lange und nach allem, was ich von Euch weiß und gesehen habe, glaube ich, dass gerade ihr mir helfen könnt, ihr rücksichtsloses Verhalten zu stoppen. Aber natürlich nicht allein. Wir brauchen auch die Hilfe der Gnome".

„Angefangen oder besser geendet hat es damals mit Illidan dem Mächtigen oder besser Illidan dem Verräter!" sagte Griesgram mit verdunkeltem Gesicht. „Er war damals einer der mächtigsten Mobbler und stark in seiner Magie. Er hatte Beziehungen überall hin auch gute zur Hüterin und Königin. Seine Gier nach Macht und Ruhm wurde ihm zum Verhängnis. Der Kriegsfürst Legols, wahrscheinlich einer der ersten Grolme, hatte damals ebenfalls seine Finger mit im Spiel und hat Illidan einen Pakt angeboten. Legols, welcher selber nur über wenig Magie verfügte, versprach Illidan undenkbare Macht und Ruhm, den Illidan mit Treue für Legols und Informationen über die Mobbler und ihre Magie bezahlt hat. Er gab ihm Zauber- und Heilformeln, die nur wenigen anderen adligen Mobblern bekannt waren und als Dank dafür versprach Legols ihm Land und Untertanen. Es hieß, Legols wäre einer der Entführer gewesen. Die Intrigen reichten nicht nur aus, um die Mobbler zu entzweien und Hass in den Reihen zu schüren, sondern auch die Räte zu täuschen."

Mattis grunzte auf. Illidan…. Illidan irgendwo hab ich diesen Namen schon einmal gehört….

Thea und Mattis lauschten auch diesem Gespräch aufmerksam. Sie hatten den alten Geschichten nie gut genug zugehört, stellten sie fest. Als Griesgram schwieg und die beiden Zwerge alleine ließ, grübelte Mattis immer noch eifrig darüber nach, woher er Illidan kannte. „He, was machst du denn für ein Gesicht?" neckte Thea ihn. „Hmm" Mattis schreckte auf, „kommt dir der Name nicht bekannt vor?" fragte er. Thea dachte kurz nach „Ich glaube nicht," meinte sie dann, „ich werde aber noch einmal drüber nachdenken.". Als Griesgram aufbrechen wollte, mit der Begründung er müsse sich ausruhen und eindeutig nicht noch mehr erzählen wollte, machte sich Thea daran nach Mini zu schauen.

Im Stall angekommen, stellte Thea fest, dass Minis Bein so gut wie neu war. Keine Schwellung, keine Lahmheit zu entdecken. Das nenne ich wirkliche Heilkunst, dachte sie, vielleicht hat der alte Zwerg ja Recht? In dem Moment tauchte Griesgram unvermittelt vor ihr auf. „Hallo!" begrüßte Thea ihn verdutzt. Von Griesgram kam diesmal keine Antwort. Seine Augen waren tief und unergründlich wie ein beginnender Nachthimmel im Herbst. Und wieder schien dieses Leuchten von ihm auszugehen. „Ihr müsst die Magie wiederfinden, bringt den Fluss zum Singen." sagte er. Mini wieherte leise, ganz unwillkürlich strich Thea ihr beruhigend über die Mähne. Als sie sich wieder Griesgram zuwendete, war dieser verschwunden.

Sie rannte in die Taverne, um Mattis zu suchen und ihm davon zu erzählen. Doch der Wirt erklärte ihr, dass ihr Gefährte zum Fluss gegangen sei. „Mattis, Mattis!" rufend kam Thea auf Mattis zugelaufen. „Du glaubst nicht, was mir passiert ist" rief sie. Keuchend von ihrem schnellen Lauf stand sie vor ihm. „Griesgram hat dir gesagt, wir sollen den Fluss zum Singen bringen" entgegnete er. Staunend stand Thea vor ihm, bis sie genug Luft hatte, um zu fragen: „Woher weißt du das denn?" „Er war auch bei mir." erklärte er. „aber wie…" Thea überlegte: wie war Griesgram denn schneller bei Mattis als sie?

Ihre Gedanken wurden von einer tiefen, unsicheren Stimme unterbrochen „Hallo, seid ihr beiden alleine?" kam vorsichtig von Kardir, als er aus dem Gebüsch trat. „Ja" antworteten die Zwerge wie aus einem Mund. Kardir kam nun ganz aus seinem Versteck und erkundigte sich nach Minis Wohlbefinden. „Danke, ihr Bein ist wie neu!" freute sich Thea.

„Du hast ein wahres Wunder bewirkt." Kardir errötete leicht. Verlegen antwortete er: „ich helfe doch gerne, gerade so einem liebreizenden Zwerg wie dir." Jetzt war es an Thea zu erröten. „Was machst du eigentlich hier" unterbrach Mattis etwas unwirsch und erntete einen bösen Blick von Thea. „Wie unhöflich von dir Mattis" zischte sie. Aber Kardir lachte nur. „Ich hatte einen seltsamen Traum..." „Lass mich raten", meinte Mattis „von einem Alten mit weißen Haaren?" Kardir sah ihn verdutzt an. „Woher weißt du?" Mattis zuckte nur mit den Schultern. „Ja, er schien sehr alt und er scheint zu leuchten oder so und war für einen Gnom etwas wenig behaart..." Kardir überlegte kurz „Egal, auf jeden Fall meinte er, ihr müsst den Fluss zum Singen bringen und die Magie befreien. Und ich soll euch helfen" Fragend sah er die beiden an. „Uns hat er das auch gesagt" fügte Thea hinzu.

Wie war er nur zu allen dreien in der kurzen Zeit gelangt, fragte sie sich. Etwas ratlos sahen die drei sich an. „Hat einer eine Idee?" fragte Thea. Schweigen. „Wie finden wir denn die Magie?" Murmelte Mattis vor sich hin. Wieder entstand Schweigen.

Nachdenklich ließen die drei sich im Gras neben dem Fluss nieder. „So weit ich weiß, sprechen Zwerge mit den Tieren...," Kardir verschwieg, dass es hieß, die Zwerge würden ihnen so ihren Willen aufzwingen. Er hatte beschlossen, dass das eh nur Humbug sein würde. „Und sie hören dem Wald und dem Wind zu, um herauszufinden was sie brauchen." Thea und Mattis sahen sich fragend an. „Oder zumindest hat das mein Urgroßvater immer erzählt." fügte Kardir etwas unsicher hinzu. „Oder war er mein Ur-Ur-Urgroßvater?" grübelte Kardir, während die Zwerge über das Zuhören nachdachten und angestrengt dem Rauschen des Waldes lauschten.

Sie hatten nicht die Spur einer Idee, wie es denn nun weitergehen sollte. Den Fluss zum Singen bringen, die Magie wieder finden --! Was sollte das alles? Lauter Fragen, keine Antworten. Oder doch?

Thea hatte das Gefühl, einer Antwort ganz nahe zu sein. Etwas, was sie gehört hatte, was sie vielleicht überhört hatte. Vor kurzem erst. Vielleicht hatte Mattis...?

Mattis wandte sich gerade zu Kardir und fragte „Sag mal, Kardir, Du wolltest doch mit Deinen Leuten reden. Ist da was herausgekommen?" Kardir zuckte mit den Schultern. „Weiß nicht. Die meisten hat das wohl nicht interessiert oder sie hielten das alles für Blödsinn. Nur einer von den Alten wurde richtig aufgeregt." Er schwieg nachdenklich. „Na los, erzähl schon. Spann uns nicht so auf die Folter!" sagte Thea. Kardir lächelte sie an. „Ich spann Euch nicht auf die Folter. Das mit dem Alten war nur so komisch merkwürdig. Ich weiß gar nicht so richtig, was ich davon halten soll. Aber vielleicht habt Ihr ja eine Idee."

Kardir setzte sich etwas bequemer zurecht. „Macht es Euch bequem. Es dauert etwas länger." Thea und Mattis sahen sich fragend an und setzten sich etwas bequemer auf das weiche, leise raschelnde Gras. Sie hatten beide das Gefühl, als würden sie gleich etwas sehr Wichtiges hören.

„Also" fing Kardir an zu erzählen, „nachdem mich die meisten von meinen Leuten ausgelacht und mich wie einen Deppen stehen gelassen hatten, kam der Alte zu mir, fasste mich am Arm und sagte „Komm, komm mit, es ist Zeit."

Er zog mich zu seiner Höhle. Ich war da noch nie drin gewesen, er gehört nämlich nicht zu meiner Familie und lebt ganz allein. Auch jetzt weiß ich nicht einmal seinen Namen. Aber seine Höhle ist gemütlich. Es gibt einen Tisch, einen Stuhl, eine Bank, einen Schrank und einen Herd und ein Bett. Der Boden ist mit Rindenmulch bedeckt und schön weich.

Dort zeigte der Alte auf die Bank und bot mir Limonade an. Dann setzte er sich auf den Stuhl und sah mich an. War richtig peinlich, ich hatte das Gefühl, als würde er in mich hineinsehen und meine Gedanken lesen. Nach einer endlosen Weile kam er damit heraus, dass er mich kennen würde. Er kannte sogar meinen Namen und sagte, dass er mich schon eine ganze Weile beobachten würde. Er wusste auch, dass ich gerne draußen in den Wäldern wäre. Und das wäre auch gut so.

Dann kommt das Merkwürdige, er sagte nämlich wörtlich ‚Du bist derjenige, der auserwählt ist und es wird Zeit, dass Du mit Deiner Aufgabe vertraut wirst. Leider ist im Laufe der Zeit das meiste an Wissen verloren gegangen und ich kann Dir nur wenig erzählen und auch nur wenig helfen. Aber das wenige was ich weiß, will ich Dir mit auf den Weg geben.' Komisch, findet Ihr nicht? Ich wusste gar nicht, wovon der eigentlich spricht."

Kardir machte eine Pause. „Und dann" fuhr er fort, „erzählte mir der Alte eine von diesen alten Legenden. Aber eine, von der ich bis dahin noch nie gehört habe. Wie die Grolme und die Riesen entstanden. Und die Zwerge und Gnomen."

„Warte, warte, warte!" sprudelte aus Thea. „Etwa die Geschichte von den Mobblern?"

„Woher - ihr kennt die Geschichte?" Kardirs Gesicht war ein einziges Fragezeichen. „Ja" sagte Mattis, „aber erst seit ein paar Stunden. Der alte Griesgram hat sie uns erzählt." „Der alte Griesgram?" fragte Kardir. „Ja, ein uralter Zwerg, Griesgram der Gute. Keiner weiß wie alt er ist und früher soll er mal anders geheißen haben. Kennst Du ihn?"

„Nein, " sagte Kardir, „aber eine Ähnlichkeit ist schon da. Bei Euch ist es ein alter Zwerg, bei mir ist es ein alter Gnom, mit erstaunlich wenig Behaarung für einen Gnom, den anscheinend jeder von uns kennt und der so alt ist, dass es niemanden gibt, der ihn einmal jung gesehen hat. Der, der vorhin auch mit mir gesprochen hat" „Stimmt genau" sagte Thea. „Und beide erzählen uns ausgerechnet heute die gleiche alte Geschichte. Wisst Ihr was ich glaube?" Mattis und Kardir schauten Thea verdutzt an. „Kardir, hat dein Alter auch von einer Prophezeiung gesprochen?" „Ja genau, habe ich fast vergessen. Die von dem Einhorn. Cala - Cadi - irgendwas. Mist, wie hieß die noch?"

„Caleidope die Weise?" half ihm Thea. „Ja genau, die alten Geschlechter sollen vereint werden und dann wird alles gut. Zumindest Magie und Zauberei kommen dann wieder, oder so ähnlich" erinnerte sich Kardir. „Das meine ich," sagte Thea, „ich glaube, die Alten wollen, dass wir das machen. Allerdings habe ich keinen blassen Schimmer, wie das gehen soll."

Mattis lehnte sich zurück und drehte sich auf die Seite. „Warum machen die das denn nicht selber? Wo die doch so schlau sind und anscheinend alles wissen? Wieso ausgerechnet wir?" fragte er.

Thea überlegte. Mattis hatte recht, wieso machen die das nicht selber? Dafür konnte es nur eine Antwort geben! „Ich glaube, sie können das nicht. Aus irgendeinem Grunde können sie es nicht. Ich weiß zwar nicht warum, aber es muss so sein. Sonst hätten sie es längst getan. Außerdem glaube ich, dass sie genau auf uns gewartet haben. Überlegt doch mal, was ist uns alles in den letzten paar Stunden passiert? Mehr als in den ganzen letzten Jahren zusammengenommen! Wir sollen das machen, soviel steht für mich jedenfalls fest."

Mattis und Kardir nickten. „Ach, da ist noch etwas" sagte Kardir. Er holte einen Brustbeutel unter seinem Hemd hervor. „Der Alte hat mir das hier mitgegeben. Ich solle es weise benutzen und gut darauf aufpassen." Er öffnete den Brustbeutel und holte eine flache Scheibe hervor. Sie schien auf allen Seiten überzogen zu sein mit merkwürdigen Verzierungen und seltsamen Zeichen. Wie ein Amulett. „Was ist das denn? Ein Amulett!" Mattis richtete sich auf und beugte sich vor, um das Amulett näher zu betrachten. Als er die Hand ausstreckte, um das Amulett zu berühren, war Thea schneller. Ihr ausgestreckter Zeigefinger berührte die Scheibe, Mattis tat es ihr nach.

In dem Moment, als alle drei Hände das Amulett berührten, geschah etwas. Ein absolut fremdes Gefühl durchströmte sie, fast wie ein Brennen, ein Kribbeln, etwas, das sie noch nie gefühlt hatten. Die Welt verschwamm vor ihren Augen, wurde durchsichtig. Bäume und Sträucher verschwanden ebenso wie der Nimmerbach und die Berge.

Caleidope

Sie befanden sich - woanders. Sie hockten im Schatten eines spitzen Felsens auf glänzendem weißen Gestein, violette Berge schimmerten in der Ferne.

„Na endlich!" sagte eine Stimme hinter ihnen. „Es wurde aber auch Zeit!" Aus einer Nische im Felsen trat ihnen jemand entgegen. Er schien zu flimmern, seine Umrisse waren nur undeutlich auszumachen.

Kardir sprang entsetzt auf und trat einen Schritt zurück. Und wieder dieses fremde Gefühl, wieder das Kribbeln durch alle Fasern ihrer Körper. Wieder veränderte sich die Welt.

Sie waren zurück. Kardir stand mit weit aufgerissenen Augen vor Thea und Mattis, das Amulett in der Hand. Thea und Mattis, immer noch die Finger ausgestreckt, saßen im Gras und blickten sich verblüfft um. „Was war das denn?" Thea hatte, war doch klar, als Erste ihre Sprache wiedergefunden. „Habt ihr das auch gesehen?" Jetzt redeten plötzlich alle drei gleichzeitig. „Seid doch mal ruhig!" Thea setzte sich durch. „Wer war der Zwerg? Ich konnte ihn nicht so gut erkennen." „Zwerg?" fragte Kardir, „das war doch ein Gnom!" „Ich habe auch einen Zwerg gesehen!" warf Mattis ein. Thea sah Kardir an. „Kann es sein, dass ein Gnom einen Gnom sieht und ein Zwerg sieht einen Zwerg? Gnome und Zwerge sind doch wirklich nicht zu verwechseln! Selbst im Dunkeln nicht!"

„Das war Magie", staunte Thea. „Haben wir das bewirkt? Wir drei zusammen? Durch das Amulett? Lasst es uns noch einmal probieren. Es war so eine seltsame Landschaft. Und vielleicht können wir den Zwerg..." „den Gnom" unterbrach Kardir. „Vielleicht können wir die Gestalt dann besser erkennen, vollendete Thea ihren Satz.

„Ist das weise?" warf Mattis ein. „Der Gnom hat zu Kardir gesagt, er solle das Amulett nur weise einsetzen". Außerdem war er müde und verspürte nur wenig Lust noch irgendetwas zu unternehmen, Schlaf wäre jetzt eher nach seinem Geschmack.

Trotz der Müdigkeit drängten sich ihm, und wenn er die anderen beiden ansah, einige Fragen auf: Wo waren sie nur gewesen? Waren sie wirklich in einer anderen Welt gewesen oder war es eine

Wahnvorstellung? Was waren das überhaupt für merkwürdige Felsen? Die hatten gar nicht wie aus Stein ausgesehen. Und wo gab es denn violette Berge?

Plötzlich spürten sie eine Unruhe von der Taverne ausgehen. Mehrere entschlossene Zwerge kamen herausgestürmt - mit Gegenständen in der Hand. Einige trugen Schaufeln, andere Feuerhaken, einige Tennisschläger, wieder andere Seile. „Wir müssen ihn fangen, bevor er uns frisst" hörten sie. „Lasst uns den Gnom fangen."

„Kardir??.... Hat Dich jemand entdeckt, als du hierher gekommen bist?" fragte Mattis. „Weiß nicht", ich habe einmal etwas rascheln gehört." Kardir hatte Angst. „Wo soll ich denn so schnell hin?" Die Müdigkeit war wie weggeblasen. Ja wohin sollte sie nur so schnell, die Zwerge näherten sich schnell.

„Vielleicht war diese seltsame Welt keine Wahnvorstellung", überlegte Mattis. „Vielleicht war sie eine andere Realität, die nur wir drei zusammen betreten können. Vielleicht findet uns dort niemand. Wir müssen es versuchen. Wir haben keine andere Wahl. Ich denke, das wäre weise".

Alle drei berührten das Amulett gleichzeitig und dachten an ihre eigene Welt.

Es geschah das gleiche wie zuvor. Sie konnten die Stimmen nicht mehr hören, die von der Taverne kamen. Stattdessen vernahmen sie wieder eine leise aber doch vertrauenserweckende Stimme, die ihnen wieder sagte, „Na endlich". Um dann fortzufahren: „Habt ihr die Macht des Amuletts jetzt verstanden?" Es schien als ob die violetten Berge anfingen zu glühen. Es legte sich ein mysteriöser Nebel um sie und die Stimme schien immer näher zu kommen.

Mattis fragte die anderen mit zitternder Stimmlage: „Hört ihr das jetzt auch, was ich höre?" Kardir sagte langsam „Jaa". Diese Stimme ist fremd aber doch vertraut.

Thea besann sich langsam. „Was ist das für ein Nebel und woher kommt der?" Alle drei sahen nur noch zentimeterweit, als Mattis sagte, „Nehmt euch an den Händen, sonst verlieren wir uns noch in dem Nebel". Alle nahmen sich bei den Händen. Mit neuem Mut fragte Kardir in die Runde: „habt ihr das auch bemerkt, dass die Stimmen, die von der Taverne herüberdrangen, verschwunden sind und nur noch diese andere Stimme zu hören ist? Sie macht mir Gänsehaut, aber doch klingt sie so vertraut".

Thea presste die Hand von Kardir und Mattis etwas stärker zusammen, als wolle sie damit ausdrücken, zum Glück seid ihr beide bei mir.

Eine Weile standen sie reglos dort, die Stimme war verschwunden. Im Nebel konnten die drei Freunde undeutliche Gestalten ausmachen, der Nebel schien sich zu verdichten. „Huch" entfuhr es Thea. „Was, was?" kam aufgeregt von Mattis. „Mich…. Mich hat etwas gestreift" antwortete Thea.

„Bist du okay?" fragte Kardir besorgt.

"Ja" kam langsam von Thea „es hat sich gut angefühlt, weich und vertraut." Der Nebel verdichtete sich weiter. „Ihr seid hier" ertönte die seltsame Stimme wieder, diesmal schien das Wesen nur noch wenige

Meter von ihnen entfernt zu sein. Es schien, als würde der Nebel Formen annehmen, Einhörner, Drachen und Elfen schwirrten um sie herum, bis sie sich wieder im Nebel auflösten, um zu neuen Wesen zu werden. Mitten in diesem Gewirr von sich formenden und sich wieder auflösenden Gestalten kam ein Geschöpf auf sie zu. Zuerst war es ein Zwerg, dann wechselte es die Gestalt zu einem Gnom, um schließlich als Einhorn vor ihnen stehen zu bleiben. „Willkommen" flutete ihre Stimme zu ihnen. „Ich habe euch erwartet". Die drei Freunde sahen sprachlos das Einhorn an, das konnte nur ein Traum sein! „Ich bin Caleidope" sprach sie weiter, „Ihr werdet uns helfen, ihr seid auserwählt uns zu befreien."

Ganz gegen seine Gewohnheit fand Mattis seine Sprache zuerst wieder: „Befreien? Woraus denn? Und wie?"

Caleidope lachte leise und doch schien das Lachen beruhigend von überallher zu erklingen. „Findet den Kristall, öffnet ihn und lasst die Magie frei." So einfach, einen Kristall finden, ihn öffnen und die Magie frei lassen. Darauf hätten die drei ja auch selber kommen können! Fragend sahen sie sich an.

"Ihr müsst ihn finden" fügte Caleidope hinzu. „Aber vorher müsst ihr euch selbst finden, ihr müsst eure Magie wieder finden" wieder warfen sich die drei einen fragenden Blick zu. „Ihr seid immerhin schon hier."

Caleidope schien ernster zu werden, als sie die verwirrten Gesichter der kleinen Geschöpfe vor sich sah. „Ihr habt nicht den Hauch einer Ahnung, was ich euch erzähle?" seufzte das Einhorn. „Ist denn so viel Zeit vergangen? Ich hoffe es ist nicht zu spät." fügte sie mehr zu sich selbst hinzu. „Hört gut zu, ihr müsst eure Magie wiederfinden, ihr müsst den Kristall finden, er ist bei den falschen Zungen der Mobbler..." „die Grolme?" unterbrach Mattis. Nun war es an Caleidope, erstaunt auszusehen. „So nennt ihr sie?" fragte sie verwirrt. Kardir und Mattis erzählten ihr die alte Legende. Caleidopes Miene verdüsterte sich zusehends. „Ich verstehe" murmelte sie am Ende der Geschichte. Der Nebel war nun verschwunden und die lila Berge lagen glitzernd vor ihnen. „Nun gut, es wird nicht leicht und ich kann euch nicht sagen wie, aber ihr müsst die Magie befreien, ihr müsst uns befreien. Sucht den Kristall. Beschützt ihn und befreit ihn. So wie ihr die Entwicklung der Grolme beschreibt, könnten sie ihn haben oder zumindest die letzten gewesen sein, die ihn gesehen haben. Wenn nicht sogar sie es waren, die ihn geschlossen haben." Caleidope wechselte wieder ihre Gestalt, zuerst ein Zwerg und dann ein Gnom, bevor sie im wieder aufkommenden Nebel verschwand.

Mattis, Kardir und Thea sahen sich an. „Ein Kristall? Bei den Grolmen? Wie sollen wir denn da hinkommen?" fragte Mattis. Thea schien ihn gar nicht zu hören. Sie dachte angestrengt nach. Ja, so musste es funktionieren. Ihre Miene hellte sich auf, als sie sprach: „Wir müssen die Gestalt wechseln, wie Caleidope. Das war ihr Hinweis, ihre Hilfe. Zuerst Zwerg, dann Gnom, dann Einhorn. Wir müssen Grolme werden!" Mattis und Kardir sahen sie erschrocken an. „Grolme!?!" kam es von beiden wie aus einem Munde. "Jaja" winkte Thea ab „natürlich nicht richtig, aber ihre Gestalt müssen wir annehmen, dann schließen wir uns ihnen an und finden heraus, wo der Kristall ist, befreien ihn und alles ist gut."

Mattis und Kardir sahen sich an. Thea war verrückt! „Und wie bitte" wollte Kardir wissen, „stellst du dir das vor?" „Ja sollen wir da einfach hereinspazieren mit Schafspelzen über unseren Rücken und fragen, „entschuldige bitte, lieber Grolm, wo finde ich denn den Kristall, ja genau den, den ihr wahrscheinlich eisern bewacht???" kam auch von Mattis. Thea sah die beiden mit aufsteigender Wut an. „Ich hab nicht gesagt, dass es einfach ist, oder habt ihr 'ne bessere Idee?" Ihre Augen funkelten böse. Die beiden waren nun still. Kleinlaut fügten sie nach einer Weile hinzu: „Nee, aber wie?"

Eine Weile beobachteten sie das Meer, welches leise vor ihnen rauschte. Immer wieder schien es ihnen zuzuwispern und leise zu summen. Gedankenverloren ließ Thea Mattis Hand los und das altbekannte Kribbeln begann. Erschrocken sahen sie sich an. Nein! Nicht wieder zurück dachte Thea entsetzt und das Kribbeln hörte auf. Die Landschaft wurde wieder solide. „Puh," sagte Mattis, „das war knapp!" Aha, dachte Thea, so funktionierte es also: gemeinsam, konzentriert und in Sicherheit.

Eine kleine Ewigkeit später erklang Kardirs nachdenkliche Stimme: „Vielleicht kann der Alte uns helfen, er kennt alle Heiltränke, vielleicht kennt er auch einen Trank, der uns anders aussehen lässt." Mattis und Thea sahen ihn hoffnungsvoll an. „Aber das ist gefährlich" fügte Kardir hinzu „die Gnome sind auf euch Zwerge ungefähr genauso gut zu sprechen wie ihr auf die Gnome."

Das brachte sie wieder zurück in die Gegenwart und zu ihrem ganz vordersten Problem. Was sollten sie mit Kardir machen? Da draußen, oder in der anderen Welt, war ein ganzer Mob wütender, verängstigter Zwerge, die Kardir lynchen wollten. Ratlos sahen die drei sich an.

Mattis sprach als erster: „Kardir, ich denke, dafür haben wir nicht allzu viel Zeit, DU musst dich jetzt verändern oder wir müssen uns ganz schnell was einfallen lassen" "Wenn wir nur zu den Ställen gelangen könnten!" warf Thea ein, „Minis Bein ist wieder in Ordnung und Mickey kann locker euch beide tragen!"

„Leider kenn ich keine Zaubertränke" kam niedergeschlagen von Kardir. „Und wir können nicht zaubern" kam ebenso deprimiert von Mattis. Wieder funkelten Theas Augen zornig oder eher trotzig auf „Dann müssen wir jetzt halt erst mal unser Gehirn anstrengen, ums Zaubern können wir uns kümmern, wenn wir in Sicherheit sind."

Erst einmal setzten sie sich wieder im Schatten auf den Sand. Man konnte förmlich hören wie es in ihren Gehirnen schnurrte und ratterte, als sie verzweifelt nach einer Idee, einer Lösung suchten. Aber es half alles nichts, keine noch so kleine Idee, kein winziger Hinweis.

Es war ihnen klar, dass sie jederzeit wieder zurückkehren konnten. Wären da nicht die anderen Zwerge gewesen, die Kardir fangen wollten. Die Schürhaken und Seile waren ja deutlich genug.

Schließlich legte Thea sich auf den Rücken und starrte in den Himmel. Etwas machte ihr zu schaffen, aber was? Sie kam nicht drauf. Dann ließ sie ihren Gedanken freien Lauf. Es tat ihr leid, dass sie ihre Gefährten ein paar Mal grundlos angefaucht hatte. Das war eben ihr Temperament! Sie konnte nichts dafür. Aber sie wollte auch niemanden verletzen. Sie musste sich unbedingt dafür entschuldigen.

Gedanken und Bilder erschienen in ihrem Kopf und verschwanden wieder, wurden durch neue Bilder und Gedanken ersetzt. Sie sah sich und Mattis auf den Shetties und dann am Bergrutsch, erlebte noch einmal den Beinahe-Absturz und die Ankunft in der Taverne. Sie hörte noch einmal Griesgrams Legende und seine Aufforderung, den Fluss zum Singen zu bringen. Kardir und seine Fähigkeiten zur Heilung fielen ihr ein. Sie mochte ihn. Und dann seine Geschichte, der alte Gnom und das Amulett. Und dann diese Welt, die erste Ankunft und die zweite Ankunft. Caleidope und ihre Fähigkeit, die Gestalt zu wechseln. Wir sollen uns selbst finden und unsere Magie, dann den Kristall, ihn öffnen und die dort eingeschlossene Magie freilassen...

Grolme

Halt! Ruckartig setzte Thea sich auf. Da war etwas, gerade eben. Sie wiederholte ihre letzten Gedanken: Caleidope, Gestalt wechseln, Ankunft.

Das war es! Wie hatte sie nur so dumm sein können! So offensichtlich!!

„Jungs, ich hab's!" rief sie. Mattis und Kardir ruckten mit den Köpfen herum, in ihren Augen keimte ein Hoffnungsschimmer auf. „Was hast Du?" „Erzähl schon!" Kardir plapperte mit Mattis um die Wette.

„Erinnert ihr euch noch, wie wir das erste Mal hier waren?" fragte Thea. „Na klar" nickten die beiden, „ist ja noch nicht so lange her." „So" fuhr Thea fort, „dann schaut euch mal um. Fällt euch nichts auf?" Kardir und Mattis schauten sich um, schüttelten den Kopf und wandten sich mit fragenden Gesichtern wieder zu Thea. „Ich sehe schon." grinste Thea, „blind und wahrscheinlich auch taub!" Ihr Grinsen wurde breiter, sie konnte es sich einfach nicht verkneifen. Sie hielt sich die Hand vor den Mund, um nicht laut zu glucksen. „Also, ihr Schnellmerker, bei unserer ersten Ankunft standen wir genau an der gleichen Stelle wie jetzt. Wir haben hinüber zu den violetten Bergen gesehen. Könnt Ihr mir folgen?" Mattis nickte, Kardir schüttelte den Kopf, „Ja, äh - nein. Doch, - ja. Worauf willst Du hinaus?" stammelte er.

„OK -" sagte Thea, „wo war bei unserer ersten Ankunft das Meer?" Fragende Gesichter, dann plötzlich zuckte Mattis herum, blickte auf das Meer. „Kein Meer! Da war kein Meer! Als wir zum ersten Mal hier waren, GAB ES DORT KEIN MEER." „Stimmt genau" ergänzte Kardir, „ich habe auch keins gesehen." „Aber das würde ja bedeuten ---" Mattis brach verwirrt ab.

Thea hob die Hand, „wartet noch etwas mit euren Schlussfolgerungen" bat sie. „Es geht noch weiter." Sie ging ein paar Schritte hin und her. Dann begann sie „Vorhin haben wir auch etwas gesehen. Und zwar haben wir anscheinend alle das Gleiche gesehen. Erinnert euch an den Nebel, an die Elfen, Drachen und Einhörner. Und dann Caleidope, das Einhorn mit der wechselnden Gestalt." Thea machte eine Kunstpause. „Wir sollen für diese Wesen etwas erledigen" fuhr Thea fort. „Erst sollen wir unsere Magie finden, dann den Kristall finden und schützen, ihn öffnen und die dort eingesperrte Magie samt den Einhörnern, Elfen und Drachen befreien. Caleidope sagte: ...ihr müsst die Magie befreien, ihr müsst uns befreien..."

Theas Hand beschrieb einen weiten Bogen von den violetten Bergen über das Meer bis zum nahe stehenden spitzen Felsen. „Die Einhörner - wo sind sie? Und die Elfen und Drachen? Caleidope? Keiner da! Ich sehe keinen! Kann ja auch nicht, die sind ja eingesperrt, eingesperrt in dem Kristall den wir finden sollen."

Thea blickte ihre Gefährten an. „Trotzdem haben wir hier die entscheidenden Hinweise erhalten. Das zusammen mit der alten Legende über die Mobbler, dem Amulett und den beiden Alten macht nur Sinn, wenn dies alles hier" wieder der große Bogen mit der Hand, „wenn dies alles hier unsere eigene Magie ist."

Sie achtete nicht auf die offenen Münder von Kardir und Mattis. „Hier können wir alles machen, wir können ein Meer schaffen, wo vorher keines war, wir können uns mit Wesen unterhalten, die seit unendlich langer Zeit eingesperrt sind und wir können so an Erkenntnisse kommen, die uns in unserem normalen Leben verschlossen bleiben. Hierher können wir flüchten, ohne dass uns jemand folgen kann. Wahrscheinlich ist es auch nicht nötig, irgendeinen Zaubertrank zu trinken, um uns anders aussehen zu lassen. Caleidope hat es uns vorgemacht. Ich bin überzeugt, dies hier ist unsere Magie. Aber, " schloss sie, „wir müssen wohl noch etwas üben, bis wir alle erforderliche Techniken beherrschen. Ich stelle mir vor, wenn wir von außen wie Grolme aussehen und dann zurückkehren, werden alle Zwerge schleunigst Reißaus nehmen. Nur die Shetties müssten wir vorübergehend in der Taverne lassen. Allein der Gedanke daran macht mich ziemlich traurig. Aber sie können keine Grolme tragen und wären ständig in großer Gefahr, zu Nahrung zu werden." Sie seufzte ein paar Mal.

Dann wandte sie sich an Kardir und Mattis, die sie immer noch mit offenen Mündern anstarrten. „Na, was sagt ihr?" Kardir klappte seinen Mund hörbar zu. „Puhh" sagte er. Mehr fiel ihm im Moment wohl nicht ein. „Genial. Einfach genial" flüsterte Mattis. „Hoffentlich hast du Recht. Dann lass uns mal ein bisschen üben. Weißt Du auch schon wie?"

Warum musste sie eigentlich immer auf alle Ideen kommen, fragte Thea sich. Wie sollte sie denn wissen, wie und was sie üben sollten? Wie kam es, dass sie in dieser Welt alle dasselbe sahen, was vorher nicht da war? Sie lauschte dem Meer. Konnte das Meeresrauschen sie weiterbringen? Schließlich sollten Zwerge laut Kardir die Fähigkeit besitzen, dem Wald und Wind zu lauschen, mit Tieren zu sprechen und Griesgram hatte gesagt, sie sollen den Fluss zum Singen bringen. So sehr sie sich jedoch darauf konzentrierte - sie hörte nichts außer Rauschen. So kamen sie nicht weiter. Sie seufzte.

„Hast du einen Einfall?", fragte Mattis hoffnungsvoll. Kardir spielte gedankenverloren an seinem Amulett. „Lass das!", kam es wie aus einem Mund von den beiden Zwergen. „Wir sind mit Hilfe des Amuletts hierher gekommen. Vielleicht wirkt es auch anders herum." Und sie fassten schnell jeder eine Hand von Kardir. Eine merkwürdige Stärke erfüllte sie.

Das muss es sein: „Wenn wir drei eine Einheit bilden, können wir alles Mögliche bewirken" dachte Thea. „Genau das habe ich auch eben gedacht", bemerkte Mattis. „Was?", fragt Thea erstaunt. Niemand hatte etwas gesagt. „Dass nur wir drei zusammen alles Mögliche bewirken können", meinte auch Kardir.

Verwundert konzentrierte sich Thea auf das Amulett und das Rauschen des Meeres. Sie hielt immer noch Kardirs Hand. Auch die anderen beiden schauten nachdenklich auf das Meer hinaus.

„Wenn wir doch nur unsichtbar wären und so in die Welt der Zwerge und Grolme könnten" überlegte Thea laut. „Ja, oder so klein und flink wie Eichhörnchen" witzelte Mattis. Bei dem Gedanken an Zwerg- und Gnom-Eichhörnchen mussten auch Thea und Kardir schmunzeln. Dann sahen sie, wie die Umrisse ihrer Kameraden undeutlich wurden.

Einen Moment später sahen alle drei kleine Eichhörnchen am Strand herumflitzen. Eines von ihnen hatte ein dichtes Fell, in dem ab und zu etwas aufblitzte - und große sehr behaarte Füße.

Mattis dachte unwillkürlich an Kardir und schmunzelte leicht vor sich hin. „Mmmhh, komisches Eichhörnchen... und wo sind die beiden hin? Wieso ist der Felsen so riesig?"

Doch da piepste eines der Eichhörnchen herum „Juhu, so wie ich es gedacht hatte!" Mattis schaute etwas verwundert, weil sich das Eichhörnchen wie Thea anhörte. Es sagte: „Mattis ich kann das Fragezeichen über deinem Kopf sehen". Es kicherte „Geh einfach zum Wasser und betrachte dein Spiegelbild." Mattis sagte verwundert „Warum sollte ich das machen, ich kenn doch mein Spiegelbild." „Hör auf zu murren und mach's einfach" entgegnete das Eichhörnchen, das wie Thea klang. Mattis ging zum Bach. Er beugte sich nach vorne und was er sah, verschlug ihm die Sprache.

Mit großen Augen sah ihn ein Eichhörnchen aus dem Bach an. „Was ist das?" stammelte er verwirrt. Und dann dämmerte es ihm. Alle drei fingen an zu lachen. Lachend sausten die drei kleinen Vierbeiner durch die Gegend. Selbst wenn sie sich nicht, oder besser noch nicht in Grolme verwandeln konnten, als Eichhörnchen würden sie den Zwergen bestimmt auch entkommen können.

Nur wenig später testeten sie ihre neue Fähigkeiten in der Realität. Und trotz ihrer wiedergekehrten Müdigkeit, erkannte sie kein Zwerg als Eichhörnchen. Ein paar Kinder freuten sich, 3 Eichhörnchen auf einmal zu sehen, und einige erwachsene Zwerge wunderten sich kurz darüber. Aber jetzt hatten sie keine Zeit für Eichhörnchen, sie mussten den Gnom fangen.

„Wir sind wirklich unsichtbar für die Zwerge", flüsterte Thea. „Vielleicht sehen die Grolme auch nichts Verdächtiges in uns als Eichhörnchen; und wenn doch, sind wir schnell genug. Wir können ja auch in Bäume klettern und uns dort verstecken, wenn doch einer Verdacht schöpft. Auf jeden Fall sollten wir uns unter die Grolme mischen, um möglichst viel von ihnen zu erfahren. Äh…. Weiß jemand, wie wir ans andere Ende der Schlucht kommen?" „Ich war dort schon einmal auf meinen Streifzügen", sagte Kardir, „ich glaube, ich finde den Weg wieder." Mattis sah nachdenklich drein. „Wir sollten nicht alle 3 zusammen unter den Grolmen sein. Wir fallen weniger auf, wenn wir uns einzeln unter ihnen umhören." Etwas mulmig war es Thea schon bei dem Gedanken, sich ohne die Nähe ihrer Freunde unter die Grolme zu mischen und was, wenn sie sich wieder verwandelten! Was, wenn sich einer nicht mehr konzentrierte oder , wenn sie physisch zusammen bleiben mussten, damit die Magie wirkte? „Aber nicht zu weit voneinander entfernen, ja?!", fragte sie etwas unsicher. „Klar, wir verlieren uns nicht aus den Augen", meinte Kardir. „Lasst uns aufbrechen."

Sie stellten schnell fest, dass sie als Eichhörnchen sehr viel schneller vorankamen, als mit ihren normalen Beinen. Das traf besonders für die beiden Zwerge zu, aber auch für Kardir. Eichhörnchen sind eben viel flinker und wendiger. Ihre Fortbewegungsart ist ja auch ganz anders: sie gehen nicht auf zwei Beinen, sondern hüpfen auf allen Vieren, und das sehr schnell. Sie müssen auch nicht um Felsbrocken oder umgestürzte Bäume herumgehen, sondern hüpfen einfach darüber oder, wie im Falle des umgestürzten Baumes, einfach hindurch. Natürlich passen sie auch noch durch kleinste Lücken hindurch.

So gesehen war die Verwandlung in Eichhörnchen eine wirklich gute Idee. Wer hatte diese Idee eigentlich, fragte sich Thea. Sie war es nicht gewesen, Kardir vielleicht? Ja, dachte sie, das könnte gut sein. Wo er sich doch mit Tieren so gut auskennt…

Plötzlich fiel ihr noch etwas ein. „Wartet einmal!" rief sie. Alle blieben stehen. „Was ist?" fragend schauten Mattis und Kardir sie an. Thea fiel erst jetzt auf, dass Kardir's Amulett auch geschrumpft war. Sehr praktisch, diese Magie. Die denkt wohl mit! Unwillkürlich musste sie schmunzeln. „Na, was ist nun?" drängten ihre Gefährten. „Wie, ach so, ja." Sie konzentrierte sich. „Wir sollten in keinem Falle weit auseinandergehen. Auch bei den Grolmen nicht. Denkt bitte daran, dass wir nur zu dritt handeln können. Ich jedenfalls mag mir gar nicht vorstellen, was passiert, wenn einem von uns etwas zustößt. Es könnte sein, dass die anderen dann ohne Magie in ihrer natürlichen Gestalt mitten unter den Grolmen stehen. Dann wäre alles gescheitert und verschwinden könnten wir auch nicht mehr. Weil nämlich die Magie ebenso wie das Verschwinden nur von uns gemeinsam vollbracht werden kann, denke ich." Sie machte eine Pause. „Aber vielleicht ist das" sie malte mit ihren kleinen Vorderpfoten zwei Tütelchen in die Luft „UMHÖREN" ja viel einfacher als wir jetzt denken. Ist euch denn noch nicht aufgefallen, wie gut wir als Eichhörnchen hören können? Hört doch mal!" forderte sie ihre Begleiter auf.

Es sah richtig niedlich aus, als die beiden Eichhörnchen sich auf die Hinterbeine setzten, die Köpfe hoch erhoben und die Ohren in den verschiedensten Richtungen spielen ließen. Die kleinen Köpfe drehten sich ruckartig und auch die kleinen Nasen bewegten sich.

Plötzlich standen die beiden kleinen Eichhörnchen mit gespannten Körpern auf allen Vieren, bereit zur blitzartigen Flucht. „Ich kann die

Grolme hören und verstehen!" sagte Mattis. „Ich auch" kam es von Kardir. „Und ich rieche sie. Sie stinken!" Mit angespannter Stimme sagte Mattis „Schnell, auf die Bäume! Wir müssen uns das ansehen!"

Die drei Eichhörnchen flitzten den nächsten Baum bis in die Krone hinauf. Es war ein sehr großer Baum mit einer weit ausladenden Krone. Auf einem starken Ast in der Mitte der Krone machten sie Halt. Es war wirklich verblüffend: keiner von ihnen war außer Atem oder fühlte sich abgeschlafft! Hier oben waren sie sicher, wurde ihnen bewusst. Sie wussten es einfach. Und allen wurde auf einmal klar, dass die Bäume ihr natürlicher Lebensraum war. Hier waren sie in ihrem Element, die Fortbewegung auf dem Boden war doch erbärmlich zweidimensional.

Sie sahen sich um. Der Ast, auf dem sie angehalten hatten, wuchs in die falsche Richtung.

Der Geruch der Grolme war aber auch hier gut auszumachen, ihre Hauptnahrung Fleisch, schien in Massen in ihrem Lager zu sein. Den drei Eichhörnchen wurde fast schlecht. Etwas leise und schwächlich brachte Thea ein „Ihr seht ganz schön grün aus um die Nase" heraus, als der Ast, auf dem sie sich befanden, anfing sich gen Boden zu biegen. Der Geruch des Fleisches und Gestank der Grolme wurde für die feinnasigen Eichhörnchen übermächtig. „Na ja so ganz wohl ist mir auch nicht" gab Kardir zu bedenken und Mattis konnte nur noch mühsam mit dem Kopf nicken, um seine Zustimmung zu bekunden.

Zuerst bemerkten die kleinen roten Tierchen die Bewegung des Astes nicht, sie waren zu sehr mit ihren winzigen Mägen beschäftigt. Als Thea jedoch anfing zu rutschen, streckten Kardir und Mattis fast gleichzeitig die Hand nach ihr aus. Doch zu spät, mit einem lauten Knall landeten die drei auf ihrem Hintern. Etwas benommen stand Mattis auf, sich sein etwas schmerzendes Hinterteil reibend, bemerkte er: „Hey, der Geruch ist weg" Mattis und Kardir grinsten sich an. Thea saß noch benommen auf dem Boden „Ja und die Stimmen auch." murmelte sie vor sich hin. Aber Kopfschmerzen hatte sie, dabei war sie doch gar nicht mit dem Kopf aufgekommen.

„Und wir haben unser normales Aussehen wieder" bemerkte Kardir. Sie schauten sich gegenseitig an. „Oha!" sagte Mattis, „das kann aber ganz schön ins Auge gehen. Wir könnten jetzt mitten zwischen Grolmen gelandet sein oder noch was Schlimmeres." Kardir nickte und auch Thea sah sehr, sehr beunruhigt aus.

„Wir müssen überlegen, wie das geschehen konnte." sagte Thea. „Solange wir das nicht herausgefunden haben, werden wir ständig in Gefahr sein, weil wir die Verwandlung nicht kontrollieren können. Überlegt doch mal, womit könnte das zusammenhängen?" Mattis und Kardir dachten angestrengt nach. Man konnte förmlich hören wie es in ihren Köpfen ratterte. „Äh, ich glaube" sagte Kardir zögernd, „ich glaube das fing an, als wir das Fleisch gerochen haben."

Thea runzelte die Stirn. „Ja, das macht Sinn." sagte sie nachdenklich. „Uns ging es richtig, richtig schlecht. Eichhörnchen sind für so etwas nicht gebaut. Das haben wir ja alle drei bemerkt. Und ich für meinen Teil, habe mir gewünscht, kein Eichhörnchen mehr zu sein." „Ich auch" rief Mattis aus. „Und dann fingen wir an, uns zu verwandeln, wurden größer und schwerer, der Ast bog sich und wir rutschten ab." Fuhr Thea fort, „Schaut euch doch mal den Ast über uns an! Der hält locker zwanzig oder dreißig Eichhörnchen aus, aber nicht zwei Zwerge und einen Gnom!"

Thea schien mit ihrer Erklärung sehr zufrieden zu sein. Kardir und Mattis offenbar auch.

„Aber, trotzdem war es sehr hilfreich, mit solchen Sinnen ausgestattet zu sein" sagte Mattis. „Wir müssen nur die Regeln beachten."

„Hä? Regeln? Welche Regeln? Was redest Du da?" fragte Kardir. „Na ja" antwortete Mattis „eine Regel haben wir ja jetzt gelernt: Wir dürfen nichts tun, was der Natur der Wesen, in die wir uns verwandelt haben, widerspricht."

„Wow" kam es von Thea, „das ist gut!" Mattis fühlte, wie ihm die Röte ins Gesicht stieg. Er scharrte verlegen mit den Füßen und blickte zu Boden. Mit solchen Komplimenten hatte er noch nie richtig umgehen können. Er ärgerte sich über sich selbst.

„Wenn das stimmt, würde es bedeuten, äh--" Kardir brach ab. „Ja, wir müssen uns in Wesen verwandeln, die mit diesen Bedingungen zurechtkommen und trotzdem mit hervorragenden Sinnen ausgestattet sind" ergänzte Thea.

Kardir wurde unruhig. Ihm war etwas eingefallen. „Genau, klein, schnell, sehr robust und mit überragenden Fähigkeiten. Können in fast jeder Umgebung überleben." „An was denkst Du? Komm, spann uns nicht so auf die Folter!" Thea machte Druck.

„Ich denke da an einen alten Reisebericht, den ich einmal gehört habe. Ist schon lange her. Es ging da um eine Affenart, den Sifakas. Sie gehören zu den Lemuren und leben auf einer Insel. Sie leben, wenn es geht, auf Bäumen und können 10 Meter weit springen. Außerdem sehen und hören sie sehr gut. Sie fressen hauptsächlich Pflanzen, aber nicht nur. Putzige kleine Kerlchen, ich weiß sogar, wie sie aussehen. Sie können sogar von einem Baum auf einen dornenbewehrten Kaktus springen ohne sich zu verletzen. Ich war damals mächtig beeindruckt." Kardir schwieg und sah seine Begleiter erwartungsvoll an.

„Affen?!" Die beiden Zwerge starrten Kardir mit offenen Mündern an. Was hatte er sich nur dabei gedacht? Würden sie als Affen hier nicht sehr auffallen? Gesehen hatten sie hier noch keine. Auf der anderen Seite war Kardir sich ja immer sehr sicher was Tiere anbelangte. Eins wussten sie jedoch genau: Sie mussten sich schnellstens etwas einfallen lassen, bevor die Grolme sie doch noch entdeckten.

„Ja Affen", entgegnete Kardir. „Die sind klein und wendig, springen 10 m aus dem Stand und haben super Ohren". Eine Weile grübelten alle drei angestrengt über diese Möglichkeit nach. Kleine, wendige Affen, warum eigentlich nicht. „Sagtest du nicht, sie seien Pflanzenfresser?" wollte Thea wissen. Die Grolme stanken ja nun wirklich gewaltig. Würde ihnen da nicht genauso schlecht werden wie als Eichhörnchen? Kardir nickte. „Überwiegend schon. Und was nehmen wir sonst?" fragte er die anderen, „mir fällt kein wendiges, unauffälliges Tier ein, dass den Gestank nicht riechen würde." „Hmm", stimmte Thea ihm zu. Fragend sahen sie einander an. „Mit 10 m Sprungkraft sind wir aber wenigstens nicht in Gefahr," warf Mattis ein. „Hmm", kam wieder von Thea. Wieder schwiegen sie. So ganz optimal waren die kleinen Affen ja nicht, auf jeden Fall nicht hier bei den Grolmen. „Vielleicht mit dem Kristall" murmelte Thea. Kardir und Mattis sahen sie fragend an, doch Thea schüttelte nur den Kopf „Später vielleicht," murmelte sie. Laut fügte sie hinzu: „Also brauchen wir eine Gestalt, die bei den Grolmen nicht Gefahr läuft aufzufallen und von dem Gestank nicht ohnmächtig wird." Versteckt zwischen den Büschen überlegten die drei weiter.

Auf einmal schlug sich Kardir mit der flachen Hand gegen die Stirn. „Aber natürlich!" rief er aus. Mattis sah sich, ebenso wie Thea, erschrocken um bei der Lautstärke. „Psst, die Grolme" zischte er. „Ja genau!" fügte Kardir freudestrahlend, aber um einiges leiser hinzu. Auf die zweifelnden Gesichter fügte er hinzu: „Hört mal, wir brauchen etwas, das bei den Grolmen nicht auffällt und deren Gestank aushält." Erwartungsvoll sah er die beiden Zwerge an, welche nur Blicke austauschten, hatten sie ihre erste Idee wirklich schon wieder vergessen? „Genau das hat Thea doch eben gesagt" warf Mattis ein. Kardir sah die beiden immer noch herausfordernd an. Bei Thea kam nur ein verständnisloser, großäugiger Blick. Aber Mattis fing plötzlich an von einem Ohr zum anderen zu grinsen. „Na klar, logisch, Grolme" rief er aus und strahlte Thea mit Kardir um die Wette an, als ob jetzt alles sonnenklar und alle ihre Probleme gelöst seien. Thea sah allerdings nur fassungslos von einem zum anderen. Typisch Frau, dachte Mattis, und musste grinsen. Der Gedanke sich wie ein Grolm zu verkleiden bzw. von der Magie verkleiden zu lassen, war ja anscheinend noch akzeptabel gewesen, aber selbst Grolm zu werden, schien ihr nicht sonderlich angenehm. Sonst stellte sich Thea nicht so mädchenhaft an, stellte Mattis fest. „Grolme?" fragte diese angewidert, „Wir, und widerliche, fleischfressende, stinkende Grolme, echte Grolme?" Mattis und Kardir nickten fröhlich. Begeistert sah Thea immer noch nicht aus, aber sie musste zugeben, es klang logisch, und war wahrscheinlich auch die einzige Möglichkeit, zumindest zum jetzigen Zeitpunkt. Aber echte Grolme!? Ein Schauer lief ihr über den Rücken.

Aber es half nichts. Nur ein Grolm fiel inmitten anderer Grolme nicht auf und hielt deren Gestank aus.

Aber würde die Verwandlung auch funktionieren? Immerhin hatte der gemeinsame Wunsch, kein Eichhörnchen mehr sein zu wollen, vor einigen Minuten zum Abbruch der Verwandlung geführt. Sie spürten den Aufprall immer noch und so wurden sie schmerzhaft daran erinnert, was passieren konnte.

„Mir wäre wohler, wenn uns etwas anderes einfallen würde" sagte Thea. „Lasst uns doch noch einmal zum Meer gehen und dort weiter nachdenken." bat sie. „Ich habe das Gefühl, dort können wir besser denken und auch fühlen".

Von Kardir und Mattis kam kein Einspruch, sie schienen sich sogar zu freuen. „Komisch" dachte Thea, „erst wollen sie Grolme werden und jetzt tun sie so, als würde es nach Hause gehen". Sie hütete sich jedoch davor, ihre Gedanken laut auszusprechen. „Männer ... " dachte sie noch, dann wandten sie sich zueinander, Kardir nahm das Amulett in die Hand und Thea und Mattis streckten ihre Hände aus.

Noch bevor alle das Amulett berührt hatten, waren sie wieder in „ihrer" Welt. Alle drei fühlten das: es war IHRE Welt. Die Welt ihrer Magie. Es war ihr Zuhause. Eigentlich wussten sie gar nichts von dieser Welt und doch war sie vertraut. Merkwürdig vertraut. Magie!

Als sie sich umsahen stellten sie fest, dass sie nicht wie zuvor in der Nähe der Felsnadel gelandet waren. Die Felsnadel lag weit hinter ihnen, die Berge vor ihnen schienen jetzt ein wenig näher zu sein. Das Meer war noch da, sie befanden sich an seinem Ufer, etwa zwanzig Schritte vom Wasser entfernt. Unter ihren Füßen war fester Sand, doch weich genug um ihre Fußspuren aufzunehmen.

Sie hörten das Rauschen der Wellen und das weiche Murmeln des zurückströmenden Wassers. Ein leichter Wind umspielte sie, kräuselte ihre Haare. Es war angenehm warm. Sie entspannten sich langsam.

Das leise Murmeln des Wassers wurde etwas stärker, fast konnte man es verstehen.

„Ich glaube, unsere Magie will uns etwas sagen". Wer hat das gesagt? Die drei Freunde berührten immer noch das Amulett. Thea zog jetzt langsam ihre Hand zurück. „Wer hat eben eigentlich gesagt, dass uns die Magie etwas sagen will?" fragte sie. „Ich nicht" sagte Kardir. „Ich nicht" sagte auch Mattis. „So, also ich auch nicht" fuhr Thea fort. „Frage: und was bedeutet das?" fügte sie hinzu.

Sie streckte langsam ihre Hand wieder aus und berührte das Amulett. Dann zog sie die Hand wieder zurück. „Habt ihr es bemerkt?" Sie konnte ganz schön herausfordernd sein. „Ja schon" sagte Mattis, „aber ich weiß nicht, wie ich es beschreiben soll". „Genau!" ergänzte Kardir, „es ist so als wenn wir, ich oder du... wir oder ... naja, irgendwer eins wären. Irgendwie mit anderen, oder größeren Fähigkeiten als jeder für sich allein. Könnte doch sein, dass wir uns gegenseitig ergänzen, andere, bessere Fähigkeiten … Ach, dummes Zeug, ich habe nur so vor mich hingedacht." Er beendete seine Rede etwas kläglich.

„Nein, nein" sagte Thea, „ich finde es sehr interessant. Um ehrlich zu sein, ich habe schon in die gleiche Richtung gedacht, aber mich nicht getraut. Und ich bin fast überzeugt, dass wir damit ziemlich Recht haben. Nur, es ist gelinde gesagt, etwas ungewöhnlich. Weit entfernt von unseren bisherigen Erfahrungen". Sie schwieg nachdenklich. Nach einer Weile des Schweigens sagte Mattis plötzlich „Thea, komm, berühre das Amulett. Wir sollten uns vielleicht anhören, was unsere Magie uns zu sagen hat. Na los, komm schon" drängte er. Thea streckte die Hand aus.

Und berührte wieder das Amulett.

Wieder dieses merkwürdige, nicht zu beschreibende Gefühl. Alle drei konzentrierten sich darauf und hatten das Gefühl, als würden sie irgendwie zusammenwachsen, EINS werden.

Das Murmeln der Wellen wurde lauter, dann klarer. Sie konnten einzelne Worte verstehen, die keinen Sinn ergaben. Es war, als würden viele Personen durcheinander und gleichzeitig reden. Was war das?

Dann, ganz plötzlich, ließ das Stimmengewirr nach. Eine einzelne Stimme sagte laut und deutlich: „Na also, ihr habt es ja doch geschafft. Ihr habt soeben gelernt, eine Einheit zu bilden und als Einheit zuzuhören. Ich hatte schon ernsthafte Zweifel, ob ich die richtige Wahl getroffen habe. Jetzt aber bin ich mir sicher. Ihr seid wirklich die Auserwählten. Die Prophezeiung hat sich bis jetzt erfüllt. Gut, die ersten zwei Schritte habt ihr mit Bravour geschafft. Gratuliere! Die folgenden Schritte werdet ihr auch schaffen, ich bin fest davon überzeugt."

Die Stimme schwieg einen Moment, um dann fortzufahren: „Ich muss euch noch ein paar Dinge beibringen. Und ihr braucht jetzt noch mehr Information über das, was hier gespielt wird. Fangen wir also an!"

Wieder eine Pause. Die drei Freunde, oder besser die Einheit der drei Freunde, lauschte gespannt.

„Wisst ihr eigentlich, wo ihr hier seid?" fragte die Stimme. Als keine Antwort kam, drängte sie „Na los, antwortet endlich. Wir haben zwar endlos Zeit, aber unsere Geduld wird geringer. Macht schon!"

„Nein, wir wissen es nicht. Wir nahmen an, dies wäre eine Welt unserer Magie. Eine Welt, geschaffen durch uns gemeinsam mit dem Amulett. Eine Welt, die uns vielleicht weiterhilft, die uns stärkt für unsere Aufgaben. Wo wir Information, Kraft und Schutz finden. Abgetrennt von der realen Welt."

Keiner von ihnen, weder Thea, noch Mattis oder Kardir, hatten etwas gesagt. Es musste also die Einheit Thea-Mattis-Kardir geantwortet haben. Na so was, das war ja ein ganz schöner Spruch. So klar hätte das wohl niemand von ihnen allein beantworten können. Die Einheit konnte also auch reden. Thea, Mattis und Kardir brauchten sich gar nicht anzusehen, um zu fühlen, wie sehr sie sich freuten und wunderten.

„Ah ja, gar nicht so schlecht. Aber trotzdem nicht richtig. Ich werde es euch gleich erklären" antwortete die Stimme und fuhr dann fort: „Ihr habt ja schon von den alten Geschichten der Mobbler gehört, welche die Macht an sich bringen wollten. Und ihr habt auch gehört, dass die Mobbler aus rücksichtsloser Gier einiger, den Frieden ihrer Welt zerstörten und die Entstehung der Grolme ermöglichten," die Stimme schien über das Wort Grolm kurz zu stolpern, als wäre es eine neue Vokabel, bevor sie fortfuhr: „Besonders einer der letzten mächtigen Mobbler machte einen fatalen Fehler. Um seinen Reichtum und seine Macht noch weiter zu vergrößern, benutzte er seine Magie eigennützig und teilte sie mit den bösen Zungen der Mobbler. Sein Name war Illidan"

Schon wieder Illidan, dachte Thea und auch auch auf Kardirs und Mattis Gesicht lag der Ausdruck der Erkenntnis.

„Der Kriegsfürst Legols und seine Anhänger konnten dieses Wissen zwar nicht direkt einsetzen, aber da sie von den Mobblern abstammten, beziehungsweise noch teilweise welche waren, fanden sie heraus wie man diese Kräfte dennoch gebrauchen konnte. So wurde bei den entstehenden Grolmen aus Heilung böse Zerstörung und aus gutem Zauber wurde faule, stinkende Asche.

Die Zahl der verbliebenen guten Mobbler nahm in dieser Zeit ständig ab. Im Gegensatz dazu wuchs die Zahl der Grolme ständig an. Aus heutiger Sicht, entstanden zur selben Zeit auch die Zwerge und Gnome," fügte die Stimme fast als Nebensache ein, „Es war abzusehen, wann der letzte Mobbler verschwunden sein würde und die Grolme die gesamte

Macht hatten. Alle Wesen fühlten die Veränderungen, diese Entzweiung und versuchten, sich in Sicherheit zu bringen.

Das jedoch war gar nicht so einfach, es gab einfach keinen dauerhaft sicheren Platz vor den bösen Zungen und der Kompromittierung. Besonders für die Wesen, die irgendwie mit Magie im Zusammenhang standen, war die Lage damals verzweifelt. Sie würden als erste verschwinden, es gab keinen Ausweg.

Illidan hatte seinen Fehler schnell erkannt. Aber alle Reue kam zu spät. Es ließ sich nichts mehr rückgängig machen. Die Mobbler waren durch die Intrigen entzweit, teilten sich weiter und würden verschwinden. Die Magie war vergiftet worden und schwand unter dem Einfluss der Grolme. Der Schaden war angerichtet und wurde größer und größer, auch über das Meer hinaus.

Es dauerte sehr, sehr lange, bis Illidan einen Weg fand, die vollständige Vernichtung der Magie aufzuhalten."

Die Stimme machte jetzt eine Pause. Die drei Freunde und auch die „Einheit" warteten geduldig. Sie hatten zwar viele Fragen, aber das musste warten. Was die Stimme ihnen zu erzählen hatte, war jetzt wichtiger.

„Illidan's Plan war im Prinzip ganz einfach" fuhr die Stimme fort. „Er wollte alle schutz- oder wehrlosen Magie-Wesen an einen Ort bringen, wo sie vor der Kompromittierung geschützt waren. Dort sollten sie so lange bleiben, bis die bösen Zungen von den Drachen, Berianern, Trollen oder auch von eventuell verbliebenen Mobblern vernichtet werden konnten und die verfeindetetn Adelfamilien oder ihre Nachfahren wieder Frieden schlossen. Dann sollten die Magie-Wesen zurückkehren und die Welt wieder mit Leben und Magie erfüllen.

Illidan wusste auch schon, wo dieser Ort war. Er wollte ihn selbst erschaffen und mit Hilfe seiner Magie unzerstörbar machen. Allerdings, damit die Unzerstörbarkeit wirksam wurde, musste er selbst ebenfalls an diesem Ort sein und auch bleiben. Um genau zu sein, er musste alle seine Kräfte bündeln und auf sich selbst fokussieren. Er selbst würde zu diesem Ort werden. Ihm würde nur noch genug Kraft bleiben, um die

Wesen aufzunehmen und vielleicht den Kristall passieren zu können. Aber nicht genug Kraft, um seine Magie wieder aus dem Kristall mit hinauszunehmen.

Der ansonsten gute Plan hatte aber eine Schwachstelle: War der Prozess erst einmal in Gang gesetzt, würde ihm keine Kraft mehr bleiben, diesen Ort dauerhaft zu verlassen oder gar zu öffnen. Die Öffnung musste von außen geschehen, von einem Wesen mit ähnlich großen Kräften wie der seinen. Er selbst würde dazu nicht in der Lage sein.

Er wusste jedoch genau, dass es solch ein Wesen nicht gab. Er war der Einzige, der fähig war, so viel Magie auszuhalten. Dazu kam, dass die restlichen Mobbler innerhalb kurzer Zeit vollständig aussterben würden. Erschwerend kam hinzu, dass nur Mobbler mit solch einer Magie umzugehen wußten."

Als die Stimme eine Pause machte, murmelte Kardir, „Wieso so viel Magie aushalten?"

Etwas irritiert antwortete die Stimme: „Habt ihr das denn noch gar nicht bemerkt, schlaft ihr denn gar nicht, wenn ihr hier wart? Die Magie kostet Kraft, ihr müsst euch sicher fühlen, geborgen und heimisch, sonst ist sie zu viel, wenn man nicht mit ihr aufgewachsen oder geboren wurde.""

Ach so war das, dachte Thea, das war gar nicht die Aufregung gewesen, es war die Magie, die ihr so viel Kraft abverlangte. Auf den Gesichtern ihrer Gefährten las sie dieselbe Erkenntnis.

Die Stimme machte wieder eine Pause, so als wolle sie Kraft schöpfen.

„Hier kommt Caleidope ins Spiel." Die Stimme klang jetzt etwas angespannter. „Illidan rief die Gemeinschaft aller Magiewesen, den Rat der Weisen, zusammen. Sie kamen alle, trotz seines Verrates. Ihr könnt euch vorstellen, wie verzweifelt sie waren. Als alle versammelt waren, erzählte er von seinem Plan. Er verheimlichte nichts, erklärte die Vor- und Nachteile und auch die Gründe, warum er das tun wollte. Er sprach von seiner Schuld und was passieren würde, falls sie diesem Plan folgten. Dann begann eine hitzige Diskussion, die fast die ganze Nacht andauerte. Konnte der Plan aufgehen? Wie sollte der Kristall wieder geöffnet werden, wenn Illidan nicht da war? War das eine Falle? Was war die Alternative? Und so weiter und so fort wurden die Fragen diskutiert.

Schließlich, als es ruhiger wurde, meldete sich Caleidope zu Wort. Sie berichtete von einer Prophezeiung, die sie vor langer Zeit gesehen, aber nicht verstanden hatte:

> Der Schlüssel wird die Drei vereinen
> Ein Großer kommt Euch zu befreien

Sie erklärte, sie hätte zuerst nur die Worte gesehen, welche dann durch ein schwaches Bild ersetzt wurden, auf dem drei Wesen erkennbar waren, zwei sehr kleinen Wesen und einem etwas größeren Wesen. Und etwas undeutliches Ganzes, etwas Größeres als die drei Wesen.

Anschließend wies sie darauf hin, dass man diese Prophezeiung durchaus mit dem Plan in Verbindung bringen könne. Allerdings hatte sie keine Vorstellung davon, wie und wieso.

Ganz anders Illidan. Er wusste sofort, worum es ging. Er besprach sich kurz mit Caleidope und erklärte dann der verblüfften Versammlung, dass er solch einen Schlüssel anfertigen könne und auch wüsste, wie er überbracht werden könne. Damit wäre ihre Wiederbefreiung sichergestellt und das auch zu einem Zeitpunkt, an dem Freundschaft und Vertrauen über den eigenen Horizont hinaus wieder möglich wurden.

Man einigte sich schließlich darauf, dass der Plan durchgeführt werden sollte. Illidan stellte den magischen Schlüssel her und stellte gleichzeitig sicher, dass für ihn genügend Kraft übrigblieb, um den Schlüssel transportieren zu können... Um euch zu helfen und zu einen, damit ihr der Magie standhalten und sie nutzen und bündeln könnt.

Dann wurde der Plan umgesetzt.

Illidan selbst wurde zu dem Ort, der alle Magiewesen einschloss. Seine Kräfte wurden auf engstem Raum gebündelt und fixiert. Die Dimensionen verschoben sich. Sein Körper verschwand, seine Kräfte blieben wo sie fixiert waren und bildeten eine Sphäre außerhalb von Zeit und Raum. Dies machte die Sphäre undurchdringlich für alles, was an Zeit und Raum gebunden war. Selbst das Licht wurde so vollkommen absorbiert, dass die Sphäre von außen einem schwarz funkelnden Kristall glich.

Und so wurden sie auch gefunden, als die Grolme den Rat der Weisen in Waltistad erreichten und zerstörten. Die brachten den „Kristall" zu ihrem König, der ließ eine Fassung für diesen „Edelstein" bauen und hängte sich den Edelstein als Zeichen seiner Macht um den dicken Hals. Seitdem wird er vermutlich von König zu König weitergereicht als Symbol der Herrschaft."

Wieder machte die Stimme eine Pause.

„Du bist also nicht nur Illidan, sondern auch noch Griesgram der Gute und auch der alte Gnom, von dem Kardir das Amulett hat. Das Amulett ist der Schlüssel." Es war die Einheit Thea-Mattis-Kardir, die jetzt sprach. „Wir befinden uns demnach in dem Kristall, aus dem wir alle befreien sollen. Du kannst es nicht selbst, weil Deine Kräfte gebunden sind. Ich vermute, wenn wir die Sphäre öffnen würden, würdest Du zerstört?"

„Das macht nichts. Es gibt von mir eh nicht mehr viel. Nur noch die hier verankerten Kräfte und einen alten, verfallenden, der Magie beraubten Körper. Meine Magie bildet die Sphäre. Solange die Sphäre besteht, existiert auch dieses Bewusstsein. Wenn die gebundenen Kräfte verschwinden, die diese Sphäre bilden, verschwinde auch ich endgültig. Das ist nur fair, denn ich habe eine große Schuld abzutragen."

„Was ist mit den Grolmen?" fragte die Einheit Thea-Mattis-Kardir.

„Die Grolme, ja. Die sind ein Problem. Anstatt sich gegenseitig auszumerzen, vermehren sie sich sehr schnell. Sie sind drauf und dran, die gesamte Welt zu zerstören. Sie wissen das nicht, und wenn doch, so würde sie das nicht weiter stören. Eure Aufgabe ist zweigeteilt: Ihr müsst die Grolme aufhalten und danach die Sphäre öffnen.

Die Grolme aufzuhalten, wird für euch gemeinsam nicht schwierig sein. Eure Einheit ist durch meine Existenz immer präsent, sobald das Amulett von euch dreien berührt wird. Dass ihr jedes Mal hier gelandet seid, war von mir zuerst gewollt, um euch hier im Kristall den Entwicklungsrahmen zu geben, den ihr benötigt, um eure Kräfte voll zu entfalten. Die Kräfte eurer Einheit sind nämlich beachtlich. Wenn sie voll entwickelt sind, werden sie vermutlich größer sein, als meine Kräfte es waren. Schließlich wird die Magie nicht nur von einem Wesen gebündelt und ausgehalten, sondern von dreien. Sie kann über die meine hinauswachsen. Ihr braucht auch nicht unbedingt hier zu landen. Das vorgegebene Ziel kann so geändert werden, dass ihr dort landet, wo ihr wollt, wo eure Gedanken hinzeigen. Ihr müsst euch nur einig sein und euch sicher fühlen und wissen, was ihr wollt oder besser, wohin ihr wollt. Ihr braucht ein Bild davon, und nur ihr könnt sie nutzen. Gemeinsam.

Aufgrund der großen Kräfte eurer Einheit werdet ihr in der Lage sein, alles was die Grolme gegen euch aufzubieten haben, mit umgekehrtem Vorzeichen auf sie zurückzuschleudern. Das geschieht automatisch, solange das Amulett von allen dreien berührt wird. Es wird den Grolmen nicht gefallen. Aber sie können nichts machen, da es immer ihre eigenen Kräfte sind, die auf sie zurückgeschleudert werden, wie ein Spiegel.

Währenddessen sucht ihr nach der Sphäre. Bringt sie an euch, aber öffnet sie erst, wenn ihr mit den Grolmen wirklich fertig seid. Ihr werdet wissen, wann es soweit ist. Zum Öffnen der Sphäre werdet ihr allerdings alle Kraft brauchen, zu der ihr fähig seid. Ist die Sphäre offen, sind die eingeschlossenen Wesen frei. Ich werde verschwinden, damit auch der Schlüssel und als Folge auch eure Einheit. Deshalb ist es so wichtig, dass ihr die Sphäre erst öffnet, wenn ihr mit den Grolmen fertig seid.

Aber noch eine Warnung: Die Magie ist euch nicht von Geburt an gegeben, ihr nutzt und verbraucht sie. Und sie nährt sich von eurer Kraft."

Die Stimme schwieg jetzt, so als wäre der Sprecher erschöpft.

Dann sagte sie „Ich werde den Schlüssel jetzt verändern. Wenn ihr ihn das nächste Mal berührt, werdet ihr nicht mehr hier landen. Es sei denn, ihr wollt es so."

Das Amulett, das sie alle drei noch berührten, leuchtete kurz auf. Ihre Haut kribbelte etwas, dann war es vorbei.

„So das war es. Ihr kennt eure Aufgabe und seid bereit. Noch ein kleiner Tipp: Wenn ihr zu den Grolmen geht, braucht ihr euch nicht zu verkleiden. Sie sollen euch bemerken und werden euch angreifen. Den Rest erledige dann ich, äh, eure Einheit. Sie wird euch auch den Gestank vom Leibe halten. Vertraut ihr einfach.So, und nun geht. Es war interessant, euch kennen zu lernen. Ich nehme an, ich werde euch nicht wiedersehen. Wenn ihr Erfolg habt, und davon bin ich überzeugt, wird die Welt wieder so sein wie früher, als die Flüsse noch sangen…" Die Stimme wurde leiser und verstummte.

Die Welt veränderte sich. Sie waren wieder unter dem Baum, über ihnen der Ast, von dem sie abgerutscht waren. Und sie berührten noch immer das Amulett.

„Ah, die Grolme. Da sind sie ja schon" sagte Thea-Mattis-Kardir.

Tatsächlich, sie konnten die Grolme sehen, sie waren schon ganz nahe. Wahrscheinlich suchen sie nach der Ursache des Geräusches, das Kardir gemacht hatte, als er so laut rief.

„Hier stinkt's!" grunzte einer der Grolme. Die drei Freunde rochen nichts. „Ich habe die Gerüche gefangen und leite sie zurück" sagte Thea-Mattis-Kardir. Die drei Freunde dachten gemeinsam „Wow, das kannst du?"

„Oh ja, und noch viel mehr. Ihr werdet es erleben."

Die Grolme kamen näher. Sie gingen dabei ganz systematisch vor, jeder der fünf Grolme durchsuchte einen Abschnitt nach dem anderen. Sie waren nie weit auseinander. Sie kamen näher. Und dann war es soweit, einer der Grolme, der ganz links außen suchte, entdeckte sie. Er stieß einen heulenden Ruf aus, der die anderen Grolme förmlich elektrisierte. Sie ruckten mit den hässlichen Köpfen hoch und drehten sich zu dem Grolm um, der den Ruf ausgestoßen hatte. Der wiederum deutete mit seiner abstoßenden Klauenhand auf die drei Freunde.

Die Grolme ruckten herum, duckten sich etwas und sprinteten dann in Richtung der drei Freunde los. Sie waren zweifellos äußerst gefährlich und sahen in ihrer Wildheit schrecklich aus. Ihre geifernden Mäuler zeigten schreckliche Zähne, die typischen Zähne von Fleischfressern.

Die drei Freunde umklammerten das Amulett stärker. Es konnte nur noch Sekunden dauern, bis die Grolme heran waren. Die Freunde hatten keine Ahnung, was dann passieren würde. Dafür aber die schlimmsten Befürchtungen.

„Keine Angst, ich bin hier!" Das war Thea-Mattis-Kardir. Was konnte sie nur gegen fünf angreifende Grolme auf einmal tun? „Wartet, und haltet das Amulett fest!" Leichter gesagt als getan.

Dann war der erste Grolm heran. Die letzten Meter überwand er mit einem gewaltigen Sprung. Und wurde weit zurückgeschleudert. Dann kamen die nächsten drei gleichzeitig mit großer Geschwindigkeit. Ihnen erging es nicht anders. Auch sie wurden von einer unsichtbaren Kraft zurückgeschleudert.

Der letzte Grolm hatte alles beobachtet. Er näherte sich vorsichtiger. Er schlich sich förmlich heran. Er kam ganz nahe. Dann holte er mit seiner Pranke aus und schlug auf Kardir ein.

Der Schlag erreichte sein Ziel nicht. Stattdessen riss der Kopf des Grolm an der Seite auf, Blut und Fleischfetzen klebten an der Klaue, die eigentlich Kardir treffen sollte. Der Grolm fiel zu Boden, zuckte noch ein paar Mal mit den Beinen und lag dann still. Die anderen Grolme suchten humpelnd und heulend das Weite.

Was war passiert? Die drei Freunde waren immer noch starr vor Schreck und Entsetzen.

„Erinnert ihr euch an das, was Illidan sagte? Er sagte, dass alles, was die Grolme gegen uns aufbieten können, mit umgekehrten Vorzeichen auf sie zurückgeschleudert wird. Es funktioniert. Sie können uns nichts tun, solange ihr zusammenhaltet und eine Einheit bildet." Das war wieder Thea-Mattis-Kardir. „Ich weiß eigentlich gar nicht, wie ich das gemacht habe. Illidan muss mit uns, während wir im Kristall waren, noch ein paar Sachen mehr angestellt haben, als uns bewusst geworden ist. Aber wir müssen dennoch vorsichtig sein, damit wir nicht überrascht werden. Die Grolme werden wiederkommen. Mit einer ganzen Armee! Sie können das nicht auf sich sitzen lassen! Und sie werden irgendwann ihre zerstörerische Magie einsetzen wollen. Das wird dann unsere Chance sein. Die Grolme werden vermutlich ihre eigene Vernichtung selbst einleiten." Thea-Mattis-Kardir schwieg.

Die Freunde entspannten sich ein wenig. Sie entfernten sich ein Stück von dem leblosen Körper zu ihren Füßen. Der Anblick war nicht besonders schön.

„Ich schlage vor, dass wir uns in Richtung der Grolme aufmachen. Es bringt nichts, wenn wir uns jagen lassen. Wir sollten die Jäger sein. Und das sind wir auch, solange die Einheit besteht. Sie sollen uns finden und Ihre Vernichtung selbst einleiten." Das klang ziemlich kalt, was Thea-Mattis-Kardir da sagte. Aber eine wirkliche Alternative gab es nicht.

Wie schon von der Einheit vermutet, hatten die Grolme nur scheinbar das Weite gesucht. Es lag nicht in der Natur der Grolme, sich geschlagen zu geben. Sie eilten ans Ende der Schlucht, wo sich die anderen Grolme aufhielten. Mit ihren gemeinsamen Kräften und Zauber würden sie die drei kleinen Gestalten schon besiegen, auch wenn ihnen das Geschehene sehr merkwürdig vorkam. Aber weiter dachten sie nicht

Der König

Auch Thea, Mattis und Kardir waren zur Schlucht aufgebrochen. Erstaunt sahen sie sich diesen faulen, stinkenden und völlig undisziplinierten und nichtsahnenden Haufen aus einem Versteck an und überlegten, wie sie ihn für immer vernichten könnten. Aber die Grolme hatten sehr gute Augen. Einer von ihnen entdeckte sie und auf einmal waren alle Grolmaugen auf sie gerichtet. Und so faul sahen sie nun gar nicht mehr aus, die Augen fingen an zu leuchten, ihre Haltung spannte sich. Sie wirkten gefährlich!

Für einen Atemzug schien die Welt still zu stehen, kein Lufthauch schien sich zu bewegen und kein Laut war zu vernehmen. Es hatte schon fast etwas Friedliches an sich. Doch nur für einen Bruchteil einer Sekunde, für einen Herzschlag, bevor sich die Massen von Grolmen langsam auf die drei kleinen Wesen zu bewegten. Eine Welle von Zähnen, wilden Haaren und tiefen schwarzen Augen kam auf Thea und ihre Gefährten zu. Der erste Impuls der drei war verständlicherweise Flucht, doch ihre Beine schienen wie gelähmt. Wie Opossums, einfach totstellen, dachte Thea noch ärgerlich, bevor die ersten Grolme auch schon direkt vor ihnen waren. Ein ohrenbetäubender Lärm schien sich urplötzlich von allen Grolmen gleichzeitig zu erheben. Ein Kriegsgeschrei, das schon allein ausgereicht hätte, Kardir und seine kleinen Freunde zu Fall zu bringen. Krampfhaft hielten die drei sich an dem Amulett fest, dicht gedrängt, um Schutz bei den anderen zu suchen, warteten sie auf das Unvermeidliche. Fast schon konnten sie die fauligen, stinkenden Zähne fühlen, die sich in ihr Fleisch rammten.

Doch nach dem Gebrüll folgte nichts. Aber auch gar nichts! Kardir öffnete als erster wieder seine Augen. Ganz vorsichtig sah er sich um. Seine Augen wurden vor Staunen mehr als tellergroß und mehr als ein „Seht!" brachte er nicht mehr hervor. Auch Thea und Mattis öffneten nun wieder ihre Augen und sahen sich um. Dutzende und Aberdutzende, nein hunderte von Grolmen! Soweit das Auge reichte, vor ihnen, hinter ihnen und neben ihnen. Und nicht einer bewegte sich, alle schienen wie angewurzelt, ganz mit sich selbst beschäftigt, beide Hände über ihre großen, zerfetzten Ohren haltend, als würde ein unerträglicher Ton sie heimsuchen.

Thea musste kichern „Die haben wohl zu laut Musik gehört!" witzelte sie. Mattis und Kardir sahen sie entgeistert an. Wohl war ihnen noch nicht. Was war denn nur in diese großen Biester gefahren? Selbst Kardir war nur halb so groß wie der kleinste Grolm und dennoch wagte sich keiner näher an sie heran. Weiter hinten waren weitere Grolmgeschreie zu hören, aber selbst das brachte die Grolme in direkter Nähe der drei Freunde nicht dazu näher zu treten. Sie wichen eher zurück und pressten ihre Hände fester auf die Ohren.

„Das Amulett" flüsterte Mattis. Kardir fügte hinzu: „Wir werfen deren Kriegsgeschrei zurück!". Die drei sahen sich erleichtert an. Vielleicht hatten sie ja doch eine Chance! Doch plötzlich verstummte alles Geschrei, die Grolme waren still, als hätte eine unsichtbare Hand ihnen befohlen zu schweigen. Die riesigen Gestalten richteten sich unter den ungläubigen Blicken der Zwerge und des Gnoms auf, reckten sich und fixierten die drei wieder auf dieselbe Unheil verkündende Weise wie schon Minuten zuvor. „Weg" flüsterte Thea, „bewegt euch!"

Das Amulett fest umklammernd bewegten die drei sich zaghaft auf die Grolmwand zu. Der Grolm, der ihnen am nächsten stand, mit einer widerlichen Narbe, die einmal quer über sein Gesicht lief und sich im Halsbereich verästelte, erwartete sie mit einem sadistischen Grinsen. Sein rostiges, gebogenes aber zweifelsfrei äußerst scharfes, kantiges Messer erwartete die drei bereits. Natürlich war es nur in Grolmmaßstäben ein Messer. Für die drei sah es eher aus wie ein riesiges Schwert, welches ein gutes Stück größer war als die Zwerge. Mattis, welcher am weitesten vorne war, zögerte kurz, biss dann die Zähne zusammen, klammerte das Amulett fest in seiner Hand, schloss die Augen und betete, der Rest möge auch festhalten, bevor er sich in unmittelbare Reichweite des Messers begab. Er konnte fühlen, wie der Luftzug der ausholenden Bewegung ihn streifte. Übelriechende zähe Luft stieg in seiner Nase auf und dann hörte er den Schrei. Zuerst dachte er, er hätte geschrien. Aber doch nicht so tief und warum, er fühlte sich genauso wie eben. Immer noch erstaunt öffnete er die Augen und sah den Grolm, wie er zu Boden sackte, eine große, hässliche, blutende Wunde klaffte auf seiner Brust. „Das Amulett…" kam diesmal von Kardir.

Langsam dämmerte den dreien, wie viel Macht das Amulett ihnen eigentlich wirklich verlieh! Mit etwas festeren Schritten bewegten sie sich nun weiter durch die Wand aus Grolmen und jeder einzelne Grolm, der sie angriff, fiel mit schwersten Verletzungen zu Boden oder war sofort tot, egal welcher und egal wie viele. Die drei Freunde schafften es sogar zu lächeln. So konnten sie ja ganz einfach zum König marschieren und ihm den Kristall abnehmen und keiner könnte sie aufhalten! Hach, wie herrlich war doch das Leben! Vor Freude hätten sie am liebsten angefangen zu hüpfen.

Meter für Meter bewegten sie sich schon fast übermütig durch die Grolme, welche immer wütender und aggressiver wurden. Doch das kratzte die Zwerge und den Gnom herzlich wenig. Sie konnten den König

schon sehen. Wie er auf seinem Thron saß, etwas verdutzt und ärgerlich. Der schwarze Kristall, eingefasst um seinen Hals. Dunkel glänzte er, als wäre er tiefer als die tiefste See. Bis auf eine Stelle, sie wirkte heller, vielleicht eine Reflektion?

Plötzlich stolperte Mattis, er hatte die Wurzel auf dem Boden nicht gesehen, und ließ im Sturz das Amulett los.

Sofort hatte einer der Grolme ihn in seinen Händen und im unüberlegten Versuch ihm zu helfen, ließ auch Thea das Amulett los „Mattis...!" konnte sie noch rufen, bevor auch sie von einer riesigen Grolmhand umfasst und hochgehoben wurde. Kardir sah die beiden fassungslos an, das Amulett noch in seiner Hand. Doch als er, fast bewusstlos von dem Gestank, der nun erbarmungslos auf seine empfindliche Nase traf, von dem Grolm, der Thea schon festhielt, gepackt wurde, ließ er es fallen. Geschockt sahen die drei, wie es zu Boden fiel und von Grolmfüßen, die nun gierig die letzten Schritte zum König zurücklegten, festgetreten wurde und schon bald nicht mehr zu sehen war.

Schwerfällig richtete sich der König auf. Die Formulierung verständlicher Worte fiel ihm sichtlich schwer. Fast zischend richtete er seine gefährlich dröhnende Stimme an die drei Eindringlinge: „Was haben wir denn da?" Seine Augen blitzten gierig „Einen Gnom und zwei Zwerge!" Die Grolme im Umkreis grunzten zufrieden. Der König leckte sich über seine kaum erkennbaren Lippen, wobei scharfe, gelbe Zähne sichtbar wurden. „Wie lecker" flüsterte er den dreien entgegen. „Heute gibt's Zwerg!" verkündete er seinen Untertanen und wurde von begeistertem Gebrüll gefeiert, auch wenn wahrscheinlich nur die obersten Grolme, wenn es so etwas gab, in den Genuss von Zwergenfleisch kommen würden.

Langsam drehte der König seinen Kopf Kardir zu: „Und du, was machen wir mit dir? Gnome schmecken nicht..." er schien zu überlegen, doch war klar, dass er schon längst wusste, was mit Kardir passieren sollte. Er kostete jede Sekunde seiner Überlegenheit aus und den dreien wurde bewusst, dieser König war gar nicht so dumm, wie allgemein von Grolmen angenommen wurde.

„Wir brauchen den Koch" murmelte der König. Dem Grolm direkt neben ihm, mit noch recht erkennbaren Gesichtszügen, schien dies auszureichen, um den großen Kessel über ein frisch entfachtes Feuer zu stellen. Die Zwerge sahen mit Horror zu, wie die Grolme alles für ihr Festmahl vorbereiteten.

Kardir hingegen starrte nur den König an und auf dessen Kristallanhänger. Der König schien seinen Blick zu bemerken. Zischend sprach er: „Wundervoll nicht? Dieser Kristall," er unterbrach sich kurz und nahm den Kristall in seine Hand, „Jeder große König hatte ihn, gibt ihn weiter und hält die Macht über die Welt mit ihm". Gefährlich schnarchend holte er Luft: „Doch was, wenn der Kristall in die falschen Hände fällt?" drohend sah er die drei an, „Niemand hatte je daran gedacht, außer mir." Er lächelte boshaft „Ich habe ihn geteilt, ein kleines Stück hat mein Sohn, drüben über dem großen Wasser, hinter der Sonne". Er lachte auf, doch seine Augen blitzten zornig. „Dort hat er die Herrschaft gefestigt und erweitert, alles dort ist in Grolmhand und wenn er zurück ist...". Seine Augen blitzten auf, „ja, er kommt und wir werden über alles herrschen". Nach einer Pause fügte er hinzu „Und es wird jeden Tag Zwerge geben...".

Mit einem Wink befahl er die inzwischen gefesselten Zwerge über den dampfenden Kessel zu platzieren und langsam zu dünsten, da so das Fleisch am zartesten würde. Eintopf konnte es später von den Resten geben. Kardir wurde direkt vor den König gebracht. Dort beim Kessel warteten schon einige mehr oder minder intakte Waldbewohner darauf, in den Kessel geworfen zu werden, um eine angemessene Sauce für das Mahl der Grolme und eine Grundlage für den Eintopf zu geben.

Kardir kämpfte immer noch gegen die Übelkeit und um sein Bewusstsein, die Worte schwirrten durch seinen Kopf. Der Kristall war geteilt! Thea und Mattis! Seine Freunde! Und er hatte das Amulett fallen lassen. Was gäbe er jetzt darum, das Amulett halten zu können!

Das Amulett, es tauchte vor seinem Auge auf, schien ihn anzulachen, oder vielleicht auch auszulachen? Sein Verlangen, das Amulett zu berühren, war fast körperlich zu spüren.

Das Amulett!

Verzweifelt sah er zu seinen Freunden über dem Kessel. Theas Blick traf ihn. Kardir! dachte diese traurig. Wo ist nur das Amulett, wo nur? Das Amulett kreiste in ihren Gedanken während sie und Mattis langsam die Hitze unter ihnen zu spüren bekamen. Immer verzweifelter wurde ihr Verlangen nach dem Amulett, es war der einzige Gedanke, der sie beherrschte.

Das Amulett!

Auch Mattis Gedanken kreisten um das Amulett. Obwohl die Stricke schmerzhaft in seine Arme und Beine schnitten, konnte er nur daran denken. Er machte sich Vorwürfe, dass er nicht besser aufgepasst hatte. Durch seinen Leichtsinn waren sie in diese ausweglose Situation geraten. Wenn er doch nur etwas tun könnte! Sie brauchten das Amulett, und das schnell, bevor einer von ihnen bewusstlos wurde. Sie mussten es unbedingt wieder halten! Er konzentrierte sich auf das Amulett, konzentrierte sich so stark, dass er es langsam vor seinem inneren Auge sah. Das Bild wurde immer klarer.

Das Amulett!

Dann wurde es dunkel um ihn.

Kardir taumelte und ohne sich dessen bewusst zu sein, versuchte er sein Gleichgewicht an der Halskette des Königs zu finden, bevor auch ihm die Sicht verschwamm.

Durch die Reihen der Grolme ging ein Raunen, dann ein Aufschrei! Der Kopf des Königs ruckte herum, seine funkelnden Augen suchten die Zwerge über dem Kessel. Sein Nackenfell sträubte sich, als er die Szene sah. Eine wahnsinnige Wut schäumte in ihm hoch. „Was ist hier los?" brüllte er. „Wer war das?" Sein Zorn schien keine Grenzen zu kennen. „Wo sind die Zwerge? Und wo ist der Gnom?"

Der König war jetzt nicht mehr zu halten. Er sprang auf seine Füße und packte den am nächsten stehenden Grolm und schmetterte dessen Schädel so stark gegen den Kessel, dass der wie eine Glocke dröhnte. Dann schlug er wie ein Wahnsinniger mit dem Schlachtebeil um sich. Dabei brüllte er immer wieder „Wo sind sie?" Hack. „Wer war das?" Hack. „Wo" Hack. „sind" Hack. „die" Hack. „Zwerge?" Hack.

Die umstehenden Grolme wichen zurück. Immer weiter wichen sie zurück, immer schneller. Es sah jetzt wie eine Flucht aus. So hatten die Grolme ihren König noch nie erlebt. Das war kein Wunder, denn alle, die es bisher je erlebt hatten, waren tot. Die verbliebenen Grolme verspürten ein ganz neues Gefühl. Als würde sich ihr Magen zusammenziehen und ihre Muskeln zu Pudding werden. War das Angst? Grolme kannten keine Angst. Sie kannten Gier und Macht, aber keine Angst. Gerade das machte sie doch aus!

Der König, unbeeinflusst von den flüchtenden Grolmen, tobte weiter, bis er schließlich erschöpft zu Boden sank. Er hatte sich völlig verausgabt und brabbelte sabbernd vor sich hin. Niemand hörte ihn und niemand störte ihn. Es war ja keiner mehr da. Sogar die diversen Waldbewohner für die Sauce hatten die Gelegenheit zur Flucht benutzt.

Und die drei Freunde? Was war eigentlich passiert?

Nun, Thea, Kardir und Mattis klammerten sich an das Amulett, fest entschlossen, es nie wieder loszulassen. Schlamm und Wasser drang ihnen in Mund und Nase. Sie konnten kaum atmen, kämpften sich frei und ließen das Amulett dabei nicht los. Schon einmal hatten sie es verloren, es war im Schlamm versunken, wunderte sich Thea flüchtig. Doch sie hielten es eindeutig in ihren Händen.

Schließlich wurde es heller um sie und sie konnten sich aufrichten, sahen sich um. Es war ein Bild für die Götter: zwei Zwerge und ein Gnom, bis zum Hals mitten in einer Schlammpfütze, völlig verdreckt schauten sie sich ängstlich um. Verständlich, denn eben waren die Zwerge noch das Festmahl für die Grolme und hingen zum Dünsten über dem Kessel und Kardir stand eben noch neben der Schlachtbank, um die Waldbewohner für die Sauce zu schlachten (ein grauenhafter Gedanke...). Keiner von ihnen wusste, was eigentlich passiert war.

„Ihr wart Euch einig. Ihr hattet den gleichen sehr starken Gedanken. Und ihr hattet alle drei das klare Bild des Amuletts vor Augen. Das genügt, um Euch mit dem Amulett zu verbinden und die Einheit herzustellen." Sie kannten mittlerweile diese Stimme, sie sprach direkt in ihren Köpfen ohne den Umweg über die Ohren zu nehmen. Nur ob es diesmal Illidan gewesen war oder ihre Einheit, das konnten sie teilweise beim besten Willen nicht unterscheiden. Wahrscheinlich war es auch kein Unterschied und nicht sonderlich wichtig. Illidan, oder ihre Einheit, fuhr fort: „Und ihr wolltet das Amulett. Ihr wolltet weg, im Boden versinken, euch verstecken. Nun, das ist passiert."

Sie krabbelten müde und vor Erschöpfung taumelnd aus dem Schlammloch heraus.

„Und jetzt?", ließ sich Thea als erstes schwach vernehmen. „Wir sind völlig verschlammt. Ich friere. Wir hätten eine Dusche und frische Kleidung nötig", jammerte sie.

„Ja, und etwas zum Essen. Ich sterbe vor Hunger", ergänzte Mattis. „Lasst uns in die Herberge zurückgehen".

Nur Kardir sagte nichts. Er war ebenfalls erschöpft und wirkte etwas bedrückt.

„Und Schlaf," brachte er nur ganz leise und entsetzlich müde hervor.

„Ich möchte gern wissen, wie es unseren Ponys geht. Wir haben uns ja schon Tage nicht mehr um sie gekümmert". Thea hatte trotz der lähmenden Müdigkeit auf einmal ein schlechtes Gewissen. „Lasst uns versuchen, uns dorthin zu wünschen........Äh.....was ist mit dir, Kardir?" Aber eigentlich wusste sie es schon. Kardir konnte nicht mit in die Herberge. Dort waren die aufgebrachten Zwerge. Vielleicht suchten sie

Kardir immer noch. „Wir müssen allein in die Herberge gehen", dachte Mattis laut nach. „Und Kardir?", empörte sich Thea. "Wir können ihn doch nicht in diesem Zustand zurücklassen. Außerdem sind wir nur zu dritt stark". Auch, wenn sie sich momentan nicht vorstellen konnte, je wieder stark zu sein. Die Müdigkeit war beinahe übermächtig. Sie mussten eine Menge Magie genutzt haben, dachte sie. Auch Mattis dachte nach, jedoch noch auf ihr Problem fokussiert. „Wir müssen die Zwerge davon überzeugen, dass Gnome nicht gefährlich sind. Schließlich hat Kardir uns auch überzeugt."

„Es gibt in der Nähe der Herberge eine verlassene Gnomhöhle". Kardir hatte ein wenig Kraft wieder gefunden. Dorthin wünschten sich die drei. Es ging jetzt ganz leicht, trotz ihrer Müdigkeit. Sie brauchten nur gleichzeitig und intensiv an das Amulett denken. Mattis und Thea wischten sich den Schlamm etwas ab, verabschiedeten sich müde von dem bibbernden und erschöpften Kardir und machten sich auf den Weg zur Herberge.

Die Zwerge dort machten einen bedrückten Eindruck. Sie machten sich große Sorgen um Thea und Mattis. Als der erste Zwerg die beiden sah, hellte sich sein Gesicht auf. „Seht mal! Der Gnom hat sie doch nicht gefressen,......aber übel zugerichtet", rief er den anderen Zwergen zu. Freudengebrüll ertönte und Thea und Mattis wurden umarmt und mit Fragen überschüttet.

Sie erzählten ihnen von den Grolmen und vor allem von Kardir und dass er ihr Freund geworden war. Von dem Amulett und dem Kristall sagten sie nichts.

Die Zwerge wurden ganz still und nachdenklich. „Die Gnome sind gar nicht gefährlich und sie haben sogar Heilfähigkeiten? Wo ist Euer Freund denn? Wir wollen ihn kennen lernen."

Aber Mattis und Thea waren vorsichtig. Was, wenn nicht alle Zwerge von Kardirs Harmlosigkeit überzeugt waren?

Da mischte sich eine wohlbekannte Stimme ein. „Es stimmt: die Gnome sind harmlose Höhlenbewohner und haben vor uns genauso viel Angst wie wir vor ihnen. Holt ihn", wendete sich der alte Griesgram an Thea und Mattis, „Ihr drei seid stark", fügte er mit einem verschmitzten Lächeln hinzu.

Blitzschnell waren die beiden Zwerge verschwunden. Die anderen Zwerge staunten nicht schlecht. Niemand hatte gesehen, wohin sie verschwunden waren.

Es dauerte etwas, bis sie mit Kardir in ihrer Mitte zurückkamen. Einige Zwerge wollten Kardir tatsächlich angreifen. Aber es war, als ob eine unsichtbare Mauer ihn schützen würde. Ihm geschah nichts. Nach und nach glaubten auch die letzten zweifelnden Zwerge an seine Harmlosigkeit. Er schien wirklich ein guter Freund von Thea und Mattis zu sein. Vielleicht trug auch sein erschöpfter Zustand dazu bei.

„Nun macht Euch erstmal frisch und nehmt ein Mahl zu Euch", sagte der praktisch denkende Wirt. Etwas unheimlich war ihm Kardir ja doch noch und er beobachtete ihn.

Mattis lief das Wasser im Munde zusammen. Wann hatten sie das letzte Mal ordentlich gegessen? Aber Thea hatte noch etwas Dringenderes vor. „Wie geht es unseren Ponys?", fragte sie besorgt. Sie gingen in den Stall, wo ihnen zwei wohlgenährte gesunde Ponys entgegenblickten. „Unsere Stallburschen haben sich liebevoll um sie gekümmert. Auch Minis Bein ist erstaunlich schnell verheilt", erklärten die Zwerge stolz. Thea ging hocherfreut auf ihre beiden Lieblinge zu. Aber die drehten sich beleidigt weg. „Typisch Pony!", lachte sie. „Euch geht es gut und wir werden sicher bald wieder Gefährten." Sie war so erleichtert.

Dann ging es endlich in die Herberge. Die Zwerge hatten inzwischen Kleidung zusammengesucht. Für Kardir hatten sie etwas von dem größten und dicksten Zwerg bekommen, aber er wirkte etwas jämmerlich in der zu kurzen und zu engen Kleidung. Aber Hauptsache sie war trocken und warm.

Sie nahmen ein gutes Mahl ein und legten sich in saubere Betten und schliefen, schliefen und schliefen....... Sie mussten fit sein für ihre nächsten Aufgaben.

Vor dem Morgengrauen wollten sie weiter. Sie konnten keine Zeit verlieren. Schließlich mussten sie weit reisen, über das große Wasser, in das Land hinter der Sonne, um dem Königssohn sein Kristallteil abzunehmen und ihn und seine Grolme zu zerstören.

Auf Geht's

Die Ponys waren noch schlaftrunken, als die beiden Zwerge mit ihren vollgestopften Packtaschen in den Stall kamen, und sie sattelten. Kardir hatte vorgeschlagen, dem Fluss zu folgen, um so am einfachsten und sichersten an die Küste zu gelangen.

Wahrscheinlich hätten sie auch das Amulett benutzen können, doch waren sie sich einig: ein Gnom und zwei Zwerge, die wer weiß wo auf einmal aus dem Nichts auftauchten, das könnte einige Probleme mit sich bringen. Und keiner von ihnen war jemals am großen Wasser gewesen. Also wer wusste schon, wer oder was da lebte. Gelesen hatten sie alle schon von den Booten, die die Weite überquerten, und in denselben Märchenbüchern hatten sie auch von den über 2 m großen Wesen gelesen, die nicht nur diese Boote steuerten sondern auch am anderen Ufer lebten. Die Berianer sollten nicht nur groß, sondern auch kräftig und mutig sein. Ihre Schiffe sollten schneller als der Wind segeln.

Aber wie gesagt, das ganze Wissen darüber stammte aus Märchenbüchern. Und da sie keine genaue Vorstellung von dem Ort hatten, würde das Amulett ja eh nicht funktionieren, wenn sie Illidan richtig verstanden hatten.

Bevor sie starteten, überprüften sie noch einmal ihre gesamte Ausrüstung. Viel war es ja nicht, trotzdem füllte sie die Packtaschen. Für jeden von ihnen gab es Waschzeug und Kleidung, für alle fünf Proviant. Ja, für alle fünf – schließlich zählten die Ponys ja mit und würden sich ein kleines Extra zum Gras bestimmt verdienen. Die Gruppe wollte ja vorwärts kommen, da mussten die Ponys sich schon etwas anstrengen. Grasen durften die Ponys nur während der Pausen und natürlich abends.

Sie waren den anderen Zwergen wirklich dankbar, dass sie noch während der Nacht alles bereitgestellt hatten. Sogar für Kardir gab es frisch gewaschene und trockene Kleidung (die er auch sofort angezogen hatte). Der Proviant war einfach, aber reichlich und zweckmäßig. Er mochte wohl für eine oder eineinhalb Wochen reichen.

Als alles auf den beiden Ponys verstaut war, gab es keinen Platz mehr zum Reiten. Sie mussten schon zu Fuß gehen; aber wenigstens brauchten sie nicht alles zu schleppen und konnten dadurch gut vorankommen. Später, wenn der Proviant fast aufgebraucht war, gab es immer noch Gelegenheit zum Reiten.

Als sie das Licht gelöscht hatten und mit den Ponys den Stall verließen, stand plötzlich der alte Griesgram vor ihnen. Und er wechselte die Gestalt! Von Griesgram zu einem alten Gnom und wieder zurück. Obwohl seine Gestalt dabei immer fragiler und durchsichtiger wirkte, grinste er bis über beide Ohren. „Gute Reise und seid auf der Hut. Ihr seid zwar stark und gut gerüstet, aber Übermut und Leichtsinn können auch Euch schaden. Ich werde die anderen von Euch grüßen. Auch sie wünschen Euch eine gute und sichere Reise".

Damit verschwand er, einfach so.

Die drei Freunde sahen sich an. Kardir nickte leicht und sagte dann: „Ich bleibe immer in der Mitte, damit ihr immer möglichst schnell an das Amulett kommt". Dann gingen sie zum Fluss. Rechts Mattis, in der Mitte Kardir und links Thea. Hinter Mattis und Thea trotteten die beiden Ponys an langer Leine. Die Ponys verhielten sich, als wüssten sie ganz genau, was von ihnen erwartet wurde. Thea wunderte sich etwas darüber, bis ihr einfiel, dass Kardir nun bei ihnen war. Sein Einfluss auf Tiere war wirklich erstaunlich.

Sie folgten dem Fluss, mal war es einfach und – seltener – schwierig. Es gab enge Stellen, wenn die Berge näher an den Fluss rückten. Es gab aber auch weite Täler, durch die sich der Fluss schlängelte.

Als die Sonne am höchsten stand, machten sie die erste wirkliche Rast. Es gab Gras für die Ponys und Brot, Wasser und Früchte für die Freunde. Nach gut einer Stunde ging es weiter bis kurz vor der Abenddämmerung. Nachdem sie einen passenden Lagerplatz gefunden hatten, luden sie die Lasten ab und ließen die Ponys grasen. Dann suchten Thea und Kardir Holz für das Feuer und Mattis bereitete schon mal das Abendessen vor. Es sollte täglich einmal etwas Warmes zu essen geben, entweder morgens oder abends. Natürlich hatte Mattis sich für das Kochen entschieden, als sie darüber sprachen. Thea wusste: Kochen, das konnte Mattis genauso gut, wie er essen konnte. Darauf einigten sie sich, es gab keinen Widerspruch.

Später, nach dem Essen, fragte Mattis: „Sollten wir die Ponys über Nacht nicht anbinden?" Thea schaute fragend zu Kardir. Der schüttelte den Kopf, „Sie werden sich nicht entfernen. Sie bleiben ganz in der Nähe".

Thea lehnte sich gegen ihren Sattel. „Kardir, darf ich dich mal was fragen?" „Natürlich, nur zu. Frag ruhig" antwortete Kardir. „Wir wissen, dass du gut mit Tieren umgehen kannst und viel von Heilung verstehst. Aber woher weißt du zum Beispiel, dass die Ponys heute Nacht ganz in der Nähe bleiben werden? Sie benehmen sich ohnehin ganz anders seit du bei uns bist. Wie machst du das?"

Kardir überlegte. Dann sagte er: „Entschuldigung, mir ist gerade klar geworden, dass ihr das ja gar nicht wissen könnt. Mein Fehler! Aber die Antwort ist kompliziert. Es ist so, dass ich die Tiere in mir spüre; ich weiß, wie es ihnen geht und was sie fühlen. Das geht den meisten Gnomen so. Tiere denken nicht wie wir, nicht so zielgerichtet. Aber was sie fühlen, ist sehr viel intensiver als bei uns. Sie nehmen ihre ganze Umwelt ja auch ganz anders wahr. Es ist schwer zu erklären, aber wir Gnome haben so etwas wie einen eingebauten Übersetzer, einen der in beide Richtungen arbeitet. Ich weiß, was von den Tieren ausgeht - und kann es nicht erklären, und die Tiere wissen, was von mir kommt – das kann ich auch nicht erklären. Dabei ist es wirklich ganz einfach. Jeder Gnom kann das. Irgend so ein Schlaumeiergnom hat mir mal erklärt, dass diese Fähigkeit auch einen Namen hat: Empathie. Mir sagt dieser Begriff gar nichts. Hauptsache es funktioniert".

Kardir lehnte sich ebenfalls zurück. Er war hochzufrieden mit sich. So eine lange Rede. „Hm" meinte Thea. „Empathie also. Werde ich mir merken. Vielleicht brauchen wir das noch mal. Man kann ja nie wissen... Gute Nacht". Sie legte sich mit dem Kopf auf den Sattel und zog ihre Decke hoch bis über die Ohren.

„Gute Nacht" „Bis Morgen" kam es von den Freunden. „Wo sind eigentlich die Grolme?" dachte Thea noch, dann war sie eingeschlafen.

Die Grolme waren weit weg; ein aufgeregter und, das war neu für sie, ängstlicher Haufen. In ihrer panikartigen Flucht liefen sie wie wild und, durch das neue beängstigende Gefühl der Angst, kopflos durcheinander. Der König setzte ihnen nach und tobte immer noch. Er hackte auf seinem Weg auf alles und jeden ein. Die Grolme, denen es nicht gelang zu flüchten, wurden von dem König eingeholt und vernichtet. Als kein Grolm mehr in Sicht und ihre Zahl verschwindend gering geworden war, hatte seine Wut immer noch kein Ende genommen. Wo waren nur diese verfluchten Zwerge mit ihrem lächerlichen Gnom? Mit ihren erbärmlich kurzen Beinen konnten sie nicht weit gekommen sein. Er schnupperte. Auf Zwergenfleisch reagierte seine Nase im Allgemeinen sehr empfindlich. Aber in seiner Wut funktionierte sie nicht so gut. Egal! Auf jeden Fall musste er seinen Sohn von ihnen in Kenntnis setzen. Er rannte in Richtung Großer Fluss. Seine Hand tastete nach dem Kristall, wie so oft, wenn er an seinen Sohn dachte. Und blieb wie angewurzelt stehen! Wo war der Kristall? Laut aufheulend verfluchte er die Zwerge. Sein Wutschrei tönte über das Land als würden alle Gewitter der Welt aus den Wolken schießen.

Thea schreckte auf. Hatte sie nicht etwas gehört? Ein lautes Heulen wie ein riesiger, verletzter oder gar tollwütiger Wolf. Das waren riesige Wesen, fast so groß wie Thea selber und blutrünstig, erzählte man sich. Unruhig wälzte sie sich auf ihrem Lager, bis auch Kardir und Mattis wach waren. „Was ist denn los, Thea?" wollte Mattis etwas mürrisch wissen „ich würde gern schlafen". Auch Kardir drehte sich auf seinem Lager um und zuckte zusammen „Autsch!" entfuhr es ihm. Irgendetwas hatte ihn gestochen! „Was denn?" murmelte Mattis verschlafen, so richtig wach war er auch nicht. „Merkwürdig," murmelte Kardir, „was ist denn...?" wunderte er sich und zog eine Kette aus seiner Tasche. An dessen Ende hing ein dunkler, runder Stein. Er schien das Licht einzufangen und tausendfach zu vervielfältigen. Trotzdem wirkte er dunkel, fast schwarz. Der Stein schien durchsichtig, und pulsierend, irgendwie lebendig oder mit Leben gefüllt. Sehr merkwürdig. Ein Ende schien abgebrochen und bildete eine scharfe Kante. Vorsichtig strich Kardir an der Kante entlang und fuhr zurück. „Sehr scharf," murmelte er während er sich seinen Finger ansah. Er hätte schwören können sich geschnitten zu haben, aber die Haut war intakt. Kardir reichte den Stein an seine Freunde weiter. Mattis nahm ihn vorsichtig entgegen. „Huch, der ist ja kalt" meinte er, „oder... eigentlich, vielleicht doch warm?" rätselnd sah er auf das leuchtende, reflektierende und doch tiefschwarze Gestein. „Ist das der Kristall?" fragte Thea als es an ihr war den Stein zu begutachten. Mit einem Mal waren alle drei hellwach. „Der Kristall" rief Mattis aus und schlug sich mit der Hand über den Mund. Flüsternd fügte er hinzu: „Der Kristall? Wo kommt der denn her?"

Kardir sah verwundert auf den Kristall. Es war alles so verschwommen seit den Grolmen. Was war denn noch mal passiert. Richtig, er war gefallen, hatte nicht etwas seinen Sturz bremsen sollen? Wage erinnerte er sich daran, nach einem Halt gesucht zu haben, aber er war dennoch gestürzt. Hatte er tatsächlich nach der Kette gegriffen? Musste er ja. Er fing an zu grinsen, während er seinen Freunden davon erzählte. Thea und Mattis sahen ihn mit großen Augen an. Dann fingen die drei an zu lachen. Einen Kristallteil hatten sie schon! Damit hatten sie auch einen kleinen Teil ihres Auftrags erledigt.

Morgens folgten sie dem Fluss weiter. Sie beeilten sich, beschwingt von ihrer nächtlichen Entdeckung wollten sie so schnell wie möglich ans große Wasser und die legendären Boote selber sehen. Auch die Ponys schienen begierig zu sein sich zu bewegen. Übermütig trotteten sie trotz ihrer schweren Last neben den drei Gefährten her. „Was meint ihr, wie schnell sind die Boote?" warf Thea in die Runde. „Und wie groß" fügte Mattis hinzu. Auch Kardir meinte übermütig: „Wer weiß wie viel von den Sagen wahr ist?" Er schien langsam aufzutauen. Mattis klopfte ihm auf die Schulter: „Nur gut, dass wir zusammen sind." Er grinste erst Thea dann Kardir an, welcher leicht errötete.

Der Fluss wurde breiter, er plätscherte und gurgelte neben den Zwergen und vermischte sich mit dem Gesang der Vögel. „Hört mal", flüsterte Thea, „das hört sich an wie Musik!" Kardir und Mattis lauschten angestrengt. Sie hörten Vogelgezwitscher und das Rauschen der Bäume. Schön wars, aber wie Musik? Eine Weile schritten die drei schweigend und lauschend nebeneinander her. Auch die Ponys hatten aufmerksam ihre Ohren gespitzt. „...Und weder Baum noch Fluss mehr weinen..." erinnerte sich Thea. „Also nach Weinen hört sich das für mich nicht an" entgegnete Mattis. „Die Prophezeiung" flüsterte Mattis. Thea lachte: „So kann es weitergehen! Der Kristall, lachende Bäume und Flüsse." Sie strahlte die anderen beiden an. Vorsichtig entgegnete Kardir: „Den ganzen Kristall haben wir ja noch nicht." Irritiert sah Thea ihn an. So viel geredet hatte er schon lange nicht und dann auch noch einen Einwand? „Ja" erwiderte sie, „aber einen Teil, und das ist doch auch schon was."

Der Wald fing an sich zu lichten, um in einer grünen Wiese auszulaufen. Sie verminderten ihr Tempo etwas, um den Ponys die Gelegenheit zu geben, hier und da ein paar Grasbüschel zu zupfen. Thea lief schon etwas vor, bis zum nächsten Hügel. Oben angekommen verschnaufte sie kurz und sah sich um. In nicht allzu großer Ferne glitzerte es blau bis zum Horizont. Freudig rief sie ihren Freunden zu: „Das Wasser! Wir sind da!"

Weit hinter den drei Freunden schnupperte der König immer wieder in der Luft, langsam beruhigte er sich und damit auch seine Nase. Auch wenn ihn das Gesinge des Baches und der Vögel nervte. Immer und immer diese Melodie und die Bäume stimmten auch noch mit ein! Er lief am Fluss entlang und hielt nur ab und zu an, um nach der Fährte der Zwerge zu wittern. Sein Bauch knurrte hungrig.

An einer Stromschnelle witterte er wieder. Er sog die Luft tief ein, er roch den Wald, ein Reh, das irgendwo flüchtete, er roch die Angst des Beutetieres, und er nahm den Geruch von Ponys wahr. Entfernt und ganz schwach nahm er noch einen Geruch wahr. Den Geruch der Zwerge! Beflügelt lief er am Bach entlang, jetzt hatte er ihre Fährte! Zufrieden grunzend überquerte er Wurzeln und Steine und malte sich aus, wie er die Zwerge zubereiten wollte, mit Reh oder doch mit Kaninchen, mit etwas Moos oder doch lieber Beeren? Dünsten oder Kochen? Das Wasser lief ihm im Mund zusammen. Es konnte nicht mehr lange dauern, bis er sie hatte.

Die Freunde hatten inzwischen zu Thea aufgeschlossen und blickten ebenfalls zu dem Wasser in der Ferne.

Ein plötzliches Geräusch ließ sie herumfahren. „Haarrr!" tönte es wieder. Sie sahen von ihrer Anhöhe, wie der König eben den Wald verließ und mit rasender Geschwindigkeit ihrer Spur folgte. Von hier oben konnten sie sehen, dass er auf seinem Weg eine dunkle Spur hinterließ.

„Zusammenbleiben!" zischte Kardir, oder war es Thea? „Bleibt ruhig, er kann Euch nichts tun". Die Stimme war in ihren Köpfen.

Aha, ihre Einheit war wieder da. „Ja", sagte sie, „ich bin immer da solange ihr zusammen seid." „Aber, aber, bei den Grolmen, wo das Amulett ...äh..." Mattis fing an zu stottern. „Ach das" sagte die Stimme in ihren Köpfen „Ihr braucht das Amulett gar nicht mehr. Es war nur ein Schlüssel. Ihr müsst lediglich aufpassen, dass ihr nicht in Panik verfallt. Panik reißt die Verbindung zwischen euch auseinander. Dann seid ihr allein und habt keine besonderen Kräfte mehr. So war es auch bei den Grolmen. Als eure Panik nachließ, konntet ihr wieder handeln"

Die Stimme in ihren Köpfen verstummte.

Der König war inzwischen recht nahe gekommen. Er bewegte sich unglaublich schnell. Wahrscheinlich war er dadurch an die Macht gekommen. Wieder ließ er sein „Haarrr!" hören, aber es klang irgendwie gedämpft. Die Ponys hinter ihnen schnaubten, blieben ansonsten aber erstaunlich ruhig.

Dann war der König heran. Er schwang immer noch sein Schlachtbeil und holte zu einem verheerenden Schlag aus, von rechts oben nach links unten.

Die drei Freunde rührten sich nicht. Dann kam der Schlag, mit ungeheurer Wucht geführt, absolut tödlich und die Freunde klammerten sich mit vor Furcht fest verschlossenen Augen aneinander.

Was dann passierte, lässt sich nicht beschreiben, denn niemand hat es gesehen. Fest steht nur, dass der Schlag nicht die Freunde traf, sondern den König selbst. Der Körper des Königs wurde einige Meter rückwärts geschleudert, sein Körper brach auf, entlang einer Linie von der linken Schulter bis zum rechten Beckenrand. Blut spritzte und Eingeweide drängten heraus.

Doch der König lebte noch. Er starrte sie an. Dann begannen seine Lippen Worte zu formen, Worte in einer fremden Sprache. Immer drängender und schneller verließen die Worte seinen Mund.

Vor ihm bildete sich ein Luftwirbel, Blätter und Gras sammelten sich, wurden herumgewirbelt, verdorrten und wurden schwarz. Ein heulender Ton erklang, wurde lauter, und lauter. Im Zentrum des Wirbels begann sich eine schwarze Masse zu verfestigen, wurde größer und umfangreicher. Der Boden begann schwarz zu werden, alle grünen Pflanzen in der Nähe des Wirbels verfärbten sich, wurden erst braun, dann schwarz.

Dann ein Schrei von dem König, wie eine Erlösung, ein Finale. Der Wirbel rotierte jetzt schneller und schneller. Er fing an, sich zu bewegen, er bewegte sich auf die Gruppe der Freunde zu, wurde schneller.

Dann war es vorbei, der schwarze Wirbel hatte die Freunde erreicht – und fiel in sich zusammen. Statt der schwarzen Masse umkreisten hunderte von Schmetterlingen die Freunde, schimmernd in allen Farben. Große, kleine, blaue, gelbe und ganz bunte. Jetzt bildeten sie einen großen Kreis um die Freunde, der Kreis wurde größer und größer. Und je größer er wurde, desto mehr Gräser und Blumen standen auf der Wiese. Dann, nach einer Weile, war der Kreis so groß geworden, dass die Freunde die Schmetterlinge nicht mehr sehen konnten, nur noch die blühende Wiese und den Bachlauf, welcher leise vor sich hin murmelte, eine leicht melancholische Melodie, wie Thea fand.

Der König war verschwunden, sein Leichnam erstaunlicherweise ebenso. Er war in den ewigen Kreislauf zurückgekehrt. Er war einer der letzten Grolme, wenn nicht der letzte echte, angstfreie Grolm, auf diesem Kontinent. Sein letzter Zauber, sein letzter Fluch, hatte sich in das Gegenteil verkehrt.

Sie standen immer noch wie angewurzelt und mit offenen Mündern. Es ging alles so schnell. Sie hatten nicht einmal Zeit für richtige Angst gehabt, geschweige denn, um etwas zu tun. Den König der Grolme gab es nicht mehr. Er hatte sich selbst vernichtet. Stattdessen gab es eine bunte friedliche Welt um sie herum. Thea wollte schon in ein Jubelgeschrei ausbrechen und Mattis grinste bis zu den Ohren, nur Kardir schien etwas nachdenklich. Thea blickte ihn an und hielt in ihrem Jubel inne.

„Um uns herum sieht ja jetzt alles schön aus", meinte Kardir, „aber uns fehlt noch ein Stück Kristall. Wir müssen doch noch die Fabelwesen befreien, schon vergessen?"

Mattis stöhnte: „Hilft nichts, wir müssen über das Große Wasser hinter die Sonne". Von ihrem Hügel aus sahen sie eine unendlich weite Wasserfläche, dahinter eine glutrote Sonne.

„Wie sollen wir dort nur hingelangen?", fragte sich Thea laut. Nie hatte auch nur einer von ihnen so ein großes Wasser gesehen. Verträumt dachte Thea an den blauen See im Nimmersangtal, in dem sie so oft gebadet hatte und mit den bunten Fischen um die Wette geschwommen war. Aber hier half Schwimmen nicht weiter. Sie blickte ihre Kameraden, dann die Ponys und zuletzt die Sonne an, die jetzt nur noch halb zu sehen war. Und von Booten konnten sie auch weit und breit nichts sehen. Auch wenn zugegebenermaßen keiner genau wusste, wie Boote, die auf diesem endlosen Blau unterwegs waren, aussehen sollten. Sie kannten ja nur die kleinen Ruderbote, die ab und an auf dem See herumgeschippert waren.

Aber was war das denn da vor der Sonne? Es sah aus wie ein Zwergenhaus, das unten schmaler wurde. Ein Haus auf dem Wasser? Und das Dach war überdimensional groß. Das Ding wurde immer größer und bald sah Thea, dass das Dach gar kein Dach war, sondern riesige Tücher an Stangen, die vom Wind aufgebläht wurden.

Auch die anderen beiden sahen das Ding näher kommen.

„Boote...?", fragte Mattis etwas unsicher. Kardir nickte bedächtig und auch etwas unsicher. So ganz sah es nicht aus wie ein Boot.

„Sieht aus, als ob es auf dem Großen Wasser schwimmen kann", sagte Thea in ihren Gedanken schon einen Schritt weiter. Was, wenn so ein Boot sie alle tragen könnte und über das große Wasser bringen könnte? Es war ja schließlich aus Richtung Sonne gekommen.

Den beiden anderen schien Ähnliches durch den Kopf zu gehen.

„Wir sehen uns das Boot, oder was auch immer es ist, mal aus der Nähe an", meinte Mattis entschlossen.

Kardir nickte nur, fasste Theas Hand und die drei rannten los, den Hügel herunter, immer dem Großen Wasser entgegen. Die Ponys liefen ausgelassen hinter ihnen her. Sie schienen ihre Last gar nicht zu spüren.

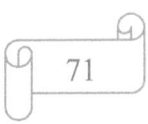

Bald waren die fünf am Rand des Wassers angelangt. Überall gab es riesige Wellen, bestimmt drei Zwergenlängen hoch. Das Boot jedoch lag in einer ruhigen Bucht und schien auf sie zu warten. So etwas Riesiges hatten die drei Freunde noch nie gesehen. Selbst Riesen erschienen ihnen winzig im Vergleich zu diesem schwimmenden Haus. Vorsichtig bewegten sie sich darauf zu.

Das Boot

Laut plätscherte das Wasser gegen den Bug. Das Boot wiegte sich leicht auf den sanften Wellen. Aratea genoss die frische Brise, die von der saftigen Wiese hinter der Bucht heruntergeweht kam. Es war ein schöner Platz zum Anlegen, auch wenn es hier meist sehr still war, kein Wind, dem sie zuhören konnte. Wenn sie Glück hatte, konnte sie ihn flüstern hören, ganz leise. Aber meistens war es still.

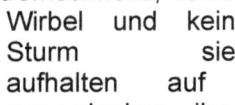

Seit sie denken konnte, hatte sie auf dem Meer gelebt und seit einigen Jahren kommandierte sie als Navigator und Verteidiger dieses Schiff. Altavar und sie kamen gut zurecht und ihr Schiff war schnell. Sie befuhren die abgelegensten Bereiche und selbst die gefährlichen Südkliffe, wo schon so manches Schiff zerschellt war. Aber Altavar kannte sein Schiff ebenso gut wie Aratea ihr Meer. So konnte keine Stromschnelle, keine Wirbel und kein Sturm sie aufhalten auf ihrer Suche.

Nicht auszudenken, ihr Schiff zu verlieren. Erst gestern hatten sie das leuchtend rote Deck wachsen lassen. Die Crew würde einen Tag Landgang bekommen. Obwohl Aratea wusste, jeder einzelne von ihnen wäre froh, wenn sie wieder auf offener See wären, nur der Wind und der Horizont. Sie lauschte. Jeder Berianer hatte die Fähigkeit zu hören, dem Wind zuzuhören. Er flüsterte von weit entfernten Welten, er rief den Sturm und ein guter Navigator musste ihm zuhören. Und Aratea war eine der besten. Nicht umsonst kommandierte sie zusammen mit Altavar eines der prächtigsten Schiffe.

Auf einmal blinzelte Aratea. „Altavar, Kapitän. Sieh! Drei..." Sie hielt inne, ja drei was standen denn dort? Sie war schon oft auf dieser Seite der Welt gewesen, hier gab es das beste Frischwasser und wenig Konkurrenz. Nur wenige Schiffe wagten sich an den Südkliffen vorbei. Aber solche Geschöpfe hatte sie noch nie gesehen. Sie waren klein, sehr klein. Obwohl, als sie näher hinsah, der eine war gar nicht klein, aber auch nicht sonderlich groß, nur halt nicht so winzig wie die anderen zwei. Und sie hatten plüschige Wesen auf vier Beinen mit sich. Pferde, dachte sie. Das hatte sie in den Büchern, die sie zu lesen bekommen hatte, gelernt. Aber sie hatte immer geglaubt, es wären große Wesen, mindestens so groß wie Grolme oder Drachen, nur halt nicht fliegend und ohne Schuppen. „Das sind Zwerge wenn mich nicht alles täuscht" ertönte der tiefe Bass von Altavar, als er neben sie an die Reling trat. „Aber mit einem Gnom, das wundert mich, soweit ich weiß, sind die beiden Völker verfeindet." Er stützte sich mit seinen baumstammstarken Armen auf der Reling ab, sein langer dünner Bart hing fast bis zu seiner Brust und baumelte leicht im Wind. „Sie wagen sich weit vor, bis ins Grolmland." wunderte er sich.

Aratea und er waren auch hier des Öfteren auf Grolme getroffen, unangenehme Artgenossen. Unwillkürlich zeigte Aratea ihre Zähne. So manches Mal hatte sie die Fertigkeit ihrer Messer spielen lassen müssen, bis ihre Tanks mit Frischwasser aufgetankt waren.

„Nun denn" fuhr er nach einer Weile fort, „lasst uns die drei gebührend begrüßen. Aratea, lass nie eine Gelegenheit aus, die Völker deines Hafens kennen zu lernen, und wer weiß, wer die drei sind...." Unwirsch verwarf er die aufkeimende Hoffnung und Aratea ließ ihren Schleier vors Gesicht, welcher vorher ihre fast weißen, von der Sonne und dem Salz ausgeblichenen Haare zusammengehalten hatte, herunter. Für einen Navigator geziemte es sich nicht, das Gesicht vor Fremden zu zeigen, auch nicht in Begleitung des Kapitäns. Zudem verdeckte er einige ihrer Messer. Altavar war gut mit seinem langen Degen, der an seinem breiten Gürtel hing, aber Aratea verließ sich lieber auf ihre Dutzend Messer, die sie immer gut versteckt und griffbereit an ihrem Körper trug. Sie hatten ihr den

Weg zum Verteidiger und nicht bloß Navigator geebnet, und somit ihren Platz in der Flotte des Rates gesichert.

Der Kapitän schritt die breite Rampe, die die Crew ausgefahren hatte, herunter. Sein Gang war wie immer würdevoll, ohne dass er sich dessen bewusst war. Aratea bewunderte Altavar. Sein Haar war schon grau, er hatte jedes Wasser befahren. Er strahlte Ruhe aus und Kraft, und scheinbar ohne etwas dafür zu tun. Niemand würde sich je mit ihm anlegen, ohne für den Wind für seine Flucht zu sorgen. Wie alt Altavar war, wusste Aratea nicht, es gehörte sich nicht die Obersten danach zu fragen, aber Berianer wurden alt, sehr alt. Und sein Haar war noch nicht ganz weiß.

Aratea schritt eine Handbreit hinter dem Kapitän. Normal hätte sie neben ihm gehen sollen, als Navigator hatte sie einen gewissen Rang, aber Altavar sin Tralon war eine Legende, und Aratea konnte immer noch nicht glauben, auch nach mehreren Jahren auf See mit ihm, dass sie sein Navigator und Verteidiger war.

Die drei Gefährten sahen die riesigen Wesen aus dem Bauch des riesigen Bootes kommen. Sie schienen mit jedem Schritt, den sie die Planke hinunter kamen, zu wachsen. Die kleinere, ohne Frage war es eine Frau mit ihren langen fast weißen Haaren, hatte ihr Gesicht verhüllt und schwebte wie eine Königin in Richtung Ufer. Der Mann neben ihr ging direkt auf die Zwerge zu. Sein Gesicht war steinhart, keine Regung zeigte sich auf seinem lederartigen Gesicht.

Selbst Thea stand mit offenem Mund, als die beiden vor den kleinen Wesen mit ihren Ponys zum Stehen kamen und gut doppelt so groß waren wie die Zwerge. Der Mann legte zwei Finger auf sein Herz und verbeugte sich leicht. „Die des Windes begrüßen euch", ertönte ein so tiefer Bass, dass Mattis meinte, der Boden müsste dadurch vibrieren. „Altavar sin Tralon begrüßt euch." und damit ließ er seine Hand wieder sinken. „Aratea sin Mandabar begrüßt euch." kam von hinter dem Schleier. „Hallo", stotterte Kardir, der als erster seine Sprache wiedergefunden hatte. Er war ja auch nur zwei Köpfe kleiner als die beiden und nicht nur halb so groß! dachte Thea etwas grimmig. „Wir sind Kardir Ankabar..." Kardir stieß Mattis etwas unsanft in die Seite bevor dieser stammelte: „und Mattis Hutkrempe" „ und Thea Kesselflicker" kam erstaunlich selbstbewusst von Thea. Sie hatte sich zu ihrer ganzen Größe aufgerichtet und funkelte die beiden Neuankömmlinge böse an. Wie konnten sie sie nur so erschrecken!

"Mit eurer Erlaubnis, Thea Kesselflicker, Mattis Hutkrempe und Kardir Ankabar" er verbeugte sich jeweils beim Aussprechen der Namen „werden wir unsere Wassertanks füllen, bevor wir die Segel der Rose wieder spannen und das Meer befahren"

Seltsam wie die redeten, Thea kicherte. Sie fragten um Erlaubnis! Doppelt so groß und fragten um Erlaubnis. Immer noch kichernd erwiderte Thea „Erlaubnis erteilt" und erntete dafür schräge Blicke ihrer Freunde.

Auf einmal lüftete Aratea ihren Schleier. „Aratea, was tut Ihr?" zischte der Alte. Aber sie schien ihn nicht zu hören, sie blickte zum Himmel und über die Wiese. „Ich kann ihn hören..." flüsterte sie ehrfürchtig. „All die Jahre nur ein Wispern, kaum wahrnehmbar, und jetzt, jetzt scheint er zu singen" Der Mann lächelte und die Zwerge tauschten verwirrte Blicke aus. Waren die beiden verrückt? Und das als ihre Namensvetterin, oder zumindest fast, dachte Thea. Aratea, was für ein Name, da war Theadora doch viel besser. Thea schielte zu Aratea hoch, welche immer noch dem Wind lauschte, ein leises Lächeln um die Lippen. Sie war hübsch, dachte Thea, dunkle Haut, fast weiße Haare und die Augen! Sie waren auch fast weiß!

„Aratea" ertönte wieder der tiefe Bass, „lass doch bitte frisches Wasser bereiten, ich glaub unsere kleinen Freunde hier bräuchten etwas Nass für ihre trockenen Kehlen". Eine Hand schien fast beruhigend auf Arateas Schulter zu liegen. Wie aus Trance zuckte sie zusammen, legte zwei Finger auf ihr Herz und verbeugte sich, ehe sie zum Schiff zurückschritt und verschwand. „Kommt" winkte Altavar die drei zu sich, „ich hatte noch keine Gelegenheit mit einem Gnom und zwei Zwergen zu sprechen. Erzählt, wie kommt es, dass ihr zusammen segelt? " Altavars Gesicht zeigte immer

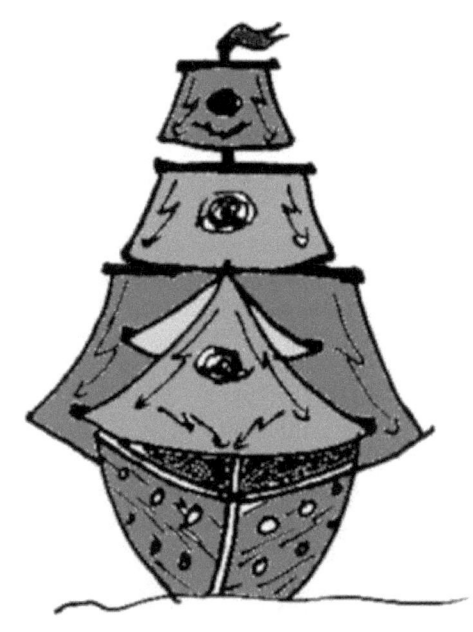

noch keine Regung, seine Gedanken behielt er für sich. Noch konnte er sich nicht sicher sein, aber seine Augen lachten verschmitzt und Thea musste unwillkürlich an ihren alten Weisen zuhause im Dorf denken. Nur kurz zögerte sie, bevor sie neben Altavar zum Schiff schritt, die andern beiden schlossen sich etwas unsicher an.

Je näher sie dem Schiff kamen, desto mehr wuchs es in die Höhe. Den Zwergen und Kardir schien es, als würde es bis in den Himmel reichen. Das Schiff war riesig! So etwas Großes hatten sie noch nie gesehen, abgesehen von den Bergen natürlich.

Aratea, die vorausgegangen war, um Wasser zu besorgen, hatte auf dem Strand schon eine Decke ausgebreitet und Wasserkrüge und Becher bereitgestellt. Dort angekommen, deutete Altavar auf die Decke. „Bitte, nehmt doch Platz". Damit löste er den Gürtel mit seinem Degen und setzte sich auf die Decke. Den Degen legte er scheinbar nebensächlich links neben sich.

Thea zögerte jedoch. Sie war jetzt in Augenhöhe mit Altavar. „Wir, wir müssten erst noch unsere Ponys versorgen" stotterte sie. „Aber natürlich, ja" dröhnte Altavar. „Ich hätte daran denken müssen. Wir sind den Umgang mit Tieren nicht so gewohnt". Er nickte Aratea zu, die neben den Wasserkrügen stand. Aratea drehte sich um und machte eine Reihe Handzeichen in Richtung Schiff. Kurze Zeit später kam ein weiterer Mann mit zwei Eimern in der Hand die Rampe herab. Er war nicht so groß wie Altavar, eher so groß wie Aratea. Dafür aber fast doppelt so breit wie Aratea. Er stellte die Eimer ab und ging wortlos zurück zum Schiff.

Das Versorgen der Tiere ging den drei Freunden relativ schnell von der Hand, auch das Gepäck war schnell abgeladen. Es war ja auch schon merklich weniger geworden. Die Ponys waren offensichtlich sehr erfreut, das sah man ihnen deutlich an.

Dann wandten sich die Freunde der Decke zu, auf der Altavar saß und ihnen interessiert zugeschaut hatte. „Bitte, setzt euch" sagte er noch einmal. Diesmal kamen sie der Aufforderung nach und setzten sich mit einem „Danke, sehr freundlich". Aratea reichte die Becher und das Wasser herum und setzte sich ebenfalls. Sie wählte den Platz an der linken Seite Altavars.

Nachdem sie getrunken hatten, sagte Altavar: „Entschuldigt bitte meine Neugier, aber ich habe eine ganze Reihe Fragen an euch. Ich hoffe, ihr könnt mir einige davon beantworten. Wenn ihr also nichts dagegen habt?" „Nein, nein, fragt nur" sagte Thea, „wir haben auch einige Fragen an euch. Wir werden versuchen, alle eure Fragen zu beantworten".

„Nun gut" sagte Altavar. „Hier ist meine erste Frage: wie kommt es, dass ihr zusammen reist? Eure Völker sind doch miteinander verfeindet…"

Darauf konnte Thea leicht antworten: „Unsere Völker mögen vielleicht verfeindet sein, wir jedoch sind Freunde und Weggefährten". Und Kardir fügte hinzu „Die Feindschaft unserer Völker wird hoffentlich bald ein Ende haben. Wir arbeiten daran". Thea und Mattis blickten mit großen Augen zu Kardir. Dann kam es wie aus einem Munde „Ja, das stimmt".

„Das ist ein sehr schwieriges Vorhaben" sagte Altavar. „Aber auch ein sehr ehrenvolles. Und deswegen musstet ihr bis hierher reisen? Das verstehe ich nicht." Fast nebensächlich fragte er: „Wie seid ihr eigentlich an den Grolmen vorbeigekommen?"

„Oh" sagte Thea, „die Grolme. Wir sind nicht vorbeigekommen, wir sind mitten durch sie hindurchgegangen".

„Wie bitte? Ihr solltet mich nicht verärgern, indem ihr solche Scherze macht". Altavars Ruhe täuschte, sein Blick war schärfer, aber auch interessierter geworden. Thea fragte sich unwillkürlich, wer er wohl war und was er wusste und ob er gefährlich war. „Andererseits, ihr seid zweifellos hier. Obwohl ihr als die beliebteste Speise für die Grolme geltet - so hörte ich. Könnt ihr mir das alles ein wenig ausführlicher erklären?"

Mattis beeilte sich zu sagen: „Aber natürlich. Entschuldigung, aber das war kein Scherz. Wir sind wirklich mitten durch sie hindurchgegangen. Wir wurden angegriffen, verschleppt und hingen schon über dem Kochtopf. Aber wir sind wieder freigekommen. Dann ist anscheinend bei den Grolmen etwas passiert. Wir wissen nicht genau, was es war. Wir sind aber ziemlich sicher, dass alle getötet wurden und zum Schluss nur der König übrig blieb. Und der hat uns heute Morgen eingeholt und angegriffen. Er wurde getötet. Wir sind sicher, es gibt jetzt in diesem Land keine Grolme mehr. Das Land sagt es uns, und die Bäche. Wir hören die Musik und das Singen". Mattis schwieg.

Eine lange Pause entstand. Dann sagte Altavar „Das ist die merkwürdigste Geschichte, die ich je gehört habe. Ihr habt den König der Grolme getötet? Zwei Zwerge und ein Gnom haben den König der Grolme getötet? Wie habt ihr das gemacht? Ich sehe keine Waffen bei euch".

Zögernd antwortete Thea „Nun, nicht wir haben ihn getötet. Es war seine eigene Waffe, die ihn getötet hat. Und sie wurde von ihm selbst geführt. Sein letzter Zauber oder Fluch hat sich auch gegen ihn selbst gewandt. Er hätte uns nicht angreifen sollen, dann wäre das nicht passiert. Aber er konnte wohl nicht anders."

Aratea mischte sich jetzt ein. Sie fragte Altavar: „Darf ich?" „Natürlich" antwortete der, „wenn die Herrschaften keine Einwände haben …". Die Freunde schüttelten die Köpfe.

Aratea holte tief Luft, dann begann sie „Das, was wir bisher gehört haben, möchte ich für uns einmal zusammenfassen: Ihr drei seid also Freunde und Weggefährten, obwohl eure Völker verfeindet sind. Und ihr wollt diese Feindschaft beenden. Außerdem habt ihr euch mit den Grolmen angelegt, wurdet gefangen, seid entkommen und jetzt sind alle Grolme tot. Als letzter hat sich der König der Grolme mit seiner eigenen Waffe selbst besiegt und sein eigener Zauber hat ihn endgültig vernichtet". Aratea machte eine kurze Pause um dann fortzufahren: „Zu guter Letzt behauptet ihr, das Land und die Bäche würden zu euch sprechen und außerdem hört ihr die Musik und das Singen".

Wieder eine kurze Pause. Aratea tauschte einen Blick mit Altavar. Konnte es sein, dass diese drei die drei waren, doch wo war der vierte? Sie sah die drei Freunde wieder an und fuhr fort: „Ich persönlich kann den Teil mit der Musik und dem Singen bestätigen. Das hat es in diesem Land, soviel ich weiß, noch nie gegeben. Aber jetzt ist es da, ich höre es". Dann fuhr sie nachdenklich fort „Die Grolme sind, oder waren, als Kämpfer nicht zu unterschätzen. Und es waren viele von ihnen. Wir haben selbst einige Erfahrungen mit ihnen gemacht, keine guten. Umso merkwürdiger kommt es mir vor, dass ihr harmlos aussehenden Leute auftaucht und plötzlich sind alle tot. Versteht ihr, so etwas ist sehr schwer zu glauben. Ich denke daher, wir kennen bisher nur einen kleinen Teil der Geschichte. Mich zum Beispiel würde dringend interessieren, welche Art von Fähigkeiten euch in die Lage versetzt, all das zu vollbringen. Könnt ihr uns das sagen?"

Glaubten die beiden ihnen ihre doch sehr ungewöhnliche Geschichte, dachte Thea ungläubig. Waren die zwei doch etwas verwirrt? Aber die Musik und das Singen der Bäche war nicht wegzudiskutieren…

Bevor die Freunde jedoch antworten konnten, dröhnte Altavars Stimme: „Sehr gut, Aratea, ich stimme dir vollkommen zu. Aber lass uns Zeit, wir müssen auch an unsere Gäste denken". Und zu den Freunden gewandt

„Ich bitte euch, lasst uns weiterreden. Aber ihr seid meine Gäste, ich muss an euer Wohl denken. Wie wäre es zum Beispiel mit Essen?"

Ein einziger Blick auf Mattis bestätigte: DAS war ein Zauberwort. „Dachte ich es mir doch!" jetzt schmunzelte Altavar zum ersten Male. „Was darf es denn sein? Ich muss gestehen, dass wir kaum Fleisch haben, dafür umso mehr Nüsse, Obst und Gemüse; teilweise konserviert und eingelegt. Dazu natürlich Fisch in allen Variationen. Wenn es euch recht ist, lasse ich daraus ein schmackhaftes Mahl zubereiten. Das geht recht schnell, einverstanden?"

Selbstverständlich waren die drei einverstanden. Ihr Zeitgefühl war durch die letzten Ereignisse gründlich durcheinander geraten; sie hatten gar nicht gemerkt, wie hungrig sie waren.

Altavar wandte sich an Aratea: „Sag doch bitte dem Koch Bescheid und schick die Mannschaft zum Landgang. Sie sollen nach Verpflegung und Wasser suchen und nach allem Ungewöhnlichen Ausschau halten. Dann komm bitte zurück, ich möchte dich an meiner Seite haben".

Aratea erhob sich und ging zum Schiff. „Altavar" dachte sie, „umsichtig wie immer". Auf dem Schiff überbrachte sie dem ersten Offizier den Befehl Altavars und, während die Mannschaft schon die Gangway hinunterlärmte und an Land ausschwärmte, sprach sie mit dem Koch. Anschließend gesellte sie sich wieder zu Altavar und den drei Freunden.

„In kurzer Zeit wird das Essen fertig sein." Altavar nickte und wandte sich den Freunden zu. „Wir wären euch wirklich sehr dankbar, wenn ihr uns nach dem Essen die ganze Geschichte erzählen würdet. Für mich klingt die Geschichte so, als wäre das alles kein Zufall. Niemand legt sich freiwillig mit den Grolmen an. Also müsst ihr einen starken Antrieb haben und auch ein Ziel. Darüber würde ich gerne mehr erfahren. Aber das hat Zeit bis nach dem Essen".

Dann sprach er weiter: „Ich habe euch vorhin mit den Tieren beobachtet. Ihr geht sehr umsichtig mit ihnen um, es scheint fast so, als würdet ihr euch gegenseitig irgendwie verständigen können. Ist das so?"

Wie aufmerksam Altavar doch war, ihm entging nichts, dachte Kardir noch bevor er antwortete: „Ja, in gewisser Weise stimmt das schon. Die Tiere denken zwar anders als wir, aber die Verständigung geschieht über Gefühle, Gesten und Bewegungen. Wir verwenden auch Worte, aber das sind für die Tiere nur Laute. Laute können allerdings alles Mögliche ausdrücken, zum Beispiel Zustimmung, Ablehnung, Ärger oder

Zuneigung. Und Gefühle kann man empfangen oder auch weitergeben. Alles zusammen ergibt dann eine Form von empathischem Konnex".

Thea funkte dazwischen „Kon-was?" „Konnex oder auch Kommunikation, gegenseitige Verständigung, Unterhaltung, Austausch von Nachrichten" erklärte Kardir. „Hab ich mal gelesen. In einem der Bücher bei dem Alten".

Thea machte große Augen. „Sag nur, du kannst lesen! Wusste ich ja gar nicht! Das ist ja ein Ding!" Thea war regelrecht erschüttert. „Viele Gnome können lesen, na ja – die ganz kleinen Babys natürlich noch nicht" sagte Kardir. Thea seufzte „Ich sehe schon, es gibt noch viel zu lernen!"

Ein dröhnendes Lachen ließ die drei zusammenzucken. Es war Altavar, er lachte, dass ihm die Augen tränten. Auch Aratea lächelte.

„Entschuldigt diesen Ausbruch von Heiterkeit" gluckste Altavar, aber seit wir uns kennen stelle ich gerade zum dritten Male fest, dass ich euch völlig falsch eingeschätzt habe. Großer Fehler von mir, und dumm! Aber, " er hob eine Hand und drehte die Handfläche den Freunden zu, „so wie ich euch nun einschätze, gefallt ihr mir bedeutend besser. Ah, da kommt unser Essen".

Der Koch, ein dickbäuchiger Mann mit weißem Käppi, schleppte eine große Kasserolle die Gangway herab. Sein Gehilfe hinter ihm, in einer Holzwanne, Geschirr und Besteck.

Die drei Freunde waren wirklich sehr hungrig. Die Zwerge ließen sich die Früchte schmecken; die meisten kannten sie noch gar nicht. Kardir hingegen wusste gar nicht, mit welchem Fisch er anfangen sollte. Es sah alles so lecker aus.

So gestärkt fingen sie nach dem Essen an, ihre Geschichte von Anfang an zu erzählen. Wie Thea und Mattis frohgemut aus dem Nimmersangtal losgezogen waren; von ihrem beschwerlichen Weg zur Taverne; welchen Schrecken sie alle bekommen hatten, als sie mit Kardir zusammentrafen, von den Gerüchten über Zwerge und Gnome; von Griesgram, Illidan, Caleidope und dem Kristall, in den alle Fabelwesen eingesperrt sind. Sie hatten durch die entgegengebrachte Freundlichkeit so viel Vertrauen zu Altavar und Aratea, dass sie ihnen sogar ihren erbeuteten Teil des Kristalls zeigten.

„Und darum sind wir hier", schloss Thea. „Wir müssen irgendwie über das große Wasser, um dem Sohn des Grolmkönigs seinen Teil des Kristalls abzunehmen."

Altavar lächelte und seine Augen blitzten. Vielleicht waren sie es, vielleicht aber auch nicht. Einer fehlte, also blieb er der Seefahrer-Manier treu und fragte: „Ein Handel?" Die Gefährten sahen sich verwirrt an. Ein Handel? Na ja, ganz umsonst hatten sie die Überfahrt ja auch nicht bekommen können, aber sie hatten doch nichts zum Handeln... „Ein Handel" antwortete Thea mit festerer Stimme als ihr zumute war.

„Gut" tönte Altavars tiefer Bass, „dann kommt mit an Bord und wir handeln." Er drehte sich zum Schiff und rief: „Kalinosch!" Ein junger Mann mit, für die Seeleute untypischen, dunklen Haaren, einem breiten Gürtel um die Hüfte geschnallt und freiem, bronzefarbenem Oberkörper, erschien an der Reeling und legte mit einer leichten Verbeugung zwei Finger auf sein Herz.

„Bring die Ponys unter Deck", trug er Kalinosch auf, wobei er ein wenig über das ungewohnte Wort stolperte. Dieser eilte die Planke hinunter und nahm die Ponys etwas unbeholfen entgegen. Die Ponys folgten ein wenig unwillig, und ihnen folgten Altavar und die drei Freunde. Kardir war leicht angespannt, er hatte wirklich eine besondere Verbindung zu Tieren, dachte Thea.

"Na kommt," flüsterte Kardir den Ponys zu, als er zu Kalinosch aufgeschlossen hatte. Beiläufig legte er eine Hand auf den Widerrist von Mini. Das Pony entspannte sich sichtlich und schritt nun mutig, wie es sich für ein Shetty von Welt gehörte, die Planke hinauf und Mickey folgte ihr nur wenig zögernd.

Das Abkommen

Die Zwerge staunten nicht schlecht, als sie immer höher auf der Planke stiegen und das Deck des Schiffs sich riesig vor ihnen erstreckte. Das war fast so groß wie der gesamte Marktplatz im Nimmersangtal. Auf Deck trafen sie auch Aratea wieder. Ihr Schleier hielt nun ihre lange weiße Mähne zurück. Sie hatte ein wirklich gut geschnittenes Gesicht mit wohlgeformten Zügen, welche durch ihren scharfen Blick hervorgehoben wurde. Erst als er einen leichten Seitenhieb von Thea verabreicht bekam, bemerkte Mattis, dass er Aratea angestarrt hatte und lief rot an. Er sah sich verstohlen nach den anderen um, aber die Seeleute hatten anscheinend nichts bemerkt und Kalinosch verschwand mit den Ponys, die nun willig folgten, eine Rampe hinunter ins Innere des Schiffs.

Altavar begleitete die Freunde eine geschwungene, schön geschnitzte Treppe hinunter. Mattis bestaunte die feine Schnitzarbeit. So filligrane Linien! Sie zeigten seltsame Wesen mit Flügeln oder Flossen und wundersame Pflanzen in einer Detailgenauigkeit, dass es Mattis schien, als könne er die Feuchtigkeit des Wassers spüren und den Duft der Blumen riechen.

Vor einer großen Doppeltür mit buntem Glas, und ebenfalls reich verziert mit feinen Schnitzereien, blieb Altavar schließlich stehen. Mit einem schmiedeeisernen Schlüssel öffnete Aratea auf ein Kopfnicken von Altavar die Tür und führte die Zwerge und den Gnom ins Innere eines ovalen Raumes. In der Mitte stand ein ebenfalls ovaler Tisch mit jeweils zwei schlichten Stühlen an den langen Seiten. An der kurzen Seite, hinter der sich große, milchige Fenster, die das Sonnenlicht hineinließen und den Raum taghell machten, standen ein großer und ein etwas kleinerer Stuhl, beide gepolstert und reich verziert. Aratea bedeutete den drei Neuankömmlingen an den langen Seiten Platz zu nehmen bevor sie selber zu dem kleineren der gepolsterten Stühle schritt und sich zeitgleich mit Altavar setzte. Sie musste ein Schmunzeln unterdrücken; die drei bestaunten so offen das ganze Schiff und der kleine Zwerg hätte vorhin fast das Atmen vergessen, als ihr Schleier ganz gelüftet war.

Kardir nahm einen der Stühle, trug ihn zu den Stühlen von Thea und Mattis und setzte sich ebenfalls. Sicher war sicher.

Altavar und Aratea wechselten einen Blick, wobei Aratea eine Augenbraue hochzog. Altavar schmunzelte und machte eine abwiegelnde Handbewegung, dann wandte er sich wieder der Gruppe der Freunde zu. "Lasst den Handel beginnen" eröffnete Altavar die Runde.

„Ihr bittet um Überfahrt", fing Aratea an, „das ist eine lange, nicht ungefährliche Route." Sie sah die drei nacheinander an, bevor sie auf ein kaum merkliches Nicken von Altavar fortfuhr: „Ihr werdet Essen und Trinken für euch und eure Tiere benötigen. Was bietet ihr an?" Die drei sahen sich ratlos an. Ja, was? Was hatten sie denn?

Schweigen entstand. Diesmal konnte Aratea nur mit Selbstbeherrschung lauthalses Lachen unterdrücken. Was waren die drei denn so ratlos? Das war doch so klar wie das Kap der Sonne! Altavar würde sich nie eine Gelegenheit entgehen lassen in den Besitz fremdartiger Wesen zu gelangen. Nach einer, wie Kardir schien, endlosen Zeit sprach Aratea weiter: „Unser Volk ist sehr wissbegierig. Fremde Wesen zu studieren lohnt sich." Die drei Gefährten sahen sich alarmiert an. Wo waren sie nur gelandet? Was wussten sie denn über diese Leute, auf dessen Schiff sie nun hilflos ausgeliefert waren.

Unbeirrt über die offensichtliche Nervosität der drei fuhr Aratea fort: „Ihr habt, wie ihr sie nennt, Ponys mitgebracht. Zauberhafte Wesen, die sicher eine Überfahrt wert sind." Die drei atmeten hörbar erleichtert aus, bevor Kardir sich anspannte und Aratea ungläubig anstarrte. Die Ponys??? Aratea sprach an Kardir gewandt weiter: „Natürlich müsst Ihr, Kardir, uns alles über diese schönen Wesen erzählen, damit wir sie angemessen pflegen und erhalten können." Gerade als er kopfschüttelnd den Mund öffnete, um seiner Fassungslosigkeit Luft zu machen, hörte er Thea sagen: „Angenommen! Die Ponys im Tausch gegen die Überfahrt, zwei Kabinen und Verpflegung." Ihre beiden männlichen Begleiter sahen sich an, dass Thea für sie alle sprach war ja nichts neues, aber so kühn?

„Aber Thea -" begann Kardir. „Lass sie nur, Thea weiß ganz genau was sie tut". Die wohlvertraute Stimme blitzte in ihren Köpfen auf. „Dafür, dass der Handel euch gänzlich unbekannt ist, stellt ihr euch recht geschickt an. Ihr werdet sehen, es lohnt sich." fuhr die Stimme fort und schwieg dann.

Altavar und Aratea saßen plötzlich kerzengerade und angespannt auf ihren Stühlen. „Was war das?" donnerte Altavar. Er hatte seine linke

Hand an die Scheide seines Degens gelegt, die rechte befand sich nur Zentimeter vom Griff entfernt. Auch Aratea hatte eine Hand in ihrer Kleidung auf einem ihrer Messer liegen.

„Äh, was? Was meint ihr?" Thea hatte sich als erste gefangen.

Sie sah, wie Altavar die Stirn runzelte und sich etwas entspannte. Ja, er schien sich sogar zu freuen! Dann sagte er langsam, jedes Wort betonend, „Wir sind Berianer. Wir sehen, hören und fühlen mehr und genauer als andere Lebewesen. Das macht einen Berianer aus, deshalb können wir auch auf allen Meeren bestehen. Und deshalb möchten wir auch nicht gerne auf dem Lande leben. Zu viele Störungen." Er machte eine Pause.

Dann fuhr er fort „Jetzt eben haben wir etwas gespürt, etwas, das …" er sah Aratea kurz an und als diese kurz nickte fuhr er fort: „uns unbekannt ist. Es hat mit euch zu tun, aber was ist es und noch viel wichtiger: ist es gefährlich? Bitte denkt nach: wenn wir zusammen eine so lange und nicht ungefährliche Reise wagen, müssen wir uns gegenseitig vertrauen können. Und das was eben geschehen ist, kann ich noch nicht einordnen. Ihr müsst uns davon erzählen, sonst gibt es keinen Handel und ihr bleibt hier." Altavar schwieg und schaute sie auffordernd und etwas taxierend an.

Aratea fügte hinzu „Mir schien es so, als würdet ihr halb durchsichtig, die Luft um euch schien zu leuchten und ich spürte eine starke Kraft." Dann nach einer kleinen Pause: „Ist es gefährlich?"

„Nein, es ist für unsere Freunde nicht gefährlich" sagte Mattis. „Es ist nur für unsere Feinde gefährlich, und auch nur dann, wenn wir angegriffen werden. Wir haben euch noch nichts davon erzählt, weil wir selbst nicht genau wissen, wie es funktioniert und was es ist. Wir glauben, es ist eine Art Magie, unsere Magie. Illidan hat sie uns gelehrt. Diese Magie aktiviert sich selbstständig und spricht auch manchmal zu uns, so wie eben. Eben zum Beispiel hat sie uns gesagt, dafür, dass wir noch nie gehandelt hätten, würden wir unsere Sache sehr gut machen. Der vorgeschlagene Handel wäre sehr gut für alle Seiten. Wir hören die Magie wie die Stimme einer Person in unseren Köpfen. Diese Magie scheint alles zu wissen, sie ist viel mehr als wir drei zusammen." Mattis lehnte sich zurück. „Tut mir leid, mehr kann ich euch dazu nicht sagen, dazu weiß ich zu wenig darüber. Vielleicht ihr?" wandte er sich an seine Freunde. Doch die schüttelten die Köpfe. Mattis drehte sich wieder zu Altavar und Aratea.

Die beiden hatten sich sichtlich entspannt. Sie musterten die drei Freunde jetzt sehr aufmerksam.

„Das wird ja immer schöner" sagte Altavar. „DAS ist also eure Waffe! Ich wusste, ihr würdet irgendeine Waffe haben, auch wenn wir sie nicht sehen können. Aratea, was meint Ihr?"

Aratea fühlte, wie ihr plötzlich warm wurde. ER fragte SIE um Rat! Eine größere Ehre konnte sie sich gar nicht vorstellen. Ihre Gedanken wirbelten durcheinander. Dann riss sie sich zusammen und atmete tief durch.

Sie durfte jetzt nichts falsch machen. Die Magie der drei kam ihr seltsam bekannt vor, obwohl sie doch noch nie davon gehört hatte. Die drei kleinen Wesen, besonders diese Thea Kesselflicker, waren ihr schon ein bisschen ans Herz gewachsen. Sie wollte noch so viel von ihnen wissen…. Und natürlich wollte sie ihnen helfen. Und so winzige Pferde hatte sie auch noch nie gesehen, diese Ponys, sie wollte sie auch studieren und kennenlernen.

„Es scheint mir ein guter Handel zu sein", verkündete sie mit fester Stimme.

Altavar und Aratea saßen eine Weile regungslos da. Als die drei Freunde schon anfingen zu zweifeln, nickte Altavar bedächtig.

„Ich glaube, wir können viel voneinander lernen, vielleicht ist es das Risiko wert." verkündete Aratea ruhig. „Nun denn, willkommen an Bord der Rose des Windes" ertönte Altavars tiefer Bass.

Die See

Kardir lag stöhnend in der Kajüte. Noch nie hatte er sich so elend gefühlt. Die Welt bewegte sich und sein Magen schien Gefallen an den übelsten Achterbahnfahrten zu haben, die sich ein Gnom auch nur vorstellen konnte, sofern er Achterbahnen denn kannte. Schon vor Tagen hatte er das Essen eingestellt, er konnte eh nichts bei sich behalten.

Als es an der Tür klopfte, stöhnte Kardir erneut, er wollte einfach nur in Ruhe gelassen werden. Aber Thea steckte ihren Wuschelkopf durch die Tür und als sie sah, dass Kardir wach war, trat sie ein. „Ich bringe dir ein wenig Brühe" sagte sie leise. Schon beim Gedanken daran wurde Kardir erneut übel. Sie meinte es ja gut, aber der sonst so verlockende Duft von Suppe, schien ihm wie der übelste Gestank aus dem tiefsten Morast. „Du bist ja immer noch ganz grün" murmelte Thea und stellte das Tablett ab. „Lass dir doch von Aratea helfen" fuhr sie fort, „Sie weiß bestimmt, was sie tut."

Aratea hatte ihm am Abend, nachdem sie das Land verlassen hatten, angeboten, seinen Magen zu beruhigen. Sie hatte angefangen zu singen und mit ihr schien das Meer und der Wind geflüstert und gesungen zu haben. Kardir hatte sich noch nie so sonderbar gefühlt. Als ob das Meer und der Wind ein Teil von ihm hatten werden wollen. Allein der Gedanke an dieses sonderliche Gefühl ließ ihn erschauern. Nein, soweit konnte er den Seeleuten einfach nicht trauen, schließlich hatten sie sich die Ponys unter den Nagel gerissen. Es war schwer genug, Thea zu verzeihen - aber den Fremden? Nein, deren Hilfe wollte er nicht.

Thea saß nun neben ihm und hielt seine Hand. „Dann komm wenigstens ein wenig nach oben", sagte sie, „Frische Luft tut dir gut" und als er nicht darauf reagierte, fügte sie hinzu· „Und Mini und Mickey vermissen dich bestimmt". Es ärgerte Kardir, dass Thea wusste, wie sie ihn ködern konnte. Natürlich würde er mit rauf kommen, so wie jeden der drei Tage seit ihrer Abfahrt. Thea war aber auch verdammt gut im Überreden und lange böse sein konnte er ihr auch nicht. Er hatte schon früher festgestellt, dass sie für einen Zwerg eigentlich erstaunlich klug und frech war.

Mühsam quälte er sich ins Sitzen und verharrte einige Sekunden, bis die heftige Übelkeit etwas nachließ und er nicht mehr meinte, jeden Moment einfach umzukippen. Thea half ihm auf die Beine und führte ihn, wie einen alten Greis, stützend zur Tür. Das grelle Tageslicht blendete ihn, aber der frische Wind tat ihm wirklich gut.

Draußen wartete Mattis grinsend. Er hatte ein wenig seine Freude daran, dass sein Magen so stabil war und er die Fahrt sogar genoss. Seit Kardir flach lag, hatte er sich um die Ponys gekümmert, und sie täglich rausgeholt und ein wenig auf dem Deck geführt, während Thea Kardir betüddelte. Inzwischen machte es Mattis auch nichts mehr aus. So hatte er mehr Zeit, um sich mit Aratea und Altavar zu unterhalten, welche alles über die zwei Vierbeiner wissen wollten. Und Mattis erzählte bereitwillig alles, was er von Ponys wusste.

Die Ponys hatten Kardir inzwischen gewittert und wieherten ihm leise zu. Etwas schwach strich er ihnen über das seidige Fell und freute sich, dass die beiden die Seefahrt um einiges besser wegsteckten als er.

Auf einmal konnte er das Singen des Windes und des Meeres wieder hören. Dieses sonderbare Gefühl beschlich ihn wieder, als würden sie ein Teil von ihm werden wollen. Er sah sich erstaunt um, aber es war keine Aratea in Sicht, nur der Kalinosch war beim Zusammenlegen von dicken Seilen zu sehen. Als sein Blick auf Thea fiel, war er verdutzt. Jetzt konnte er sie leise singen hören und ein Lächeln umgab ihre Lippen. Wie schön sie doch war, wenn sie so dastand, dachte Kardir, bevor ihm klar wurde, was sie da tat. „Thea!!" rief er, weiter kam er nicht. Sie lachte ihn an und er merkte, dass sein Magen sich beruhigt hatte. „Siehst du, " neckte sie ihn, „so schlimm war's doch gar nicht". Und immer noch grinste sie breit. Schon wieder hatte sie ihren Willen bekommen, aber Kardir musste zugeben, es ging ihm jetzt besser und zu seinem Erstaunen knurrte sein Magen hungrig! „Danke" brachte er zwischen zusammengekniffenen Zähnen hervor.

Diese Zwergin konnte ihn um den Verstand bringen.

"Du siehst aus, als hättest du Hunger!" mischte sich nun Mattis ein, auch er grinste breit. „Ich glaube, die Ponys haben genug frische Luft für heute, ich bring sie eben runter und dann suchen wir was Essbares" verkündete er vergnügt. "Und dann erzählst du mir, wie du das gelernt hast, " sagte Kardir zu Thea, bevor er Mattis und den Ponys folgte. Da fiel ihm die Brühe ein, die Thea ihm gebracht hatte. „Warte noch einen Moment, Mattis." rief er. Mattis drehte sich um. „Was ist?" fragte er. „Thea hat mir eben eine Brühe gebracht, die will ich jetzt nicht kalt werden lassen. Geht ganz schnell" antwortete Kardir. Damit drehte er sich um und lief in die Kajüte zurück. Dort schnappte er sich das Tablett mit der Brühe und ging wieder hinaus. Noch im Gehen trank er die Brühe und fühlte, wie sich von seinem Magen her eine wohlige Wärme ausbreitete. Das leere Tablett in der einen und die leere Suppentasse in der anderen Hand, fragte er Thea: „Wo kommt das hin?" „Oh, lass nur. Ich mach das schon" sagte Thea und nahm ihm die Sachen ab. „Geh Du mal mit den Ponys mit".

Während Kardir hinter den Ponys als letzter in der Reihe ging, hatte er wieder Gelegenheit, die schiere Größe dieses Schiffes zu bewundern. Schon allein die Masten! Die waren an Deck so dick, dass sich die Ponys bequem dahinter verstecken konnten. Und Mattis gleich mit dazu. Die riesigen Segel waren prall vom Wind, den man jedoch auf dem Deck fast gar nicht spürte.

Dann stellte Kardir dankbar fest, dass das Schwanken des Fußbodens ihn nicht mehr störte. Es war, als wäre das jetzt selbstverständlich. Er fühlte sich richtig heimisch, wie Zuhause. Und das alles durch den Gesang? Er musste dringend mit Thea darüber sprechen.

Aber zuerst waren die Ponys an der Reihe. Er ging ein paar Schritte zur Seite und beobachtete die Ponys. Sie trotteten gleichmäßig hinter Mattis her, waren gut genährt und schienen sich nicht an der ungewohnten Umgebung zu stören. „Die sind wohl auch besungen worden" schoss es ihm durch den Kopf. Er grinste bei diesem lächerlichen Gedanken.

Mattis steuerte auf eine Öffnung im Deck zu. Hier gab es eine Art Rampe, die unter Deck auf einen Gang mit vielen Türen führte. Eine der Türen stand weit offen. Mattis führte die Ponys in den Raum dahinter. Als Kardir durch die Tür hindurch trat, sah er, dass der Raum als Stall hergerichtet war. Der Boden war mit Stroh bedeckt und penibel sauber. Durch zwei Bullaugen fiel Licht herein. Kein Staub, kein Dreck.

„Mattis" fragte Kardir, „wer hat das alles hergerichtet? Und wer hält den Stall so sauber?" „Das sind Aratea und Altavar, vielleicht noch ein paar andere Leute." antwortete Mattis. „Thea und ich waren nur am Anfang dabei. Die beiden, Aratea und Altavar, wollen wirklich alles wissen. Bei jeder Gelegenheit stellen sie Fragen über Fragen. Das Ergebnis siehst Du ja selbst: sie machen das alles vorbildlich und geben sich die größte Mühe. Na, mal sehen, wie das weitergeht. Ich glaube, sie kommen schon langsam dahinter, dass Ponys auf Dauer doch das Land brauchen. Es sind eben Landeier und keine Seebären." Er grinste wie über einen guten Witz.

Kardir war erstaunt und auch erleichtert. Erstaunt war er vor allem über den unbändigen Wissensdurst von Aratea und Altavar. Es schien, als gäbe es für sie nichts Wichtigeres auf der Welt, als ihr Wissen über alle möglichen Lebewesen zu erweitern. Wie sagte Aratea? „Fremde Wesen zu studieren lohnt sich."

Erleichtert war Kardir besonders darüber, dass Aratea und Altavar versuchten, diese Lebewesen nicht nur zu studieren, sondern auch zu verstehen. Das führte dann auch unter anderem zu einer vorbildlichen Versorgung dieser Lebewesen.

Und überhaupt: Wesen, Lebewesen! Nicht etwa Tiere oder Ponys, sondern Lebewesen. Lebewesen kann man nur studieren, wenn man sie auch als Lebewesen respektiert. Das geht jedoch nur, wenn man zulässt, dass sich diese Lebewesen auf Augenhöhe befinden, also einem selbst gleichgestellt sind. Kardir fühlte ganz deutlich, dass dies hier der Fall war. Den beiden Ponys ging es augenscheinlich sehr gut, nur der Bewegungsmangel und die fehlenden Weiden machten ihnen wohl etwas zu schaffen.

Kardir wandte sich den Bullaugen zu. Durch sie konnte man auf das bewegte Meer sehen und auch auf den schwankenden Horizont. Ihm kam der Gedanke, dass er Aratea und Altavar mit seinem Misstrauen vielleicht unrecht tat. Er war nur einige Tage krank gewesen, und doch hatte er schon so viel verpasst und versäumt. Gute Sachen, wichtige Sachen. Zum Glück hatte er wirklich gute Freunde, die besten!

Kardir drehte sich plötzlich um. Er hatte etwas gespürt, etwas wie eine leichte Berührung im Nacken. Und er blickte in Arateas Augen. Sie stand in der Tür und sah ihn an. „Kardir, wie ich sehe, geht es dir wieder gut. Das freut mich", sagte sie. Sie ging auf ihn zu und musterte sein Gesicht, besonders seine Augen. Natürlich musste sie sich dazu etwas vorbeugen, aber das war egal. „Dir geht es wirklich gut. Wer hat das gemacht?" fragte sie. „Ich glaube, es war Thea" antwortete Kardir. „Sie hat gesungen!"

„Na, das nenne ich mal eine wirklich gelehrige Schülerin!" kam es von Aratea. „Nur ein einziges Mal gehört und schon zwei Tage später mit Erfolg angewendet. Ich bin beeindruckt. Ihr seid wirklich ganz erstaunlich." Sie richtete sich auf und ging zur Tür. Im Hinausgehen drehte sie sich noch einmal um. „Altavar und ich wollen gerade etwas essen. Ihr habt bestimmt auch Hunger, kommt ihr mit? Ich lasse auch Thea rufen." Die Freunde beeilten sich mit den letzten Handgriffen, waren schnell fertig, schlossen die Tür und folgten Aratea.

Thea war wie der Wind auf einmal da. Gemeinsam setzten sie sich an den Tisch, auf dem schon kräftig aufgefahren war. Kardir langte zu, als wäre er kurz vorm Verhungern und nie seekrank gewesen. Thea sah besorgt zu ihm ′rüber. Das war doch viel zu viel auf einmal für den gerade wiederhergestellten Magen. Aber vielleicht war das ja bei Gnomen anders als bei Zwergen. Sie hatte schon fast vergessen, dass Kardir ein Gnom war. Er war und blieb jedenfalls guter Dinge, genoss das Essen und sah sich seine Umgebung dabei sehr aufmerksam an. Er hatte ja viel aufzuholen.

Altavar und Aratea waren ihm eigentlich doch ganz sympathisch und gar nicht mehr soo fremd. Er war nah daran, ihnen zu vertrauen. Sie versorgten die Ponys ja auch gut; aber dass diese als Tausch herhalten mussten, konnte er immer noch nicht richtig fassen.

Und dieser Kalinosch! Er kümmerte sich zwar auch ganz passabel um die Ponys. Aber konnte man ihm denn trauen? Altavars und Arateas volles Vertrauen schien er zu genießen, sogar mehr noch als die anderen Seeleute. Vielleicht war das auch dieses Interesse an Lebewesen, denn er passte so gar nicht zu den zwar kräftigen, aber eher sanft aussehenden Seeleuten. Man sah ihn überall mit irgendeiner Arbeit beschäftigt. Dabei kam es Kardir so vor, als hätte er seine Ohren überall, obwohl er sich voll auf seine Arbeit konzentrierte. Kardir beschloss, Kalinosch erst einmal im Auge zu behalten.

Ganz in seine eigenen Gedanken versunken, war das Tischgespräch ganz an ihm vorbeigezogen. Erst jetzt, wo es still war und alle ihn erwartungsvoll ansahen, bemerkte er, dass er ganz abwesend gewesen war. Kardirs Gesicht fing sofort an einer Tomate zu gleichen und der aufsteigende Ärger darüber machte alles nur noch schlimmer. Früher war er immer so gelassen gewesen, so ruhig und im Gleichgewicht und jetzt? „Äh, hmm, also, was war die Frage?" stammelte er.

„Ich habe mich nur nach deinem Befinden erkundigt," wiederholte Aratea ihre Frage geduldig, während seine Freunde ihn besorgt ansahen.

„Oh, " erwiderte Kardir immer noch leicht rot im Gesicht, „gut, denk ich, danke."

„Dank nicht mir" entgegnete Aratea, „ich habe damit nichts zu tun, dein Dank sollte an Thea gehen."

Das erinnerte ihn an sein eigentliches Interesse, was hatte das mit dem Singen auf sich? Sein Magen knurrte und nach einem weiteren großen Löffel leckeren Kartoffelbreis fragte er genau das: „Was hat denn das mit dem Singen auf sich?"

Aratea und Altavar wechselten einen raschen Blick, wie viel durfte ein Gnom erfahren? Die Zwergin wusste schon genug, aber das war vorher schon in ihr gewesen. Aber der Gnom, wie viel gab es, was sie nicht von ihm wussten? Sie wussten so wenig über ihn. Wie weit konnten sie ihm vertrauen? Und wenn er einer der vier war, dann musste auch er alles wissen. Aber sie hatten schon gemerkt, dass er Kalinosch vorhin so aufmerksam gemustert hatte.

„Das Singen," fing Altavar schließlich in seinem tiefen Bass an, „ist eine tief verwurzelte Gabe der Seefahrer, unsere Vorfahren hörten dem Flüstern des Windes und der See aufmerksam zu, um Gefahren zu vermeiden und ihre Schiffe sicher zu navigieren. Einige konnten nur ein Flüstern vernehmen andere wiederum hörten, obschon es sich nur um ein leises Flüstern handelt, deutlich Melodien und Gesänge." "Und wer genau hinhört," fuhr Aratea fort, „der spürt diesen Gesang in allem um ihn herum, manche Töne hören sich schief und verkehrt an. So wie es bei dir war". Kardir erschrak, worauf wollten die beiden hinaus?

„Also fangen wir an zu singen, bis die Melodie sich verändert und schließlich harmonisch anhört, und nach und nach wird diese Melodie übernommen, sie gleicht sich wieder an, fügt sich wieder in das große Orchester der Welt ein," erklärte Aratea. „Alles auf dieser Welt hat seine eigene Melodie. Und die hören wir und fühlen, ob sie richtig klingt. Wenn nicht, können wir sie mit unserem Gesang vielleicht verändern. Besser kann ich es dir nicht erklären." fügte sie nach einer Weile hinzu, als Kardir sie nur groß ansah. "Das ist alles!" entfuhr es ihm.

Alle vier Augenpaare waren nun verblüfft auf ihn gerichtet. "Das ist alles?" fragte Thea etwas pikiert.

Schon wieder errötete Kardir, hilfesuchend sah er zu Mattis, aber der sah ihn genauso fragend an. „Na ja, " fing Kardir an und versuchte keinen direkt anzusehen, seit wann war er so unüberlegt mit dem was er laut sagte? Er holte tief Luft und fuhr dann, etwas ruhiger, fort: „Das erinnert mich sehr an das Zusammensein mit den Ponys, oder mit allen Tieren," verbesserte er sich. „Ich höre hin, was sie mir sagen, versuche zu fühlen, was nicht stimmt oder auch was stimmt und dann dementsprechend zu handeln. Aber das habe ich, glaube ich, schon mal erzählt..." ließ er den Satz ausklingen.

Aratea nickte langsam mit dem Kopf. "Ich erinnere mich, " sagte sie schließlich. „Das ist eine wichtige Erkenntnis", stimmte Altavar ihr zu. „so verschieden sind wir Seefahrer von euch Gnomen im Inneren vielleicht gar nicht."

„Und auch nicht von euch Zwergen" fügte Aratea hinzu. „Thea hat das Singen sehr schnell gelernt, selbst für eine Seefahrerin. Es war vielleicht schon vorher in ihr und musste nur geweckt werden."

Aratea und Altavar schienen tief in Gedanken versunken, sie schienen ihre kleinen Gäste vergessen zu haben.

„So viel Zeit liegt dazwischen" murmelte Altavar in Gedanken zu Aratea, „wer weiß, vielleicht waren wir doch alle mal eins, lange bevor die Magie verschwand"

Die drei Freunde erschraken. „Lange bevor die Magie verschwand"? Das klang sehr nach dem, weswegen sie überhaupt hier waren.

> „Wenn die alten Geschlechter sich vereinen,
> und weder Baum noch Fluss mehr weinen.
> Dann werden wiedergeboren werden,
> die Magie und der Zauber hier auf Erden."

wiederholte Mattis leise die Worte, die sie vor so lang erscheinender Zeit auf diese Reise geschickt hatten.

Altavar und Aratea richteten ihre Aufmerksamkeit auf Mattis, bevor sie ihn baten, die Worte noch einmal zu wiederholen. Nachdem er dieser Bitte nachgekommen war, war es eine lange Zeit still.

„Vielleicht ist es an der Zeit", brach Altavar endlich das Schweigen, „herauszufinden, was Kalinoschs Geheimnis ist, welche Melodie von ihm so falsch klingt, dass sie schon wieder absolut richtig ist."

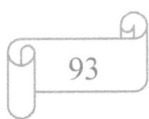

Verwirrt schauten zwei Zwerge und ein Gnom ihn an. „Kalinosch?" frage Thea, „was ist mit ihm?" „Tja, genau das wissen wir eben nicht" antwortete Altavar. „Wir haben ihn auf einer Insel aufgelesen, wo er festsaß. Sein lächerliches Boot war nur noch Kleinholz. Wir konnten ihn ja nicht dort sitzen lassen. Also nahmen wir ihn mit. Auf unsere Fragen hat er geantwortet, dass er von jenseits des großen Wassers käme und während eines Sturmes so weit abgetrieben wäre, dass er nicht wüsste, wo er sich jetzt befand. Mit unseren Karten konnte er auch nichts anfangen, er hat noch nie Karten gesehen. Da er jedoch gut und zuverlässig arbeitet und ständig hinzulernt, haben wir ihn erst einmal bei uns gelassen. Und doch, etwas stimmt nicht. Was immer es ist, wir müssen es herausfinden. Andernfalls sind wir dann unvorbereitet, wenn wir gut vorbereitet sein sollten." Er machte eine Pause, fuhr dann fort „Die Suche sollte so unauffällig wie möglich sein. Falls er eine Gefahr darstellt, darf er keinen Verdacht schöpfen. Vielleicht könnt ihr das übernehmen? Was haltet ihr davon?"

„Wir?" kam es von den drei Freunden wie aus einem Munde. Mattis fügte hinzu: „Was können wir denn dabei schon tun? Wir sind doch nur zwei Zwerge und ein Gnom! Wir haben doch gar keine Erfahrung, wie man so etwas macht."

Aratea lächelte, Altavar schmunzelte „Ja ich weiß, nur zwei Zwerge und ein Gnom. Und natürlich keine Ahnung, die sich nur mit den Grolmen angelegt und sie besiegt haben, die sich auf einer Reise befinden, die die ganze Welt wieder vereinen soll, die vom größten Magier, der je lebte, persönlich ausgewählt und geschult wurden, die über Waffen verfügen, denen nichts gewachsen ist. Ja, ja, ich weiß. Vielleicht könnt ihr ja mal bei eurer Magie nachfragen, ob es nicht doch eine Möglichkeit gibt."

Die drei Freunde waren etwas irritiert und verärgert ob des Spotts und doch etwas stolz. Es stimmte: sie hatten schon ganz schön viel geleistet. Und von ihnen wurde wahrhaft Großes erwartet. So hatten sie das noch gar nicht gesehen. Kalinosch beobachten war eine Sache. Das würden sie zu dritt wohl unauffällig schaffen, wenn sie sich abwechselten. Aber wie sollten sie herausbekommen, was bei ihm nicht ganz stimmte?

„Er war schon jenseits des großen Wassers", sinnierte Kardir. „Das ist doch unser Ziel. Vielleicht weiß er ja sogar etwas über den Sohn des Grolm-Königs. Allerdings ist er nicht gerade eine Plaudertasche. Lasst uns einen Plan erarbeiten und überlegen, ob und wie wir unsere Magie wirklich einsetzen können".

Kalinosch

Thea streifte über Deck und überlegte, wie sie Kalinosch ansprechen sollte und vor allem, was sie mit ihm sprechen sollte. Sie konnte ja schlecht einfach sagen: „Hey du, wo kommst du her, was stimmt nicht mir dir?" Etwas unschlüssig streifte sie an der riesigen Reling entlang, über die sie nur mit Mühe und Not hinüber gucken konnte und lauschte auf den rhythmischen Gesang der Wellen, zu dem sich der Wind als Refrain hinzufügte.

Ein Sturm zieht auf, dachte sie, als sie unvermittelt vor Kalinosch stand. „Huch", entfuhr es Thea. Kalinosch schien ebenso überrascht wie sie. „Ähm, eh, ich, " stotterte er. Verlegen standen sie nun voreinander, bis Thea sich wieder gefasst hatte und einen Vorstoß wagte: „Ein Sturm zieht auf" sagte sie. „Hmm," kam von Kalinosch als Antwort. Wieder schwiegen sie.

Nach einer Weile versuchte Thea es erneut: „Bei uns im Nimmersangtal stürmt es auch manchmal, dann übertönt das Rauschen des Regens den tobenden Fluss". Wieder kam ein „Hmm" von Kalinosch. Thea verdrehte leicht die Augen. Konnte der nicht reden? „Stürmt es bei dir zu Hause auch öfters?" versuchte sie es etwas direkter. Kalinosch sah sie groß an, die Frage war ihm sichtlich unangenehm. Schließlich rang er sich zu einer Antwort durch: „Habt keine Angst, die Rose des Windes übersteht jeden Sturm". Seine Stimme war tiefer als man bei diesem hageren Körper vermutet hätte.

Was meinte er mit „jeden Sturm überstehen"? Ein Sturm war doch nicht gefährlich. Ja klar, auch im Nimmersangtal gab es ab und an Stürme, aber mehr als dass der Regen und der Wind laut waren, passierte doch nicht, oder?

Nach einer Weile bemerkte Thea, dass er ihre Frage noch gar nicht beantwortet hatte. Sie sah ihn von der Seite an „ Ja, aber bei dir zu Hause?" fragte sie. Dann fügte sie noch hinzu, damit er nicht wieder ausweichen konnte: „du kommst ja offensichtlich nicht von den Seefahrern..." Kalinosch drehte sich unvermittelt um. Für einen kurzen Moment konnte sie Angst in seinen Augen lesen, bevor er sehr leise zischte: „Haltet euch aus meinem Leben!" und damit eilte er davon.

Thea blieb verdutzt zurück. Was war nur mit ihm los? Wovor hatte er Angst? Ein Seefahrer war er offensichtlich nicht, dafür hatte er viel zu dunkle Haare und Augen! Dann kochte bei Thea der Stolz hoch, was dachte er sich dabei, sie einfach so stehen zu lassen? Und in diesem Ton mit ihr zu sprechen. Wütend stakste sie über das Deck in Richtung der Ponys. Das musste sie den anderen erzählen, wie ungehobelt dieser Kalinosch war!!

Sie fand die anderen bei den Ponys. Kardir erklärte den beiden Seefahrern Altavar und Aratea gerade den komplexen Verdauungsapparat der Tiere. Mattis sah sie als erste und kam ihr entgegen: „Was ist denn in dich gefahren?" wollte er wissen. „Ach, gar nichts", entgegnete Thea und zwang sich zur Ruhe. Ihr wurde klar, dass sie eigentlich vor allem auf sich selber wütend war, weil sie Kalinosch einfach so verschreckt hatte.

Kardir war vollauf damit beschäftigt, den Seefahrern die Ponys näher zu bringen und war ganz begeistert, so aufmerksame und lernwillige Zuhörer zu haben. So erzählte Thea erst mal nur Mattis von ihrer Unterhaltung mit Kalinosch, wenn man sie denn so nennen konnte. Auch er wunderte sich etwas über die Aussage über den Sturm. Was sollte denn an einem Sturm so schlimm sein, dass er einen ängstigen konnte? Und was Kalinoschs abwehrende Haltung anbetraf, so konnte er ihn etwas verstehen. Manchmal konnte Thea mit ihrer direkten Art anderen schon mal auf den Schlips treten, auch wenn sie es nie böse meinte. Aber ihre Zunge im Zaum zu halten war keine ihrer Stärken. Natürlich behielt er das für sich. Schließlich war sie seine beste und liebste Freundin und er wusste, dass sie das nur ärgern, aber nichts ändern würde. Es gehörte halt genauso zu ihr wie ihr messerscharfer Verstand und ihre Verlässlichkeit.

Er schlenderte mit ihr über Deck und hörte ihren Ausführungen und Gedankengängen zu, auch wenn er manchmal nicht nachvollziehen konnte, wie sie von einem aufs andere schloss, aber er kannte sie lange und gut genug um zu wissen, dass sie so gut wie immer Recht hatte und ins Schwarze traf.

Nachdem er den Faden von Thea verloren hatte und Thea nicht mehr folgen konnte, bestaunte er mal wieder das Schiff. Es war so erstaunlich, ein wahres Wunderwerk! Thea redete munter weiter, wobei Mattis an ihrer Stimmlage und Schnelligkeit der Gedankensprünge merkte, dass sie schon längst nicht mehr mit ihm, sondern mehr zu sich selber sprach und ihre Gedanken schneller als Enten zum Fest des Mondes rasten.

Zu gern hätte er mehr über dieses Schiff erfahren. Wozu waren zum Beispiel die ganzen in den Boden eingelassenen runden Dinger, die aussahen wie überdimensionale Nägel? Die Seefahrer beantworteten zwar alle seine Fragen, waren aber meistens mit Arbeit auf dem Schiff beschäftigt oder, wie Aratea und Altavar, an den Ponys interessiert.

Auf Deck herrschte strenge Ordnung, alle hatten ihren Posten und ihre Aufgaben, welche sie gewissenhaft erledigten. Altavar schien Fehler und Faulheit nicht zu dulden und es war deutlich, dass auch Aratea eine Menge Respekt, wenn nicht gar Ehrfurcht entgegengebracht wurde. Ob das was mit dem Singen zu tun hatte, mit dem Thea in letzter Zeit so beschäftigt war? „… „Und wenn Kalinosch nun weggelaufen ist?…" hörte er sie neben sich murmeln, „… vor wem und weshalb?" Sie war also immer noch am Grübeln und Mattis hatte Zeit, weiter alle Details des Schiffes in sich aufzunehmen. Er hatte in den letzten zwei Wochen schon alles 100-mal gesehen und dennoch fiel ihm immer Neues auf, neue Fragen, und nach jeder Antwort wieder neue Fragen. Wozu zum Beispiel war das dicke Seil, das um den großen Mittelmast gespannt war?

Währenddessen erzählte Kardir begeistert alles, was er über Ponys wusste und Aratea hörte weiterhin aufmerksam zu, säuberte Hufe und striegelte das Fell. Altavar hatte sich nach einer Weile schließlich bedauernd entschuldigt. Auch Aratea verkündete, nachdem sie das Heu angenässt und den Ponys vorgelegt hatte: „Vielen Dank Kardir, für jetzt muss auch ich mich bedauerlicherweise um meine täglichen Pflichten kümmern. Ich hoffe aber auf weitere Erläuterungen morgen, oder, wenn es dir beliebt, heute Abend?" Kardir versicherte ihr schnell: „Gerne." Er genoss jede Sekunde, den beiden die Ponys näher zu bringen. So viel schnelle Auffassungsgabe und Wissbegier war beeindruckend.

Er wollte gerade die Boxentür hinter sich schließen, als er Kalinosch am Ende des Ganges erspähte. Schnell und für seine Verhältnisse sehr forsch rief er ihm zu: „Hee, Kalinosch!" Dieser drehte sich erstaunt um: „Hmm?" ließ er verlauten. „Magst du mir helfen, den Ponys etwas Bewegung zu verschaffen?" fragte Kardir. „Hmm", kam wieder Kalinoschs Antwort. Nach dem Gespräch mit Thea heute Morgen war er nicht sonderlich erpicht darauf, weitere Gespräche zu führen. Was wollten die nur von ihm? Er hatte mit der Vergangenheit abgeschlossen und wollte sie nur vergessen. Er wollte neu anfangen und das in Frieden.

Langsam ging er auf Kardir zu. Diese Ponys waren ihm völlig unbekannt. Zögernd und unbeholfen nahm er den Strick, den Kardir ihm entgegen

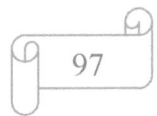

hielt. „Nimm nur, Mini ist total lieb", erklärte ihm der freudestrahlende Kardir. Er war immer gut drauf nach den Gesprächen mit Altavar und Aratea und auch ungewöhnlich redselig dadurch. „Mini ist auch Theas Pony", erzählte er Kalinosch. „Sie ist sehr klug und schön", wobei sich Kalinosch fragte, ob der Gnom von Thea oder dem Pony sprach. Aber anstatt zu fragen, gab er nur ein „Hmm" von sich. Nach kurzem Zögern fügte Kardir hinzu: „Weißt du, Ponys sind sehr viel intelligenter als manche glauben." Das folgende „Hmm" von Kalinosch fasste Kardir als Aufforderung auf fortzufahren. „Sie wissen, was die Personen in ihrer Umgebung fühlen. Sie sind sehr empfindsam." „Hmm" brummelte Kalinosch vor sich hin. Empfindsam? Er dachte an die Opfergaben an dem Ort, von dem er kam, er weigerte sich diesen Ort noch zu Hause zu nennen, schon der Gedanke daran ließ ihn erschauern. „Weißt du, manchmal denke ich sogar, dass sie mitfühlen und fast hellsehen können," schwärmte Kardir weiter und brachte Kalinosch noch mehr zum Grübeln, sein „Hmm" fiel noch leiser aus als zuvor. Unvermittelt nahm Kardir Kalinoschs Hand und legte sie auf Minis Hals: „Spürst du das? Sie sagt dir, was sie will, was ihr fehlt und was sie mag!" Kalinosch wollte zuerst seine Hand zurückziehen, doch dann spürte er das weiche, warme Fell unter seiner Hand. Mini schien das zu mögen, ihre großen, braunen Augen sahen ihn sanft an.

Ruckartig zog Kalinosch seine Hand zurück und verließ fluchtartig den Gang. Was hatten sie den armen Tieren nur angetan? Wenn sie so auf eine sanfte Berührung reagierten, wie dann auf das, was sie an dem anderen Ort hatten ertragen müssen? Erst als die Reling an Deck ihm den weiteren Weg versperrte, hielt Kalinosch zitternd an. Nur langsam beruhigte sich seine Atmung und verlangsamte sich sein Herzschlag. Während er sich zwang, die aufsteigenden Bilder vor seinem inneren Auge zu verbannen, hörte er auf zu zittern und bemerkte, dass ihm Tränen übers Gesicht liefen. Aratea am großen Endmast bemerkte er hingegen nicht. Leise zog sie sich zurück, um ihm Zeit zu geben, den inneren Kampf, der ihn offensichtlich tief bewegte, auszufechten und zur Ruhe zu kommen. Er sah so verletzlich aus. Noch nie, seit er auf dem Schiff war, hatte sich seine Melodie so disharmonisch und gleichzeitig so richtig angehört. Nachdenklich schritt sie in Richtung von Altavars Arbeitszimmer.

Beim Abendessen, welches die drei Freunde wie üblich mit Altavar und Aratea einnahmen, war es ungewöhnlich still. Jeder hing seinen eigenen Gedanken nach. „Es kommt ein Sturm auf," brach Aratea, an Altavar gewandt, das Schweigen. „Ein großer." „Wie groß?" entgegnete dieser in seinem gewohnt tiefen Bass. Aratea schwieg einen Moment, als würde sie lauschen. Thea saß ebenso schweigsam da. Was sie hörte, lag über ihrem Verständnis, aber sie empfand es jetzt als äußerst bedrohlich. „Sehr groß, in etwa wie der bei den sieben Gewässern," sprach Aratea weiter.

Eine Weile sahen sich die beiden Seeleute an, dann entschuldigte sich Altavar: „Meine Freunde, bitte verzeiht, dass wir euch alleine lassen müssen, Die Rose muss vorbereitet werden." Nachdem Aratea und Altavar gegangen waren, aßen die drei schweigend ihre Teller leer.

Schließlich brach Thea das Schweigen: „Die beiden sind besorgt." „Vielleicht ist ein Sturm hier etwas anderes als im Nimmersangtal?" warf Mattis ein. Auch Kardir machte sich darüber Gedanken: „Immerhin bewegt sich alles" er dachte an seine ersten Tage an Deck, „das könnte schon etwas anders sein als an Land."

„Habt keine Angst" ertönte eine wohlbekannte, beruhigende Stimme. Die Einheit, Illidan, ja wie hatten sie die nur vergessen können. „Euch wird geholfen" „Was sollen wir tun?" „Wer hilft uns? Bei was?" und „Wie können wir helfen?" fragten die drei durcheinander. Aber die Stimme antwortete nicht mehr.

Fragend sahen die drei sich an. Sie würden wohl einfach auf die Seeleute, das Schiff und ihre Einheit vertrauen müssen. „Auf jeden Fall werden wir unser Bestes geben, schließlich haben wir eine Aufgabe", versuchte Mattis die Stimmung etwas zu heben. „Apropos Aufgabe," sagte Thea, „habt ihr mit Kalinosch gesprochen?" Mattis schüttelte den Kopf und Kardir erzählte von seiner Begegnung mit ihm. „Merkwürdig", sagte Thea, „er ist echt merkwürdig und äußert unhöflich." Dem konnte Kardir nur zustimmen.

Mattis schwieg, er konnte Kalinosch schon verstehen. Wenn er in Ruhe gelassen werden wollte, warum das nicht respektieren? Und auch er selber, obwohl er die Ponys sehr, sehr gern hatte und alles tun würde, damit es ihnen gut geht, so wollte er auch nicht allen Ausführungen von Kardir lauschen. Und außerdem wurmten ihn seine eigenen unbeantworteten Fragen über das Schiff.

In einer nachdenklichen Stimmung sagten sich die Freunde Gute Nacht und legten sich leise in ihre Kojen.

Sie schliefen fast sofort ein. Das leichte Schwanken des Schiffes empfanden sie mittlerweile als angenehm, ebenso wie das leichte

Plätschern des Wassers am Rumpf. Daher bekamen sie auch nichts von den Aktivitäten an Deck mit.

Dort war von Ruhe nichts zu spüren. Altavar und Aratea standen auf dem Vorschiff und dirigierten die Mannschaft. Manchmal mit direkten lauten Kommandos, manchmal mit Zeichen und Gebärden. Es schien, als würden an Deck alle durcheinander rennen. Aber das täuschte, sie alle funktionierten wie eine sehr gut trainierte Mannschaft. Jeder wusste genau, was zu tun war, so, als hätten sie es schon tausendmal geübt. Und das stimmte auch, sie hatten es schon tausendmal oder öfter ausgeführt. Dafür hatten Altavar und Aratea in weiser Voraussicht gesorgt.

Als die Segel eingeholt und sicher verstaut waren, wurden alle Luken dicht verschlossen, verriegelt und mit Planen abgedeckt. Die Planen wurden fest verzurrt, so dass sich keine lösen konnte. Vor allen Außentüren wurden Bretter in die Führungen gesteckt, so dass kein Wasser eindringen konnte, falls doch einmal eine große Welle aufs Deck schlug. Tauwerk und Seile wurden befestigt, ein Treibanker wurde am Heck über Bord gelassen. Der Treibanker sollte das Schiff vom Heck aus bremsen, und dadurch dafür sorgen, dass der Wind immer nur auf das Heck des Schiffes traf.

Sicherheitsleinen wurden überall gespannt, hauptsächlich in der Schiffsmitte, die Sicherheitsausrüstung für die Männer wurde bereitgelegt. Dabei handelte es sich um eine Art breiten Ledergürtel, aber sehr viel stabiler. Daran waren eiserne Ringe befestigt und an den Ringen ein mannshohes Stück Seil. Wenn jemand während eines Sturmes aufs Deck musste, und das kam immer vor, dann wurde das freie Ende des Seils um eine Sicherheitsleine gelegt und ebenfalls am Gürtel befestigt. So konnte niemand von einer Welle ins Meer gespült werden und verloren gehen.

Es war jetzt nur noch ein einziges Segel gesetzt, das kleine, vorne am Bug. Aber auch das war ausgetauscht worden gegen ein noch kleineres, aber wesentlich stabileres Segel. Dieses Segel war hart wie ein Brett und so dick wie ein Daumen. Die Mannschaft nannte es Sturmsegel. Seine einzige Aufgabe war es, den Bug des Schiffes immer so zu drehen, dass der Wind von hinten kam und das Schiff die Wellen besser hinaufklettern konnte ohne dabei zu schnell zu werden.

Als alle Arbeiten an Deck erledigt waren, wurde unter Deck alles, aber auch wirklich alles kontrolliert. Ob ein Teil richtig befestigt war, ob es am

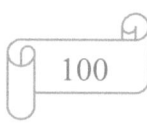

richtigen Platz war, ob es funktionierte. Alles, aber wirklich alles auf einem Schiff hat einen festen Platz, den jeder kannte, so dass es im Notfall, wenn alles schnell gehen musste, kein langes Suchen gab. Die Kontrolle jetzt, in Vorbereitung auf einen schweren Sturm, das musste sein. So wurde Sicherheit geschaffen, für alle an Bord.

Was auch getan werden musste, und das bereitete Altavar und Aratea einige Kopfschmerzen, betraf die Sicherheit der Ponys. Es musste verhindert werden, dass die Tiere zum Beispiel stürzten, sich verletzten, übereinander fielen oder ähnliches. Ihnen fiel nicht wirklich etwas ein, was die Tiere effektiv schützen könnte. Schließlich hatte Aratea eine Idee. Sie hob den Zeigefinger vor ihr Gesicht und sagte „Kalinosch!". Altavar drehte sich um, musterte Aratea und sagte dann: „Ja, das könnte funktionieren".

Aratea verließ die Box mit den Ponys und suchte Kalinosch. Sie fand ihn in den Mannschaftsquartieren etwas abseits der übrigen Männer unter seiner Hängematte sitzend. Er schaute auf, als Aratea sich ihm näherte, und stand auf. Alles an seiner Haltung signalisierte Abwehr. Aber Aratea achtete nicht darauf. Sie setzte sich vor ihm auf den Boden, ihre Handbewegung zeigte, dass er sich doch bitte auch setzen möge. Sie musterten sich gegenseitig, er verunsichert, sie forschend. Dann begann Aratea: „Kalinosch, wir brauchen deine Hilfe. Du weißt, ein Sturm kommt auf und Altavar und ich wissen nicht, wie wir die Ponys wirksam schützen können. Die Zwerge und der Gnom können es auch nicht wissen, da ihnen die Erfahrung mit Stürmen auf See fehlt. Bitte, hilf uns. Vielleicht hast du ja eine gute Idee."

Kalinosch hatte mit wachsender Verwirrung zugehört. Er, wieso ausgerechnet er? Er zögerte etwas, dann fragte er „Wieso ich? Ich kenne Ponys doch auch nicht. Ich habe doch auch keine Ahnung , was sie empfinden". Plötzlich wurde ihm warm. Er realisierte, was er da gesagt hatte. Empfinden, Ponys!

Bevor Aratea etwas sagen konnte, fuhr er fort: „Gut, ich komme mit. Vielleicht haben wir ja Glück und auch eine gute Idee." Jetzt allerdings war Aratea erstaunt. Sie hatte sich zwar etwas Ähnliches erhofft, aber dass es so einfach war, hätte sie nicht gedacht. „Sehr gut" sagte sie, „lass uns gehen. Uns bleibt nicht mehr viel Zeit". Damit erhob sie sich und ging mit Kalinosch im Schlepptau zurück zu den Ponys.

Dort angekommen wechselte sie nur einen Blick mit Altavar. Der nickte und fragte Kalinosch: „Schon irgendeine Idee?" Aber Kalinosch gab sich

schweigsam. „Vielleicht" antwortete er. Er beobachtete die beiden Ponys eine Zeitlang, sah wie unruhig sie waren. Dann ging er zu Mini und legte ihr die Hand an den Hals. Mini sah ihn an. Dann legte Kalinosch seine andere Hand an den Hals von Mickey. Als er die Hände wieder zurückzog, sagte er: „Wir brauchen etwas Weiches für den Boden und zum Abdecken der Wände ringsum. Und wir brauchen es jetzt gleich."

Altavar reagierte sofort. Er ging aus der Tür, zog eine Pfeife aus der Jackentasche und blies hinein. Ein schriller, durchdringender, zwitschernder Ton erklang. Sofort klappten einige Türen, Stimmengewirr erklang, Altavar bellte einige Befehle und kam wieder zurück. „Zufällig haben wir eine Ladung Schafwolle an Bord. Wir wollen sie verkaufen, sind aber noch nicht dazu gekommen". Innerhalb kürzester Zeit waren die Ballen mit der Wolle an den Wänden aufgestellt und befestigt, der Boden hatte eine superdicke Streu aus Wolle und beide Ponys waren losgebunden. Kalinosch legte beiden Tieren noch einmal die Hände auf den Hals. Dann verließ er mit Altavar und Aratea die Box. Die Ponys legten sich neugierig auf den flauschigen Boden. Kalinosch drehte sich noch einmal zu den Ponys um. Er betrachtete sie und er horchte in sich hinein. Ja, wir haben alles getan. Er war sich sicher. Und er wunderte sich.

Dies alles war Neuland für ihn. Er war nicht darauf vorbereitet. Seine eigenen Reaktionen verwirrten ihn. Alles widersprach grundlegend dem, was er einst gelernt hatte und was ihm nun so unendlich zuwider war. Er musste lernen, aber was und von wem? Wer konnte ihm helfen? Altavar? Aratea? Sie sind Meister der See und allem, was damit zusammenhing. Mit den Ponys hatten sie aber etwas Neues angefangen. Nein, da lernten die beiden selbst noch.

Blieben noch die beiden Zwerge und der Gnom. Das Zwergenmädchen? Wie heißt sie noch? Ach ja, Thea. Er dachte an die kurze Begegnung mit ihr. Nein, Thea wahrscheinlich nicht. Irgendwie konnte er mit ihr nicht reden. Außerdem hüpfte sie mit ihren Gedanken schneller herum, als er folgen konnte. Fing an mit einem Sturm auf See und im nächsten Satz erzählte sie von irgendeinem Nimmerwasweißichtal.

Kardir hatte er ja auch schon kurz kennen gelernt. Ja, der wusste alles über die Ponys. Und er konnte sein Wissen auch gut weitergeben. Kalinosch konnte sich nicht entscheiden. Er war unsicher, und er war außerdem nicht gewohnt mit anderen Leuten umzugehen. Mit dem anderen Zwerg hatte er noch keinen Kontakt gehabt. Aber gesehen hatte er ihn schon. Und in seiner Nähe fühlte er sich viel besser als in der Nähe der anderen. Sollte er warten, bis er mehr über ihn wusste?

Kalinosch kam jetzt richtig ins Grübeln. Was wollte er eigentlich? Wieso war er nicht, wie bisher, mit dem zufrieden, was er hatte? Was wollte er mehr? Seine Gedanken kreisten ständig um etwas herum, ohne dass er sagen konnte, was es war. Er ging in Gedanken noch einmal die letzten Stunden durch. Irgendetwas war in den letzten Stunden passiert, hatte einen nachhaltigen Eindruck bei ihm hinterlassen. Dann, plötzlich, wusste er, was es war. Es war der erste Kontakt mit der Hand am Hals des Ponys. Es war das Gefühl, das er dabei hatte. Er konnte dieses Gefühl nicht beschreiben, er hatte es zum ersten Mal in seinem Leben. Er wusste nicht einmal, ob es gut oder schlecht war. Es war auf jeden Fall neu für ihn. Das war es! Und er selbst hatte es – was immer es war – schon benutzt, eben in der Box mit den Ponys.

Kalinosch fasste einen Entschluss: Er musste unbedingt mit dem Zwerg reden. Bei nächster Gelegenheit, so schnell wie möglich!

Während der Nacht verstärkte sich der Wind, die Wellen wurden höher und steiler, die Täler zwischen den Wellen wurden tiefer. Während zuvor das Deck nur leicht schwankte, bewegte sich das Schiff jetzt stark. Es kletterte die steilen Wellen hinauf und wenn es oben war, kippte es vornüber und rauschte mit steigender Geschwindigkeit in das Wellental hinein. Dort unten wartete schon der Anstieg zum nächsten Wellenberg. Jedes Mal tauchte der Bug des Schiffes so tief ins Wasser, dass man glauben könnte, er würde nie wieder auftauchen und das Schiff würde einfach durch die nächste Welle hindurchfahren. Aber der Bug hob sich immer wieder und tauchte auf. Jedes Mal beim Eintauchen schwappte viel Wasser über das Schiff und rauschte dann über das Deck, um schließlich seitlich und hinten unter der Reling hindurch wieder im Meer zu landen.

Es war ein unbeschreiblicher Lärm. Der Wind heulte und pfiff, von überall ertönte starkes Rauschen und Brausen, in den Masten knarrte es, Taue schlugen mit großer Kraft gegen die Masten und, wenn das Schiff mit hartem Schlag eintauchte, erfüllte ein ohrenbetäubender Donner die Luft. Das Wasser, das anschließend über das Deck schoss, rauschte laut, zischte und gurgelte. Weiße Gischt war überall und wurde nur von gelegentlichen Blitzen erhellt. Es donnerte nicht, es krachte! Dem Knall folgte ein lautes und anhaltendes Grollen.

Es war der Lärm, von dem Kardir schließlich aufwachte. In der Kajüte war es stockdunkel und alles schien in Bewegung zu sein. Kardir hatte das Gefühl, als würden ihn abwechselnd große Kräfte in die Koje drücken, nur um ihn dann anschließend aus der Koje hinauszuwerfen. Er musste sich festhalten, damit das nicht passierte. Schließlich gelang es ihm, sich aufzusetzen. Aber er musste sich zwischen der Wand und der vorderen Kojenkante festkeilen, um nicht herumgeschleudert zu werden. Jetzt wurde ihm klar, warum die Kojen so hohe Kanten hatten.

„Thea? Mattis? Seid ihr wach?" rief er in die Dunkelheit hinein.

„Weck mich doch nicht", kam es verschlafen von Thea. Im nächsten Moment war sie hellwach. „Was passiert denn jetzt?" Sie hatte Angst, alles bewegte sich und sie hatte Mühe, sich zu halten. „Mattis?" Aber Mattis meldete sich nicht. Thea kamen fast die Tränen vor Angst. Was war mit Mattis geschehen? Es war so schrecklich dunkel, alles war so furchterregend. „Mattis??" kam es noch mal dünn von ihr.

Dann erhellte ein gewaltiger Blitz die Kajüte für einen Moment.

„Ich glaube, Mattis Koje ist leer", schrie sie in Panik.

Kardir war noch mit sich beschäftigt. Alles erinnerte ihn an den Beginn der Reise, nur war jetzt alles viel schlimmer. Er erwartete, dass er wieder seekrank würde, aber merkwürdigerweise geschah das nicht. Langsam registrierte er, was Thea da gesagt hatte. Das war doch gar nicht möglich! Aber ein weiterer Blitz bestätigte es: Mattis war nicht mehr in der Kajüte.

Schnell zogen sich die beiden an. Wo war Mattis? Er war kein guter Schwimmer und das Schiff schaukelte gefährlich. Thea machte sich Vorwürfe, sie hätte aufpassen sollen, er war doch ihr bester Freund! Kardir nahm ihre Hand und zog sie hinter sich her in Richtung Deck.

Als sie den schützenden Gang verlassen wollten, geriet das Schiff in starke Schräglage und warf die beiden zu Boden. Jetzt war Thea froh über Kardirs Hand, die sie nicht losließ. Beim Aufstehen begriff Thea, dass der Sturz den beiden wohl das Leben gerettet hatte. An Deck war jeder einzelne Seefahrer mit Leinen an irgendeinem Schiffsteil oder einem anderen Seefahrer gesichert. Und es waren nur wenige an Deck, weit und breit kein Mattis zu sehen. Thea konnte Aratea erkennen, die an Deck stand, als würde sie einen sonnigen Tag auf einer grünen Wiese genießen und am anderen Ende des Schiffs Altavar. Sich an der Handreling des Ganges festhaltend und einander umklammernd, standen die beiden etwas hilflos umher und suchten verzweifelt nach Mattis. Aber der war nirgends zu sehen. Nur mit Mühe konnte Thea ihre Tränen zurückhalten. Was war das nur für ein schrecklicher Sturm?

Auch Kardir durchstreifte jeden Winkel mit seinen Augen auf der Suche nach Mattis. Flüchtig fragte er sich, wie es den Ponys wohl gehen mochte, aber dachte dann gleich, dass sie sicher unter Deck untergebracht waren in gut mit Wolle gepolsterten Boxen. Jetzt war Mattis wichtig, der irgendwo ganz alleine war, vielleicht in Not oder Schlimmeres…Auch er entdeckte Altavar und Aratea. Sie schienen das Schiff zusammen mit ihrer Mannschaft gut durch den Sturm zu manövrieren. Aber wo war Mattis?

Schließlich entdeckte Aratea die Zwergin und den Gnom und kam herüber. "Was macht ihr denn hier?" fragte sie etwas barsch. „Hier oben ist es gefährlich" und schlang mit den Worten zwei Gürtel um die beiden, welche sie dann sofort in die Handreling einklinkte. „Gerade ein Zwerg ist nicht leicht wieder zu finden in so einem Sturm." fügte Aratea sanfter hinzu. Das war zu viel für Thea. Sie fing an zu weinen. Ganz verdutzt blickte Aratea von Thea zu Kardir und wieder zurück. „Wir suchen Mattis" erklärte Kardir, „er war vorhin, als wir aufgewacht sind, nicht mehr in der Kabine, und wir können ihn nirgends finden." Auch er war sichtlich aufgewühlt. Aratea blickte immer noch etwas verständnislos von einem zum anderen. Dann fing sie laut an zu lachen. „Ihr seid wahrlich drollige Wesen", brachte sie endlich hervor während zwei Paar kugelrunde, ungläubige Augen sie ansehen. Was hatte sie denn? fragte sich Thea, was war so lustig daran? Zornig fuhr sie Aratea an: „Was ist denn daran so lustig, wenn mein bester Freund vielleicht Fischfutter auf dem Meeresboden ist???" Abrupt hörte Aratea auf zu lachen und nahm wieder diese beneidenswert ruhigen, gelassenen und ehrfurchtgebietenden Züge an. „Verzeiht, ich wollte euch nicht auslachen", sagte sie, „ich dachte nur, ihr seid so sehr eins, dass ihr wüsstet, wo er ist." „Wohl nicht", zischte Thea immer noch wütend. Die Wut tat ihr gut, sie war immerhin besser als die Angst.

„Mattis ist vor einiger Zeit hoch gekommen, korrekt mit Sicherungsgurt, und wollte helfen, " erklärte Aratea, „Also habe ich ihn mit Kalinosch zusammen eingeteilt." Die beiden sollten eigentlich am Heck Steuerbordseite sein und die Leinen sichern."

Sofort wollte Thea loslaufen, doch sie wurde jäh zurückgerissen. Die Sicherungsleine hatte sie zu Boden geworfen! Ärgerlich rappelte sie sich hoch um die Leine zu lösen und wurde prompt von Aratea festgehalten.

„Jetzt sei nicht unvernünftig," mahnte sie, „Mattis ist bei Kalinosch sicher, er mag zwar etwas anders sein als wir, aber er ist inzwischen ein erfahrener Seefahrer und weiß, wie er sich zu verhalten hat." Immer noch ärgerlich versuchte Thea sich zu befreien und wurde von Aratea unnachgiebig wieder unter Deck geschoben. „Ihr beiden bleibt hier, wir wollen heute in diesem   kleinen Unwetter keine Verluste beklagen müssen." An Kardir gewandt fügte sie hinzu: „Ich erwarte, dass du gut auf sie aufpasst, ich muss weiterarbeiten." Als sie die Kabine der drei Freunde erreichte, hielt Aratea die Tür auf und als sich Thea weigerte in die Kajüte zu gehen, zog sie die Zwergin einfach weiter bis zu dem großen Zimmer, wo sie abends immer zusammen gegessen hatten. Sie öffnete die Tür und zog die nun etwas williger folgende Thea weiter bis zu einer großen Tür an der gegenüberliegenden Wand und schloss auf. Nun folgte Thea ihr neugierig und freiwillig die dahinter liegende Treppe hinauf, die in einem großen Raum endete. „So, hier bleibt ihr" sagte Aratea in einem Tonfall, der keinen Widerspruch duldete. Sie drehte sich um und ging die Treppe wieder hinab. Thea konnte das Schloss hören, als Aratea von außen abschloss.

Kardir und Thea sahen sich staunend um. Und trotz des beeindruckenden Raumes konnte Thea sich nicht beherrschen, Kardir einen bösen Blick zuzuwerfen, weil er Aratea so willig gefolgt war. Etwas irritiert nahm Kardir Theas Blick wahr. Warum war sie denn jetzt sauer auf ihn? Mattis ging es doch gut, hatte Aratea gesagt und er vertraute ihr und Altavar zu 100%, und Thea doch auch. Und recht hatte Aratea auch gehabt, da oben hätten sie nur gestört und sich und andere in Gefahr gebracht.

Noch während er versuchte herauszufinden, was er falsch gemacht hatte, sah er sich um und sah wie auch Thea sich still lächelnd und staunend umsah. Das Zimmer war riesig, fast schon ein Saal, mit großen Fensterfronten von denen man sowohl aufs Meer als auch aufs Deck sehen konnte. Kronleuchter hingen schaukelnd von der hohen Decke, dunkle Holzmöbel, Stühle und Tische nahmen einen großen Teil des Raumes ein. Dazu noch eine kleine Bar, ein Klavier, mehrere reich verzierte Truhen und Kisten, blank polierte glänzende Dielen und lange seidige, fast transparente Vorhänge, die zu schimmern schienen. Es war ein Raum für Könige. Langsam und ehrfürchtig bewegten die beiden sich auf die riesige Glasfront zu, von der sie das gesamte Deck überblicken konnten. Und wirklich das gesamte Deck. Thea nahm ein Fernrohr von einer Wandhalterung. Auch dieses war reich verziert und wahrscheinlich eher ein Schmuckstück als ein Gebrauchsgegenstand, aber das war ihr jetzt egal. Sie konnte Altavar am anderen Ende des Schiffes sehen und mehrere Seefahrer, die Segel spannten oder einholten, in den Wind drehten oder andere Arbeiten ausführten. Thea musste zugeben, sie hatte keine Ahnung von dem, was sie da taten.

Aber von Mattis keine Spur. Hatte Aratea nicht gesagt, ihm ginge es gut? Wo war er denn dann? Entmutigt gab sie Kardir das Fernglas, als er die Hand ausstreckte.

Auch er sah sich das gesamte Deck an, aber keine Spur von Mattis. Resigniert ließen die beiden sich auf dem Boden nieder, Thea lehnte sich an Kardir an und fing an zu weinen. Er strich geistesabwesend über ihr Haar, um sie zu trösten.

Wo war Mattis nur? Er konnte doch nicht wirklich über Bord gegangen sein oder? Ohne dass Aratea oder Altavar es gemerkt hätten? Oder hatte sie vielleicht gelogen?

Und wo war überhaupt dieser Kalinosch, sollte er nicht auf Mattis aufpassen? Kardir würde ihm den Hals umdrehen, wenn er nicht auf Mattis aufgepasst hatte.

Im gleichen Moment erschrak er über seine eigenen Gedanken. Er und jemanden Gewalt antun? Was war das denn? Seit wann war er rachsüchtig?

Weiter ihren Gedanken nachhängend, starrten die beiden auf das nasse Deck, wo immer wieder Gischt rüber spülte, lauschten dem Donnern und ließen sich vom Auf und Ab des Schiffes einlullen.

Wenn es nach Thea gegangen wäre, hätte das Schiff auch sinken können. Dann wäre Mattis wenigstens nicht mehr alleine.

Thea schreckte auf. Wieso, dachte sie, sollte Mattis denn alleine sein? Sie hatte doch gerade etwas anderes gehört.

Plötzlich setzte sich Kardir kerzengerade hin. „Thea!" rief er, „das Fernglas!" Thea tastete nach dem Fernglas, was ein paar Meter von ihnen weggerollt war. „Was ist?" fragte sie. "Ich glaub" stammelte Kardir, „Ich bin mir nicht sicher, aber ich glaub, vielleicht..." Kardir hielt das Fernrohr an sein Auge und fokussierte die Tür, die im Heck des Schiffes unter Deck führte. „Das ist Kalinosch!" rief er. „Wo?" Fragte Thea aufgeregt. Er deutete mit dem Finger auf die Tür. Auch ohne Fernrohr war Kalinosch jetzt gut zu erkennen. Er kam gerade aus der Tür und stand nun an Bord. Thea und Kardir suchten weiter, wo war Mattis?

Kalinosch bewegte sich mit sicherem Schritt weiter über Deck, kontrollierte hier und da ein paar Leinen und verschwand dann unter ihnen wieder im Schiff. Aber keine Spur von Mattis. Thea spürte wie Panik in ihr aufkam. Und dann Wut. Auch Kardir war zuerst von Angst erfüllt und dann von Zorn, dass Kalinosch anscheinend nicht so gut auf Mattis aufgepasst hatte, wie von Aratea angenommen.

Sie drehten sich um, als sie hörten, wie hinter ihnen die Tür wieder aufgeschlossen wurde. Dort stand Kalinosch und sah die beiden etwas nervös aber doch erleichtert an. Thea stürzte sich wild gestikulierend und schimpfend auf Kalinosch. Dieser hatte alle Hände voll zu tun, um sich vor ihren Fäusten und Füßen so weit in Sicherheit zu bringen, dass er nicht verletzt wurde. Auch Kardir ging mit finsterer Miene und geballten Fäusten auf Kalinosch zu. Nein er würde ihn nicht schlagen, auf das Niveau wollte er nicht sinken, aber oh, wie gerne hätte er ihm die Nase gebrochen oder doch wenigstens seine Fingerabdrücke auf diesem verräterischen Gesicht hinterlassen. Kalinosch wich unterdessen immer weiter in Richtung Treppe zurück. Was war denn in die beiden gefahren? Hatte der Sturm sie so verängstigt? Was hatte er denn getan? Auf einmal stieß er gegen irgendetwas kleines Weiches und fiel zusammen mit dem kleinen weichen Bündel, was da eben noch nicht war, die Treppe runter. Kardir und Thea folgten ihm zum Fuß der Treppe. Unten angelangt blieben alle reglos stehen beziehungsweise liegen. Das weiche Bündel rappelte sich zuerst auf: „Pass doch auf, Kalinosch", murmelte ein etwas zerknittert wirkender Mattis, „wir hätten uns was brechen können." Und als ihm nur Schweigen entgegenkam, fügte er hinzu: „Kalinosch, alles ok?" Dieser nickte, doch bevor er etwas erwidern konnte, riss Thea Mattis in einer stürmischen Umarmung wieder zu Boden. Auch Kardir tat es Thea gleich, nur etwas mäßiger. Als sich Mattis nach einer kleinen Ewigkeit wieder soweit von Thea trennen konnte, dass er Luft hatte zum Sprechen, fragte er: „Was ist denn mit euch los?" „Was mit uns los ist?" fauchte Thea, „Was mit uns los ist???" Kalinosch entfernte sich ein wenig von dieser Zwergin, sie war ihm unheimlich. „Was mit UNS los ist? Wo warst du? Du Idiot!" fuhr Thea ihn weiter an, während sie ihn wieder zu sich zog, als würde sie ihn nie wieder loslassen. Mattis sah verwirrt zu Kalinosch, doch dieser zuckte nur mit den Achseln. „Ja, wo warst du?" mischte sich jetzt auch Kardir ein, „Wir haben uns Sorgen gemacht, als dein Lager leer war."

„Er war bei mir" antwortete Kalinosch. „War er nicht", fauchte Thea, „ wir haben dich alleine herkommen sehen"

„Ja" mischte sich Mattis ein, „Ich wollte noch mal nach den Pferden sehen, und bin deswegen unter Deck hierher gekommen, ich dachte, Kalinosch, könne schon mal vorgehen, weil Aratea meinte, ihr macht euch Sorgen um mich und ich solle doch mal nach euch sehen."

„Nach uns sehen" fauchte Thea nun nicht mehr ganz so überzeugend.

Eine Weile schwiegen sie sich alle an, um diese Informationen und die Angst um Mattis zu verdauen.

„Mir war langweilig, ihr habt beide geschlafen und ich wollte doch so gerne helfen", fing Mattis an zu erklären. „Dieses Schiff ist einfach so faszinierend, wusstet ihr, dass vorne zwei weitere Segel sind und das Schiff auch noch ziehen? Einzigartig!" strahlte er.

„Und dann wanderst du einfach so weg, ja?" fragte Thea nur noch ein wenig gereizt.

„Nein", antwortete nun wieder Kalinosch, er schien seinen Schock verdaut zu haben. „Er hat nach den Pferden geschaut, wo ihn Aratea gefunden und dann zu mir gebracht hat. Ich sollte mit ihm zusammen ein paar Leinen überprüfen und gut auf ihn aufpassen."

„Und dir von mir Löcher in den Bauch fragen lassen", fügte Mattis lachend hinzu.

„Ja, das stimmt" gab Kalinosch zurück. „du hast echt eine Menge Fragen." Auch er lachte jetzt. Es war ein sehr dunkles aber ansteckendes Lachen. Sein Gesicht schien dem eines Gnoms gar nicht mehr so unähnlich, wenn er lachte.

"Und ich hab immer noch welche" fügte Mattis hinzu. Als Kalinosch spielerisch etwas gequält stöhnte, setzte Mattis noch eins drauf: „Ich bin jetzt gerade erst warm geworden, der Sturm ist ja so faszinierend. Was machen zum Beispiel die Segel vorne am Bug, werden die eingeholt?" Kalinosch versetzte ihm spielerisch einen Rippenstoß und auch Thea und Kardir entspannten sich endlich.

Gemeinsam setzten sie sich wieder vor die Fensterfront und beobachteten das Naturschauspiel, das sich ihnen bot, während Mattis erzählte und seine Erzählung immer wieder mit neuen Fragen an Kalinosch unterbrach. Kalinosch antworte geduldig auf jede Frage und ergänzte Mattis Erzählung immer wieder. Die beiden schienen viel Spaß gehabt zu haben.

Mattis war so begeistert von dem Schiff (er war schon fast ein richtiger Seemann geworden) und von seinem neuen Freund Kalinosch, dass er erst jetzt registrierte, was er seinen Freunden mit seinem Verschwinden angetan hatte. Ein bisschen schämte er sich und gleichzeitig war er gerührt, dass die Freunde sich solche Sorgen um ihn gemacht hatten. Er war richtig stolz auf Thea und Kardir und glücklich, solche Freunde zu haben. Konnte Kalinosch auch so ein guter Freund werden? Was wusste er denn von ihm? Dass er ein hervorragender Seemann war! Dass er ihm alles Mögliche über die Seefahrt erzählt hatte. Dass er auf der gleichen Wellenlänge war wie er. Dass sie sich ganz prima verstanden und Kalinosch kein bisschen griesgrämig war (wieso dachte Mattis dabei an vergangene Zeiten in der Taverne?), wie es erst den Anschein hatte. Nein, er war freundlich und sogar lustig. Aber er wusste immer noch nicht, was es mit Kalinosch auf sich hatte, woher er kam, wie er auf dieses Schiff kam und warum. Irgendetwas ließ ihn an die Aufgabe mit seinen guten Freunden denken (er lächelte in sich hinein, als er die beiden ansah). Er hatte sich doch aber auch gut mit Kalinosch verstanden, so dass er eine weitere Frage wagte: „Kalinosch, du siehst ganz anders aus als Aratea und Altavar. Wie bist Du eigentlich auf dieses Schiff gekommen?"

Stille!

Kalinosch war auf einmal sehr schweigsam und sah wieder grimmig aus. „Hätte ich diese Frage doch nur nicht gestellt" dachte Mattis. „Jetzt habe ich alles verdorben." Auch Thea und Kardir hielten die Luft an und bewunderten ihren Freund doch etwas für seinen Mut.

Lange hielt eine gespenstige Stille an. Nur das Donnern und Rauschen des Sturms war zu hören. Doch dann holte Kalinosch tief Luft. Es klang etwas gequält. Er begann ganz langsam und leise zu sprechen.

„Ich rede nicht gerne davon. Hab ich auch noch nie getan," begann er. „Kalinosch, das musst Du auch jetzt nicht" warf Thea ein. Ihre Stimme klang ganz weich, glich fast einer merkwürdigen Melodie. „Vielleicht ist ein anderer Zeitpunkt besser geeignet". Sie verstummte. Die Stille breitete sich wieder aus.

Dann gab Kalinosch sich einen Ruck (man sah es förmlich). „Nein" sagte er. „Dieser Zeitpunkt ist der beste, den es je geben wird. Ich warte schon

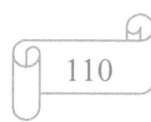

sehr lange darauf, mit jemandem darüber reden zu können. In letzter Zeit, genauer gesagt: seit ich euch kennen gelernt habe, ist das Verlangen nach solch einem Gespräch ständig stärker geworden. Ich will unbedingt mit euch darüber reden."

Er machte eine Pause. „Wisst ihr, " fuhr er dann fort „seit eurem Erscheinen hier an Bord sind mir eine ganze Menge Dinge aufgefallen oder auch passiert, die ich einfach noch nicht kannte. Ich kann sie nicht einordnen, weiß nichts damit anzufangen." Wieder eine Pause.

„Wie soll ich euch klarmachen, was ich meine? Am besten, ich erzähle euch ein Beispiel". Dann erzählte er den Freunden die Begebenheit mit den Ponys. Wie er von Aratea um Hilfe gebeten wurde, um die Ponys während des Sturmes zu schützen (wo er doch gar keine Ahnung hatte). Wie er aus irgendeinem Grunde, den er nicht verstand, die Hände auf die Hälse der Ponys legte und was dann geschah. Er sprach davon, dass er das alles nicht kannte, wie merkwürdig er fühlte, sich das alles nicht erklären konnte und noch nie davon gehört hatte. Und er sprach davon, dass er seitdem unbedingt mit den Freunden reden wollte.

Er machte eine erneute Pause. Dann, als er fortfahren wollte, schnatterten plötzlich alle gleichzeitig los.

Während Kardir das Verhalten bei den Ponys erklärte und Kalinosch strahlend versicherte, er könne noch viel mehr von den Ponys lernen, fragte Mattis schon wieder was über das Schiff und Thea bombardierte Kalinosch fast schon mit Fragen.

Unschlüssig blickte Kalinosch von einem der Freunde zum anderen. Schließlich fing er an zu lachen und meinte: „Moment, Moment, ich kann euch nicht allen zuhören." Betreten brachen die Freunde ihr Geplapper ab. „Oh, tut uns leid." Entschuldigte sich Thea. „So ist das nun mal bei uns", meinte Mattis, „wenn Freundschaft, dann richtig "

Kalinosch errötete; Freundschaft, das hatte nun noch niemand mit ihm in Verbindung gebracht. Und es war ein so gutes Gefühl, er konnte sich nicht erinnern, jemals so oft an einem Tag gelacht zu haben. Sollte er es riskieren? Das hier wieder verlieren? Dann gab er sich einen Ruck. „Ich möchte euch noch etwas erzählen," begann er unsicher. Alle Augen richteten sich aufmerksam auf ihn. Nur die Wellen, die gegen das Schiff krachten, und der Wind waren nun zu hören. „Ja?" fragte Thea nach einer Weile und fügte dann, als Kalinosch nicht weitererzählte, hinzu: „Du kannst uns schon vertrauen." Kalinosch sah sie an, dann Mattis. Dieser nickte ihm aufmunternd zu und Kalinosch fuhr fort: „Ich hoffe, ihr

hasst mich hinterher nicht." Alle drei verneinten dies empört. „Das habe ich noch nie jemanden erzählt und würde es auch am liebsten vergessen." Wieder eine Pause, es war offensichtlich, dass Kalinosch sich doch nicht so recht traute.

Schließlich beugte sich Mattis zu Kalinosch: „Sag's zuerst mir und wenn ich nicht umkippe, tun es die anderen auch nicht" alberte er und Thea und Kardir grinsten ihn breit an.

"Nun gut, " antwortete Kalinosch. Er beugte sich zu Mattis. Um seinen Hals flackerte kurz etwas auf. Thea blinzelte, aber da war es schon wieder verschwunden. Konnte das wahr sein? Thea sah Kardir an, aber der hatte anscheinend nichts gesehen.

Kalinosch flüsterte Mattis sein Geheimnis ins Ohr. Es war recht kurz, nur wenige Worte, so schien es Thea. Aber Mattis, was war denn in den gefahren - ? Er war kreidebleich geworden und Thea konnte tief in sich eine vertraute Stimme hören, „Nur ruhig" erklang die Einheit, auch Kardir schien das gehört zu haben.

Die Atmosphäre war nun leicht angespannt. Mattis schluckte, als er und Kalinosch sich wieder aufrichteten. Kalinosch sah aus wie ein Häufchen Elend im Regen, das auf seine Vernichtung wartete. Und Mattis wie ein Gespenst. Dann fing er sich wieder, legte eine Hand auf Kalinoschs Schulter und sagte: „Das bist du nicht, auf jeden Fall nicht für mich." Dann fügte er noch hinzu: „Und auch nicht für die beiden, das verspreche ich dir."

Ein Hoffnungsschimmer flackerte in Kalinoschs Augen auf. „Meinst du?" fragte er leise.

„Also Mattis ist nicht tot umgefallen oder weggelaufen," stellte Thea etwas ungeduldig fest, sie wollte den Ursprung des funkelnden Etwas um Kalinoschs Hals auf den Grund gehen und Taktgefühl war kaum ihre Stärke. „Jetzt erzähl", fügte sie milder hinzu.

Kalinosch sah Mattis an, richtete sich auf, holte tief Luft und sagte dann: „Ich bin ein Grolm."

Thea und Kardir sogen hörbar die Luft ein und sahen ihn mit tellerrunden Augen an. "Wie das?" entfuhr es Thea.

„Ihr", stammelte Kalinosch, „ihr habt keine Angst?" Fragend sah er in die Runde, „Ihr hasst mich nicht?"

„Niemand sucht sich aus, als was er geboren wird", sagte Kardir.

„Wie das?" wiederholte Thea nun ungeduldig ihre Frage, „ich meine, Grolme haben spitze Zähne, essen nur Fleisch, stinken und sind hässlich." Etwas errötend fuhr sie fort: „Und das alles bist du nicht. Wie das?"

Kalinosch konnte es kaum glauben. Sie stießen ihn nicht aus ihrer Gemeinschaft, sondern waren an ihm interessiert!

Nun deutlich sicherer fuhr er fort: "Ich habe mich entschieden, so nicht mehr zu leben. Es gab jeden Tag nur Fleisch. Tiere wurden lebend in die Kochtöpfe geschmissen oder auch mal ein widerspenstiger Grolm. Kein Duft, kein Vogelgesang war in meinem Zuhause. Irgendwann bemerkte ich im Wald bei der Jagd, wie wunderschön Blumen dufteten und wie anmutig die Rehe grasten. Dann aber haben sie meinen Gestank nach Tod und Verwesung gerochen und sind panisch geflüchtet. Das tat weh. Danach erfüllte mich das Jagen mit seinem Gestank nach toten Tieren und die Hilfeschreie der Tiere im Kochtopf nur noch mit Ekel. Ich bin zu meinem Vater und habe ihm mitgeteilt, dass ich das Lager verlassen würde. Er hat getobt und geschrien, mich Verräter genannt und verwünscht. Jeder andere Grolm wäre bestimmt im Kochtopf gelandet, aber seinen eigenen Sohn, den Thronfolger, konnte er schlecht kochen und essen lassen. Also verbannte er mich. Vier bewaffnete Grolme seiner Leibgarde brachten mich weit weg an einen Strand. Dort gaben sie mir einen funkelnden dunklen Stein und sagten: „Von deinem Vater, damit du nie vergisst, wer du bist."

Kalinosch zog die Hälfte eines glänzend schimmernden Kristalls an einer Schnur aus seinem Hemd hervor. „Ich denke, Vater geht davon aus, dass ich irgendwann meinen Platz bei den Grolmen einnehme und König werde und hat mir deswegen den Königsstein gegeben."

Thea, Mattis und Kardir keuchten. Der Kristall!!

Doch Kalinosch schien das nicht zu bemerken. „Aber da hat er sich geirrt!" sagte er mit fester Stimme. „Ich gehe nicht zurück, nie, das hier alles tut mir so gut. Hier bin ich frei und das soll auch so bleiben. Wisst ihr, mein Vater ist ein ganz schöner Tyrann, und die andern sind auch nicht viel besser" schloss er.

Puh, das hatte sich gut angefühlt, das alles mal los zu werden. Er sah die drei anderen an. Sie schwiegen, hatte er sie doch geschockt? Thea

streckte langsam ihre Hand aus und berührte den Stein. "Der Kristall!" flüsterte sie.

„Hmm?" Kalinosch zog die Augenbrauen hoch. „Hast du den schon mal gesehen?" sein Gesicht war ein einziges Fragezeichen. „Nein, oder ja, den anderen Teil," antwortete Thea. „Wir wussten nur, dass er existiert. Aber davon erzählen wir dir später. Jetzt müssen wir deine Geschichte erst einmal verdauen. Und Fragen haben wir natürlich auch noch. Und wir müssen dir auch noch etwas berichten. aber erzähl erst zuende, was ist aus deinen Bewachern geworden und wie bist du auf dieses Schiff gekommen".

„Ach ja, das ist eine ganz andere Geschichte. Mein Vater hatte befohlen, dass wir ein Schiff bauen und damit das Land verlassen müssen. Meine Bewacher sollten mich begleiten, um sicherzustellen, dass ich auch wirklich das Land verlasse. Sie waren also genauso verbannt wie ich".

Kalinosch machte eine Pause. Dann fuhr er fort: „Wir wussten, dass wir beobachtet wurden, also bauten wir das Schiff. Kein so großes wie dieses hier, nur ein ganz kleines Schiff. Wir bauten es mit unseren Äxten und Messern. Eines Morgens fanden wir dann aber auch etwas Ausrüstung, Werkzeuge zum Beispiel, einen Kochtopf und sogar ein Segel. Ich glaube, ein paar von Vaters Leuten hatten die Sachen in der Nacht heimlich herbeigeschafft. Gesehen haben wir nichts und niemanden. Jedenfalls hat das beim Schiffbau sehr geholfen. Als das Schiff dann nach ein paar Wochen fertig war, haben wir es eines Morgens ins Wasser geschleppt und sind losgefahren.

Das aber war eine große, große Dummheit, wie wir sehr schnell erfahren mussten. Erst einmal wusste keiner von uns, wie man ein Schiff bedient und damit dann auch in eine bestimmte Richtung vorankommt. Wir dachten, das wäre ganz einfach: das Ruder in die richtige Richtung und schon fährt man dorthin. Zuerst ging ja auch alles ganz gut, der Wind kam vom Land, füllte unser Segel und trieb uns voran. Dann wurde der Wind stärker und trieb uns schneller voran. Dann kam der Wind plötzlich aus einer anderen Richtung und blies von der Seite. Das Schiff wäre beinahe umgekippt. Ich konnte gerade noch das Ruder herumdrücken, so dass der Wind wieder von hinten kam und das Segel füllen konnte.

Bei diesem ersten richtigen Manöver, wurde jedoch einer von meinen Bewachern vom Segel getroffen und ins Meer geschleudert. Wir haben zwar nach ihm geschaut, aber wir haben nichts von ihm gesehen. Dazu war das Wasser schon zu unruhig und die Wellen zu hoch.

Das Ruder festzuhalten war jetzt eine richtig schwere Arbeit. Der Wind blies den ganzen Tag und die folgende Nacht ganz schön kräftig. Aber es war kein Sturm so wie dieser hier". Kalinosch zeigte durch das Fenster nach draußen.

Dort hatte sich der Sturm etwas beruhigt. Es fegten keine Brecher mehr über das Deck und der Himmel wurde schon heller.

„Das Dumme war nur," fuhr Kalinosch fort, „dass der Wind mal aus dieser, mal aus jener Richtung blies. Jedes Mal änderte sich damit auch die Richtung in die wir fuhren, unser Kurs. Wir hatten keine Ahnung, wo wir waren, keine Ahnung wohin wir fuhren, keine Ahnung wo unser Ziel lag und auch keine Ahnung, woher wir kamen. Wir waren auf dem Meer und sahen nichts außer Wasser. Als morgens die Sonne aufging, war sie in unserem Rücken, wir fuhren also nach Westen. Immerhin, das wussten wir. Aber die Richtung des Windes konnten wir trotzdem nicht beeinflussen.

Was wir außerdem schon am Vortage entdeckt hatten: wir hatten dummerweise keine Verpflegung und kein Wasser auf dem Schiff. Die wollten wir uns unterwegs besorgen. Jetzt waren wir entsprechend hungrig und unsere Stimmung war auf einem Tiefpunkt. Zwischen meinen verbliebenen drei Bewachern gab es heftigen Streit, der immer wieder aufflammte.

Ich war die ganze Zeit am Ruder gewesen, einen ganzen Tag und eine ganze Nacht. Ich war müde, hungrig und durstig. Ich konnte nicht verstehen, worum es bei dem Streit ging. Die drei hielten den größtmöglichen Abstand zu mir. Aber die Blicke, die mich ab und zu trafen, verhießen nichts Gutes. Dann, ganz langsam, wurde der Wind schwächer und schwächer und blieb schließlich ganz aus. Unser Schiff fuhr noch ein kleines Stück weiter, blieb dann stehen und schaukelte nur noch mit den Wellen.

Gleichzeitig zog am Horizont eine dunkle Wand hoch, die sich sehr schnell ausbreitete und bald den ganzen Himmel bedeckte. Es wurde dunkel, fast Nacht. Erste Windstöße trafen uns aus unterschiedlichen Richtungen, dann nur noch aus einer Richtung. Der Wind wurde stärker und stärker, dann so stark, dass ich um unser Segel fürchtete. Aber es hielt und das Schiff pflügte durch das Wasser, dass es nur so rauschte.

Es begann zu regnen, erst einzelne dicke Tropfen, dann goss es in Strömen. Ich hielt die Hand vor den Mund, so dass sich das Wasser in der Handfläche sammelte und ich endlich trinken konnte. Meine

Bewacher hatten mich beobachtet und machten es mir nach. Dann stellten sie den Kochtopf unter das Segel, so dass von dem abfließenden Wasser so viel wie möglich im Kochtopf landete.

So ging es fast den ganzen Tag weiter. Der Kochtopf musste zweimal entleert werden, weil zweimal eine Welle ins Schiff geschlagen war und den Topf mit Salzwasser gefüllt hatte.

Gegen Abend ließ der Regen nach und es wurde heller. Da sahen wir die Insel vor uns, schon ziemlich nahe. Als wir näher kamen, sahen wir hinter der Brandung ruhiges Wasser und, ziemlich dicht an einem vorgelagerten Felsen, eine Lücke in der Brandung. Glücklicherweise trieb uns der Wind genau darauf zu. Als wir heran waren, holten wir schnell das Segel herunter und ließen uns durch die Öffnung treiben. Dahinter konnten wir das Schiff auf dem Sand auflaufen lassen.

Wir sprangen mit wackeligen Beinen an Land. Einer meiner Bewacher übernahm das Kommando. Er teilte zwei seiner Leute zum Jagen ein, er wollte inzwischen Feuer machen. Unterwegs trennte ich mich von meinen Bewachern, ohne dass sie es merkten. Ich wollte Früchte und Beeren sammeln, vielleicht auch ein paar Wurzeln. Was die anderen jagen wollten, konnte ich mir ja denken. Allein der Gedanke daran schüttelte mich schon.

Es dauerte eine ganze Weile, bis ich genug gesammelt hatte und mich auf den Rückweg machte. Gegessen hatte ich jetzt auch schon.

Am Strand angekommen, sah ich das Feuer lodern und aus dem Topf stieg der übliche Gestank auf. Also hatten die andern Beiden Erfolg gehabt. Dann fiel mir auf, dass ich nur einen der beiden sah und natürlich den Wortführer.

Als der mich sah, rannte er auf mich zu und warf mich voller Wut zu Boden. „Glück gehabt", zischte er mir zu und hielt mir sein Messer an die Kehle. „Das da in dem Topf solltest eigentlich du sein. Es gibt hier nämlich kein Wild, außer ein paar Vögeln. Deswegen müssen wir hier wieder weg. Dazu brauchen wir dich. Aber du weißt ja, Essen müssen wir auch...""

Kalinosch machte wieder eine Pause. Es schien ihm nicht so gut zu gehen, er war ganz grau im Gesicht.

Dann holte er einmal tief Atem und fuhr fort. „Es war mir jetzt klar, worum der Streit auf dem Schiff ging. Der Kerl hätte mich am liebsten sofort umgebracht. Aber sie brauchten mich wohl, um das Schiff zu steuern.

Und dann, voller Wut, erzählte der mir noch, dass sie von meinem Vater die ganz klare Anweisung hätten, mir dort drüben Manieren beizubringen. Mich als königlichen Nachwuchs dabeizuhaben lehnten sie jedoch völlig ab. Sie brauchten kein Weichei als König. Ich wäre gerade gut genug als Lebensmittelvorrat. Und was hier auf dieser Insel war - nichts als Pflanzen, Gewürze!

Einen Bewacher hatten sie schon verloren, er war über Bord gegangen, und es war eine Bewacherin. Von mir glaubten sie, ich wäre abgehauen. Mich suchen wollten sie auch nicht, sie wollten essen. Deswegen erschlugen sie den einen männlichen Grolm, der mit mir jagen sollte, um ihn zu verspeisen und den Rest aufs Schiff bringen, als Vorrat. Vorräte hatten die beiden jetzt mehr als genug, schließlich betrachteten sie mich ja auch als Vorrat.

Dann befahl der Anführer mir, das Schiff zurück ins Wasser zu schieben und alles für die Abfahrt vorzubereiten.

Das tat ich dann auch. Ich schob das Schiff vom Sand zurück ins freie Wasser und drehte mit dem Bug in die Richtung, wo wir an der Brandung vorbeigekommen waren. Das Wetter hatte sich beruhigt, es wehte jetzt stetiger Wind von der Insel auf das offene Meer.

Ich setzte das Segel und segelte einfach durch die Lücke in der Brandung aufs Meer hinaus.

Diese beiden war ich jetzt los. Sie würden nicht überleben, denn außer sich selbst, hatten sie keine Nahrung. Aber ich war jetzt auch völlig auf mich allein gestellt. Ich fragte mich, ob ich überleben würde, und wenn ja, wozu?

Ich segelte viele Tage und Nächte. Immer, wohin der Wind trieb. Wenn es ging, schlief ich oder legte an einer Insel an. Ich besuchte viele Inseln, größeres Land fand ich nicht. Einmal war ich sogar auf der Insel, wo ich die anderen beiden Grolme verlassen hatte. Ich fand nur ein paar Knochen und, halb im Sand vergraben, ein Skelett.

Dann, eines Tages, erwischte es mich doch. Ich hatte an einer Insel angelegt, um mir frische Nahrung und Wasser zu beschaffen. Als ich auf dem einzigen Berg der Insel war, zog plötzlich ein Sturm auf. Diesmal

war es ein richtiger Sturm, so einer wie gestern. Ich lief so schnell ich konnte den Berg hinunter, um zu meinem Schiff zu kommen, aber es war schon zu spät. Mein Schiff war von den Wellen mitgerissen worden. Ich konnte nur noch tatenlos zusehen, wie es wieder und wieder gegen die Felsen geschleudert wurde und schließlich zerbrach.

Zum Glück gab es auf dieser Insel ausreichend Nahrung und Wasser für mich. Es war überhaupt eine sehr schöne Insel. Dort war es auch, dass ich zum ersten Mal richtig etwas als schön empfand. Ich dachte viel über dieses Gefühl nach, was das war und so. Aber ich bin da nicht viel weiter gekommen. Ich wusste nur, diese Insel gefiel mir und hier würde ich gerne bleiben wollen.

Das einzige, was ich jetzt von meinem früheren Leben noch hatte, war dieser Stein hier. Alles andere war entweder versunken oder, wie zum Beispiel meine Kleidung, bis auf ein paar kleine Fetzen kaputt und verschlissen. Aber aus Pflanzenfasern kann man eine Menge machen, wisst ihr. Und der Stein? Na ja, das mit dem Stein war schon etwas merkwürdig. Manchmal hatte ich den Eindruck, als würde er mit mir sprechen oder wollte mich in eine bestimmte Richtung ziehen. Aber das ist natürlich Unsinn und nur darauf zurückzuführen, dass man zu lange allein ist und ein bisschen verrückt wird.

Tja, nach ein paar Monden tauchten dann Altavar und Aratea mit ihrem Schiff auf. Seitdem bin ich hier".

Kalinosch sah gespannt und etwas unruhig in die Runde. Seine Zuhörer saßen wie erstarrt da. Ihr Blick richtete sich auf den Stein, der sich jetzt fast lebendig anfühlte. War er nun wirklich verrückt oder doch wieder allein, ohne die neu gewonnenen Freunde?

„Ja, und dann kamt Ihr! Das Zusammensein mit Mattis tat so gut. Noch nie hatte jemand so mit mir gesprochen. Ich fühle mich so gut....mit euch allen", fügte er leise hinzu.

Immer noch schweigen die drei. Die Atmosphäre war zum Platzen angespannt.

Dann – endlich – brach Thea das Schweigen. „Deinetwegen sind wir also hier!" platzte es aus ihr heraus. „Genauer gesagt wegen des Königsteines, wie du den Kristall nennst. Oder besser, wegen des fehlenden Stücks"

Kalinosch wurde blass. Was hatten diese drei netten Wesen mit dem Stein zu tun, den sein Vater, der Grolmkönig, ihm gegeben hatte?! Und wieso Kristall. Er riss sich zusammen. Mit fester Stimme sagte er: „Jetzt ist es aber an euch, mir zu erzählen, woher ihr diesen Stein kennt."

Da saßen nun zwei aufgeregte Zwerge und ein ebenso aufgeregter Gnom und erzählten einem Grolm ihre ganze Geschichte (allerdings in Kurzfassung).

Legenden

Draußen fing der Sturm langsam an zu verebben, das Schiff schaukelte noch bedenklich aber nicht mehr ganz so gewaltig.

Die vier Freunde saßen aufgewühlt vor dem großen Fenster und beobachteten das Treiben auf dem Schiff. Keiner wusste so recht, was noch zu sagen war.

Dann, nach einer längeren Pause, holte Kardir den Kristall aus seiner Hosentasche. Er blickte Kalinosch eindringlich an „Kalinosch" sagte er dann, „können wir deinen Stein einmal sehen?" Kalinosch antwortete verdutzt „Ja klar, natürlich". Er zog die Kette mit dem Stein über den Kopf und legte ihn auf den Tisch. Kardir legte den Kristall daneben.

„Vielleicht sollten wir Aratea oder Altavar einweihen?" fragte Mattis zaghaft. „Hmm", kam von Thea, während der Rest schwieg.

Auf Deck schien alles im Lot zu sein. Der Sturm flaute ab und Aratea wandte sich Altavar zu: „Was hältst du von den vieren?"

Altavar blickte aufs Meer hinaus. „Ich weiß nicht" brummte er, „vielleicht sind sie's, vielleicht auch nicht."

Nach einer Weile fügte er hinzu: „Was sagt das Lied dazu?"

Aratea sah ebenfalls aufs Meer, sah den wogenden Wellen und der weißen Gischt zu. „Thea scheint sehr scharfsinnig zu sein mit einer Gabe für das Lied, Kardir scheint sich äußerst gut in andere hineinversetzen zu können, ist aber sehr besonnen. Mattis ist zwar nicht der hellste, aber loyal und sehr tüchtig und Kalinosch, tja Kalinosch könnte der Schlüssel sein. Er ist Grolm, aber er kann mitfühlen."

„Hmm", brummte Altavar wieder, „vielleicht wird es Zeit, den vieren vom anderen Kontinent zu erzählen, vom Land der Grolme?"

„Vielleicht" stimmte Aratea leise zu. „Aber das ist gefährlich, ob sie dafür bereit sind?"

„Das werden wir nicht entscheiden können" entgegnete Altavar und drehte sich Aratea zu. „Aber es ist an der Zeit, dass sich was ändert. Dieser Kontinent wird auch langsam gefressen und korrupt, das können wir nicht einfach so mit ansehen. Dann bleibt nicht mehr viel. So groß ist die Welt auch nicht."

Aratea sah das Argument ein. Doch die vier waren so unerfahren, so klein, und wie sollten sie alleine im Land, welches von Grolmen kontrolliert wurde, überleben, ganz zu schweigen davon, die Grolmherrschaft zu beenden?

Altavar konnte sehen, wie ein entschlossener Ausdruck in Arateas Augen trat. „Also gut, heute Abend erzähl ich ihnen von dem Land der Grolme" Altavar nickte zufrieden. "Aber ich werde sie begleiten," fügte Aratea entschlossen hinzu. Noch bevor Altavar etwas entgegen konnte, setze sie nach: „Ich beherrsche zwar nicht viel Magie, es ist auch nicht viel da zum Beherrschen, aber ich kenne mich im Land der Grolme aus und die vier können jede Hilfe gebrauchen, die sie bekommen können."

Altavar sah Aratea lange nachdenklich an. Sie war der beste Navigator, den er je unter seinem Kommando gehabt hatte. Er würde es schwer haben einen akzeptablen Ersatz zu finden. Und er würde sie vermissen. Aber sie hatte Recht, die vier hatten eine schwere Aufgabe vor sich und jede Hilfe wäre angebracht.

„Also gut, du gehst mit," sagte Altavar schließlich und drehte sich zum Gehen. Nach einigen Schritten drehte er sich um und fügte hinzu: „Aber die Rose des Windes bleibt vor der Küste, falls Not am Mann ist, ruf den Wind und wir holen euch da raus." Damit schritt Altavar in Richtung der Kaptitänskajüte und ließ eine verblüffte und nachdenkliche Aratea zurück.

Die Freunde steckten die Köpfe zusammen und beäugten die beiden Teile. Es war jetzt ganz still im Raum, so als würde jeder den Atem anhalten. Dann war der Bann plötzlich gebrochen, Thea stieß als erste den angehaltenen Atem aus und krächzte „Die passen, ich glaube die Teile passen zusammen!"

Und dann redeten plötzlich alle (wieder einmal) gleichzeitig. Als wieder Ruhe einkehrte - schließlich muss man ja auch atmen – hing Kalinoschs letzte Frage noch im Raum: „Woher habt ihr ihn"?

Kardir blickte Kalinosch fest an und sagte: „So wie es aussieht, haben wir den Kristall von deinem Vater. Er sagte uns, dass er ein Stückchen des Kristalls seinem Sohn gegeben hätte, der sei dann über das große Meer gefahren um ein neues Grolmland zu gründen, da hat er uns wohl getäuscht".

„Ihr habt mit meinem Vater gesprochen? Und ihr lebt noch?" fragte Kalinosch verdutzt. „Nun ja" sagte Kardir, „bei unserer Geschichte vorhin haben wir ein paar Kleinigkeiten ausgelassen, sonst wären wir immer noch nicht fertig. Es war sozusagen eine Kurzfassung unserer Geschichte".

„Kleinigkeiten"!! stöhnte Kalinosch. „Das sind vielleicht schöne Kleinigkeiten! Wisst ihr denn nicht, dass mein Vater..." er stockte einen Moment, „...dass mein Vater am liebsten Zwerge isst"? Diesen Satz auszusprechen kostete ihn sehr viel Überwindung, man sah ihm an, dass er sich schrecklich fühlte. „Wieso ..." er konnte nicht weitersprechen.

„Ist ja schon gut, Kalinosch" sagte Thea, „wir wissen das alles von deinem Volk und deinem Vater. Beruhige dich". „Wie soll ich mich beruhigen"? fragte Kalinosch. „ich schäme mich ganz schrecklich und fühle mich über alle Maßen scheußlich. Schließlich sind das mein Vater und mein Volk. Wie soll ich das vergessen können"?

Mattis mischte sich nun ein: „Kalinosch, du kannst das ruhig vergessen. Es gibt sie wirklich nicht mehr". Kalinosch schüttelte nur den Kopf. Mattis fuhr fort: „Auch wir müssen dir etwas beichten, Kalinosch, dein Volk und deinen Vater gibt es nicht mehr. Sie sind alle tot. Dein Vater hatte wohl eine Art Blutrausch, er hat die meisten Mitglieder deines Volkes getötet. Bei den Kämpfen hat jeder gegen jeden gekämpft. Den Rest hat dein Vater gejagt und getötet. Er starb als letzter durch sein eigenes Schwert. Du kannst uns glauben, wir waren dabei". Etwas unsicher sahen der Gnom und die beiden Zwerge Kalinosch an, wie würde er reagieren, schließlich waren sie seine Familie gewesen oder wenigstens eine Art von Familie.

„Ich bin also der Letzte meiner Sippe"? flüsterte Kalinosch. „Nein, ich glaube nicht" antwortete Mattis. „Du bist weder deinem Vater ähnlich, noch ähnelst du irgendeinem aus deinem Volk. Du bist völlig anders. Für mich scheint es so zu sein, dass vielleicht die Natur – oder wer auch immer - mit dir einen Neuanfang starten will. Jedenfalls sehe ich das so". schloss er ein wenig verlegen. Kalinosch schien die Nachricht über den Tod seines Vaters nicht sonderlich mitzunehmen. Wahrscheinlich hatte er schon während seiner unglückseligen Reise mit seiner Vergangenheit abgeschlossen, mutmaßte Mattis.

Die drei anderen starrten ihn mit offenen Mündern an. Mattis zuckte ein wenig die Schultern. „Na, ist doch so"!

Thea zog eine Augenbraue hoch und sagte sehr akzentuiert: „Mattis, Mattis, wo hast du nur solche Gedanken her? Du überraschst mich immer wieder. Im Ernst, ich glaube, an dir ist ein Philosoph verloren gegangen".

„Häh? Was?" kam es von Kalinosch. Kardir dagegen grinste und sagte „Wieso verloren gegangen? Da sitzt er doch, der Philosoph heißt Mattis".

Schon wieder! Mattis fühlte, dass er einen roten Kopf bekam. Er hasste das. Andererseits, wann bekam man schon sooo ein Lob. Noch dazu von Thea.

„Das ist übertrieben" sagte Mattis und winkte ab. Er legte sich jetzt ordentlich ins Zeug. „Wir MÜSSEN mit Altavar und Aratea reden. Wir brauchen Ihre Hilfe. Vielleicht können sie uns bei dem behilflich sein, was vor uns liegt. Wir haben ja nicht die leiseste Ahnung davon".

Kaum hatte sich die Türe zur Kapitänskajüte geschlossen, erschienen die vier auf Deck und steuerten auf Aratea zu.

Aratea drehte ihnen den Rücken zu und sah hinaus aufs Meer. Sie versuchte zu erfassen, was die vier sich nähernden Freunde bewegte. Sie spürte einen gemeinsamen Grundtenor, aber auch viel verwirrtes Gefühl. Sehr interessant. Als die vier hinter ihr stehen blieben, drehte sie sich um und musterte sie. Einen nach dem anderen. Bei jedem versuchte sie zu erfassen, wie die Gefühlslage war und auch die Stimmungsschwankungen.

Sie erlebte eine Überraschung: Kalinosch war Teil dieser Gruppe geworden. Er harmonierte perfekt mit den drei Freunden. Das hatte sie nun wirklich nicht erwartet. Sie war davon ausgegangen, dass er vielleicht etwas lockerer würde und vielleicht auch etwas zugänglicher. Aber das, was sie jetzt erkannte, hatte eine völlig andere Dimension.

Sie drehte sich in Richtung Kapitänskajüte und rief: „Altavar". Als sich nichts rührte, ging sie zur Tür und klopfte. Diesmal öffnete sich die Türe und Altavar trat aufs Deck. „Was gibt es"? rief er. Aratea deutete auf die vier Freunde neben sich und rief: „Es gibt Neuigkeiten". „Gut, kommt herein!" Altavar öffnete die Türe zur Kapitänskajüte und bedeute durch eine Geste, dass sie eintreten sollten.

Als alle in der Kajüte waren, musterte Altavar die Freunde wie zuvor Aratea und sagte dann „Na sieh mal an. Das ist wirklich eine Überraschung. Wer hätte das gedacht. Setzt euch. Was ist passiert"?

Thea antwortete (sie ist mit der Zunge immer die schnellste): „Passiert ist nichts. Wir wollten euch nur um Hilfe bitten". Dann erst setzte sie sich wie die anderen.

„Jaaa, ich höre…" Altavar beugte sich vor.

Thea erzählte, wie die drei und Kalinosch sich gegenseitig ihre Erlebnisse erzählt hatten und auch, was dabei herausgekommen war. Zum Schluss bat sie Kardir und Kalinosch, ihre Kristalle noch einmal auf den Tisch zu legen. Die beiden legten vorsichtig ihre Kristalle auf den Tisch. Aratea und Altavar musterten die Stücke von allen Seiten, dann blickte Altavar Aratea an und nickte.

Thea wandte sich an Mattis und sagte: „Mattis, du hast es als erster erkannt. Kannst du deine Gedanken noch einmal wiederholen?"

Mattis wurde ganz warm, er fing an zu schwitzen, dann zeigte er auf den großen Kristall und begann: „Dies ist ein Kristall. Ein Stück wurde abgebrochen, der zweite, kleinere Kristall scheint das abgebrochene Teil zu sein. Wir wissen nicht, wie es möglich war, aus diesem Kristall ein Stück abzubrechen, denn der Kristall besteht aus purer Magie. Er enthält eine ganze Welt und alle Magiewesen, die einst durch unsere Welt streiften wie zum Beispiel Einhörner, Elfen und Drachen. Wir wurden angewiesen, das ist unsere Aufgabe, die Grolme zu vernichten, den Kristall zu finden und zu öffnen, um so alle eingeschlossenen Magiewesen zu befreien. Beim Öffnen wird der Kristall zerstört und mit ihm der größte Zauberer, der bisher lebte und der auch diesen Kristall geschaffen hat, um die Magiewesen zu schützen".

Mattis holte tief Luft und fuhr fort: „Es gibt allerdings einige Probleme. Wir wissen nicht, wie wir das Teil wieder anfügen können und wir wissen auch nicht, was dann geschieht. Weiter glauben wir nicht, dass die Magiewesen auf ein Schiff passen und sei es noch so groß. Die meisten Magiewesen lebten ja wohl auf dem Land oder in der Luft oder beidem.

Aber das Wichtigste nach meiner Meinung ist, ganz gleich was ab jetzt geschieht, es betrifft die gesamte Welt. Also auch euer Volk.

Oh, bevor ich es vergesse, Kalinosch stammt zwar von den Grolmen ab, aber er ist kein richtiger Grolm. Ich glaube, dass er etwas Neues ist, ein Neuanfang gewissermaßen. Jemanden, wie ihn gab es wohl bisher noch nie auf der Welt".

Mattis schwieg und lehnte sich zurück. Puh, so viel auf einmal hatte er noch nie geredet.

Alle starrten ihn an. „Was ist, habe ich etwas Falsches gesagt"? fragte er. „Nein" sagte Altavar „es ist nur so, dass ich euch anscheinend immer noch nicht richtig einschätzen kann. Ich bin sehr überrascht, wie ihr euch entwickelt". Er wechselte mit Aratea einen Blick, die nickte zustimmend. Dann stand Altavar auf und ging ein paar Schritte hin und her. Man konnte förmlich sehen wie er nachdachte. Dann gab er sich sichtlich einen Ruck und blieb vor den Freunden stehen.

„Ich möchte euch einen Vorschlag machen," begann er und fuhr dann fort „Ich schlage vor, wir fahren weiter in das Land der Grolme, unser geliebtes Land, zum Zentrum des Seefahrervolks, zur Heimat der Berianer, zu unserem Volk, das schon so lange von den Grolmen unterdrückt wird, so dass wir es verlassen haben, um uns nach Hilfe umzusehen. Wir sind ein ziemlich großes und altes Volk, das liegt daran, dass wir verhältnismäßig lange leben. Über die lange Zeit, die unser Volk schon existiert, haben wir eine große Menge an Wissen gesammelt. Das sind sowohl Tatsachen, Geschichten und Legenden aus neuen und uralten Zeiten, als auch Fertigkeiten, Gegenstände und Rituale. Das alles wird von unserem Ältestenrat gepflegt und aufbewahrt. Aratea und ich selbst haben nur einen kleinen Einblick in das umfangreiche Archiv gehabt. Wir wissen viel, aber längst nicht alles, und schon gar nicht genug".

Nach einer kleinen Pause: „Die Möglichkeiten, die es dort gibt, könnten euch vermutlich bei der Lösung eurer Probleme helfen, da bin ich mir fast sicher. Außerdem wäre es ohnehin von großem Vorteil, wenn der Ältestenrat informiert würde. Das würde Aratea und mir ersparen, vor dem Ältestenrat Rede und Antwort zu stehen, um doch nur von Dingen zu reden, die wir nicht voll verstehen".

Er schwieg, ging wieder ein paar Schritte hin und her, blieb wieder stehen und sah sie an. „Ihr könntet uns also einen großen Gefallen tun und würdet im Gegenzug eure eigenen Probleme lösen können. Das ist mein Vorschlag, na, was sagt ihr"?

Die Freunde sahen sich an, allgemeines Nicken, dann sagte Thea: „Altavar, Aratea, es wäre für uns eine große Ehre, euer Volk kennen zu lernen und vor euren Ältestenrat zu treten. Wir glauben, das ist das Beste, was uns geschehen kann, und wer weiß, vielleicht gibt es dort tatsächlich eine gute Lösung für unsere Probleme. Wir nehmen deinen Vorschlag gerne an".

Altavar schien erleichtert zu sein. Er setzte sich wieder und zu Aratea gewandt: „Das wird die Ältesten umhauen. Nach so langer Zeit, und jetzt das"! Aratea nickte und lächelte „Ja, das glaube ich auch". Zu den Freunden gewandt fügte sie hinzu: „Wisst ihr, es gibt bei uns ein paar uralte Geschichten, wovon wir glaubten, sie gehörten ins Reich der Legenden. Jetzt jedoch sieht es so aus, als wären sie wahr. Die Geschichten betreffen anscheinend euch, ihr wurdet angekündigt vor langer, langer, sehr langer Zeit. Ihr werdet bei unserer Ankunft mehr darüber erfahren. Wir möchten dem Ältestenrat nicht vorgreifen".

Berian

Und so nahm die Rose des Windes Kurs auf die Heimat der Seefahrer. Die See blieb zum Glück, oder zu Mattis Pech, ruhig.

Bei den täglichen Ausflügen der kleinen, tapferen Ponys an Deck, vernahm Kardir eines Tages den Ruf „Land in Sicht". Schnell beeilte er sich, die Ponys wieder in ihren Stall zu bringen und den Freunden Bescheid zu sagen. Im Stall traf er auf Kalinosch. „Hast du gehört?" fragte dieser aufgeregt und auch ein wenig ängstlich. Für ihn würde hier das friedliche Leben auf See schließlich zu Ende sein.

„Ja," erwiderte Kardir. „Wir kommen an eine Küste."

Auf dem Weg zurück an Deck konnten sie beide schon die Stimmen der Zwerge hören. „Und wie lange noch bis wir an Land gehen?" fragte Thea gerade Aratea. „Nur Geduld kleiner Zwerg, " grinste diese, „wir müssen noch die gesamte Steilküste hoch segeln, bevor der Hafen von Ingristoll kommt, den wir nutzen können."

„Den wir nutzen können?" fragte Thea verblüfft.

Aratea seufzte: „Ja, den wir nutzen können. Seit die Grolme hier herrschen, sind leider nicht mehr alle Häfen für uns nutzbar."

„Wir wollen nicht mehr alle Häfen nutzen", mischte sich nun Altavar ein.

„Das versteh ich nicht", sagte Mattis, „wieso wollt ihr nicht alle Häfen nutzen?"

„Ihr müsst wissen, die Grolme missbilligen fremde Völker. In den Hauptstädten leben fast nur noch Grolme. Die Berianer leben übers Land verstreut in kleinen Grüppchen. Es dürfen nie mehr als ein paar Familien auf einmal zusammen sein. Die Grolme befürchten sonst Widerstand."

„Womit sie auch ganz recht haben!" mischte sich Aratea ungewohnt heftig wieder ein.

„Nur ruhig, meine Liebe," beschwichtigte Altavar. „Seht ihr dort an der Küste die kleinen Häuser im Stein? " Er zeigte auf einen Teil der Steilküste, die mit einem schmalen Pfad zu erreichen war. Einige höhlenartige Gebilde schienen in den Stein geschlagen zu sein.

„Dort leben ein paar der Widerständler, aber nur wenige. Ein größerer Teil der Berianer lebt in einer der wenigen Städte, die von den Grolmen in Ruhe gelassen wurden. Wahrscheinlich, weil dieser Teil nur über die See zugänglich ist und das auch nur, wenn man weiß wo man entlangsegeln darf. Scharfe Steine und Riffkanten warten dort sonst auf einen."

„Dort lebt auch unser Rat der Ältesten", fuhr Aratea fort. „Früher gab es auch noch einen Rat der Weisen, der setzte sich aus gewählten Vertretern der verschiedenen Völker, aus Monarchen oder Adeligen von Berian und der Welt zusammen. Sie entschieden zusammen mit dem Rat der Ältesten über alle wichtigen Entscheidungen und regierten. Der eine Palast, der der Ältesten, liegt an dem besagten Hafen von Ingristoll. Den anderen, den Palast von Waltristat, haben jetzt die Grolme und den Rat der Weisen gibt es nicht mehr."

Betroffen schauten die vier Freunde über die Reling die dahingleitende Küste entlang. An einigen Stellen war sie nicht ganz so steil und ein paar Häuschen und Hütten drängten sich schutzsuchend zusammen. Dazwischen konnten sie gebeugt gehende, unauffällige Gestalten sehen.

„Wer sind die Menschen dort?" wollte Kalinosch wissen.

„Das sind die Berianer, einst ein stolzes und unabhängiges Volk," erklärte Altavar.

„Ja, und jetzt sind die meisten von ihnen am Widerstand beteiligt und so ziemlich das einzige Volk, das noch nicht nahe der Ausrottung steht. Zumindest in Berian. " Fügte Aratea grimmig hinzu.

„Wir leben ja auch zum größten Teil auf dem Meer", beschwichtigte Altavar sie, „wir haben nicht nur eine Heimat, wie du weißt."

Aratea schaute trotz der gut gemeinten Worte grimmig zur Küste. Die Freunde konnten sich, so stolz und ein wenig kriegerisch, mit dem Wind in den Haaren und gestrafften Schultern, wie Aratea und Altavar waren, gut vorstellen, dass die Berianer sich nicht so einfach vertreiben ließen.

„Welche anderen Völker leben denn noch hier?" fragte Thea weiter.

„Nicht mehr viele," brummte Aratea kaum wahrnehmbar und erntete einen strengen Blick von Altavar.

Mit einer Entschuldigung, sie müsse noch irgendwelche Logdaten aufarbeiten, entfernte Aratea sich kurz darauf.

Die Freunde schwiegen. Keiner traute sich so recht die Frage zu wiederholen. Schließlich räusperte sich Kalinosch und wiederholte die Frage vorsichtig, immerhin war sein Volk Schuld an dieser Ausrottung, also konnte er auch den Zorn von Altavar abbekommen, und interessiert war er ja auch, welche Völker es noch so gab.

„Nun ja", fing Altavar an, „die Völker, die hier noch leben und sich nicht größtenteils verborgen aufhalten, wie wir Berianer, die leben in den Städten bei den Grolmen. Sie verrichten dort niedere Arbeiten oder werden als Futter gehalten. Alt wird da niemand, wer nicht mehr zur Arbeit taugt, wird gegessen. Die Grolme sind nicht allzu wählerisch, wo ihr Fleisch herkommt." Die Freunde waren entsetzt. Wie grauenhaft, nur zu leben, um gegessen zu werden!

„Und wie war es hier früher?" wollte Thea wissen.

Ein Lächeln huschte über Altavars Gesicht. Dann erlosch es, als er anfing zu sprechen: „Hört ihr das?" wollte er wissen.

Die Freunde lauschten. Aber es war still, bis auf die Wellen die ans Boot schlugen.

„Ich höre nichts", bemerkte Kardir. Der Rest sah Thea erwartungsvoll an, hörte sie etwas im Wind? Aber Thea schüttelte ebenfalls den Kopf. „Ich höre auch nichts" sagte sie.

„Genau," erklärte Altavar, „hier gibt es nichts mehr zu hören, die Magie lebt hier nicht mehr, sie ist still, kein Fluss, der singt, kein Wind, der spricht, nichts." Er machte eine Pause, dann sammelte er sich. „Früher," fuhr er fort, „bevor die Grolme herrschten, lebten hier laut alten Legenden nicht nur die Berianer sondern auch Elfen, Feen, Zentauren, geflügelte Pferde, ein paar Drachen, aber die meisten von ihnen recht friedlich, die Mobbler und Berianer waren sich sehr ähnlich und unterschieden sich eigentlich nur in ihrem Äußeren und der Ausprägung ihrer Fähigkeiten, mit der Magie umzugehen. Später gab es die Zwerge, Gnome und die Grolme. Die Bäche und Flüsse sangen und summten unter dem Einfluss der Magie. Der Rat der Ältesten und der Rat der Weisen herrschten und insgesamt war es recht friedlich, natürlich gab es immer mal wieder Rangeleien oder Streitigkeiten, aber nie etwas Ernstes. Die Waffen blieben meist liegen."

„Aber wie konnten denn dann die Grolme so viel Macht erlangen, wenn so viele andere da waren?" wollte Kalinosch bestürzt wissen.

„Nun ja, wie schon gesagt, der Rat der Weisen setzte sich aus allen Völkern zusammen. Und auch die Magie wurde von dem Rat der Weisen gemeinsam gehütet. Der Kristall war...." Unvermittelt brach Altavar ab und sah in die erwartungsvollen Gesichter der Freunde. Lächelnd fuhr er fort: „Aber dafür müsst ihr euch noch ein wenig gedulden, unsere Geschichte und besonders die des Kristalls ist dem Rat der Ältesten vorbehalten. Was davon zur Geschichte und was ins Reich der Legenden gehört, vermag ich auch nicht zu sagen. " Als er die enttäuschten Gesichter sah, fügte er noch hinzu: „Wenn alles so bleibt, müssten wir morgen Nacht in den Hafen von Ingristoll einlaufen."

Damit ließ er die Freunde alleine an der Reling stehen. Schweigend beobachteten die vier noch ein wenig die Küste, dann fingen sie an, über das gerade Gelernte zu diskutieren und zu spekulieren.

„Habt ihr das mitgekriegt?" fragte Thea. Fragende Gesichter schauten sie an. „Na, das mit der Ankündigung von uns und dem Kristall kennen sie auch!" Theas Stimme war etwas lauter geworden. Mattis hob die Hand, „Beruhige dich, Thea. Wir alle haben das mitgekriegt. Aber es gibt meiner Ansicht nach keinen Grund zur Beunruhigung. Und wie du weißt, haben wir das mit der Ankündigung schon einmal gehört, denkt nur mal an Caleidope. Auch sie sagte, dass das alles schon sehr, sehr lange her ist. Ich denke, wenn wir übermorgen mit dem Rat der Ältesten sprechen, werden wir eine Menge mehr erfahren." Mattis lehnte sich an die Reling und registrierte zufrieden das zustimmende Kopfnicken und Brummen der Freunde.

Der folgende Tag verlief ereignislos. Sie fuhren stetig entlang der Steilküste, welche immer in Sichtweite war, mal mehr mal weniger weit entfernt. Schließlich wurde es dunkel und vereinzelte Lichter an Land tauchten auf. Der Mond ging auf und beleuchtete die Umgebung. Man konnte sogar die Küste und die Wellen um sie herum erkennen.

Als sie ein Kap umrundeten, sahen sie voraus eine Landzunge, hier konzentrierten sich viele Lichter an einer bestimmten Stelle. Auf diese Stelle hielt die Rose des Windes jetzt zu.

An Deck und unter Deck wurde emsig gearbeitet. Die Freunde hatten keine Ahnung, was dort vor sich ging. Niemand sagte ihnen etwas. Nur einmal kam Aratea und rief ihnen im Vorbeigehen zu: „Wir sind gleich da. Bleibt am besten dort stehen und rührt euch nicht vom Fleck". Weg war sie wieder.

Als die Segel eingeholt wurden, sahen sie Altavar. Er stand, von einer Laterne beleuchtet, vorne am Bug und spähte konzentriert nach vorne. Dann hob er beide Arme woraufhin plötzlich lautes Schlagen und Klappern zu hören war. Die Freunde beugten sich über die Reling, um nach der Ursache der Geräusche zu sehen. Zuerst konnten sie nichts entdecken, dann aber sahen sie im Mondlicht, dass aus der Seite des Schiffes Ruder ragten, die sich jetzt gleichmäßig im Takt bewegten.

Altavar vorne am Bug machte jetzt laufend Bewegungen mit den Armen. Es dauerte eine Weile, bis die Freunde entdeckten, dass das Schiff nach jeder Armbewegung den Kurs wechselte. Langsam kamen sie trotz der häufigen Kurswechsel dem Land näher. Altavar schien ganz genau zu wissen, wo er entlang musste. So, als würde er einem deutlich sichtbaren Weg folgen.

Fasziniert sahen die Freunde zur Küste hinüber. So etwas hatten sie noch nie gesehen. Aus dem Punkt mit der Ansammlung von Lichtern war ein breites Lichterband geworden, das sich fast über den gesamten Horizont vor ihnen erstreckte. „Das ist ja riesig" staunte Kardir. „Wie viele Leute mögen dort leben?" „Schwer zu sagen" antwortete Kalinosch. „Vermutlich ist das, was wir hier sehen, eine Stadt. Altavar sprach ja von Städten und Hauptstädten. Ich hatte das nicht verstanden, aber fragen mochte ich auch nicht".

Thea drehte sich zu Kalinosch und blickte ihn an. „Ich glaube, du hast Recht, Kalinosch". Sie knuffte ihn spielerisch in die Seite und lächelte. „Du bist klüger als ich dachte – ich bin froh, dass du jetzt bei uns bist". Kalinosch blinzelte verwirrt zur näher kommenden Küste. „Diese Zwergin" dachte er, „die macht mich noch ganz kirre…"

Dann wurde die Aufmerksamkeit aller wieder vom Geschehen gefesselt. Altavar steuerte das Schiff mit seinen Armbewegungen in einen engen Kanal, der in einem sehr großen rechteckigen Becken mündete. Dort wedelte Altavar wieder mit den Armen und ließ sie dann ganz sinken. Das laute Schlagen und Klappern setzte wieder ein, dann war Ruhe. Ein Blick über die Reling zeigte: die Ruder waren verschwunden, das Schiff trieb jetzt langsam schräg auf einen freien Platz an der Kaimauer zu. Dort warteten schon einige Leute. Kurz vor Erreichen der Kaimauer machte das Schiff einen kleinen Schwenk, der das Schiff parallel dicht an die Mauer brachte, dann flogen Leinen auf den Kai, wurden gefangen und um Poller gelegt. Sanft berührte die Rose des Windes den Kai und die Leinen strafften sich.

Sie waren da!

Ingristoll! Der Palast der Ältesten! Ingristoll!

Das Herzklopfen der Freunde konnte man fast hören, so laut schlugen ihre Herzen vor Aufregung und Angst vor dem, was sie erwartete. Dieses Land war so düster trotz der Lichter. Diese waren auf keine Weise beruhigend, so wie die gemütlichen Laternen im Nimmersangtal. Ach, das Nimmersangtal! Würden sie es jemals wieder sehen? Thea seufzte. Und dieser merkwürdige ekelerregende Geruch, der in der Luft lag. Die drei Freunde dachten unwillkürlich an ihr Kochtopferlebnis. Außerdem war es totenstill, unheimlich. Ein feines Ohr hätte den Wellenschlag des Schiffes hören können, aber dank Altavars Navigationskünsten hörte man kaum etwas davon.

Auch Kalinosch und Aratea wagten kaum zu atmen.

„Meine Heimat", dachte Aratea verbittert. Kalinosch schämte sich und war entschlossen, mit seinen neuen Freunden gegen sein ehemaliges Volk vorzugehen.

„Wir warten bis zur Morgendämmerung", unterbrach Altavar ihre Gedanken. Das Schiff lag nun sicher im Hafen.

Wie konnte ein so großes Schiff nur unbemerkt von den Grolmen hier anlegen? fragte Kardir sich und erschrak, als er umgehend die Antwort von Altavar erhielt: „Hier gibt es kaum Grolme. Außerdem führen sie ein ausschweifendes, bequemes Leben ohne jegliche Disziplin. Sie feiern bis tief in die Nacht hinein und trinken und …. essen". Altavars Stimme klang angewidert und etwas erstickt. „Dann fallen sie in einen lang anhaltenden Schlaf. Sie merken nichts und haben auch keine Wache. Sie nehmen sich, was sie wollen mit bloßer Gewalt, ihre fehlende Angst und unerschöpfliche Gier hilft ihnen, trotz des Chaos zu herrschen. Aber wie gesagt: Total undiszipliniert, was uns in diesem Fall zugutekommt. Wenn ihr in der Dämmerung aufbrecht, seht ihr mehr und braucht die Grolme nicht zu fürchten. Aratea kennt den Weg zum Palast der Ältesten und wird euch sicher geleiten."

„Hoffentlich", dachte Aratea. Sie wusste, dass der Weg sehr beschwerlich war. Aber mittlerweile kannte sie die erstaunliche Energie der kleinen Freunde. Und Kalinosch? Sie würde es ja sehen.

Die drei Freunde hatten jetzt nur einen Gedanken. (War da wieder ein Anflug ihrer eigenen Einheit?). „Wir gehen noch mal zu den Ponys", sprach Thea die Gedanken aus. Die Tiere hatten eine beruhigende Wirkung auf sie. Thea und Mattis streichelten sie unermüdlich und Kardir schien eine Zwiesprache mit ihnen zu halten. Kalinosch stand dabei und Altavar beobachtete das Geschehen nachdenklich.

Dann war es soweit. Die ersten Sonnenstrahlen erreichten den Horizont.

„Lasst uns aufbrechen", sagte Aratea fest. Die vier Freunde nahmen all ihren Mut zusammen und folgten Aratea an Land. Altavar blieb an Bord und folgte den Fünfen noch lange mit den Augen.

Der Weg

„Zuerst müssen wir uns etwas vorbereiten", erklärte Aratea. Die vier Freunde lauschten aufmerksam. „Der Weg außerhalb von Ingristoll ist nicht ganz ungefährlich, …" Sie brach kurz ab, musterte die vier mit ihren beiden Ponys und fuhr dann fort: „Die Ponys sehen gut aus, Kardir, was sagst du, sind sie fit?" Kardir brauchte die Ponys gar nicht anzusehen, er wusste sie waren so fit, wie das nach einer langen Schiffsreise möglich war.

„Ja", beantwortete er Arateas Frage. „Gut, sie können unser Gepäck tragen, Essen, Trinken und Decken." Sie wandte sich in eine kleine Seitengasse, die parallel zur Küste verlaufen müsste, wie Mattis bemerkte.

Das Schiff war jetzt nicht mehr zu sehen. „Schade" dachte Mattis, der sich noch immer etwas an den festen Boden unter seinen Füßen gewöhnen musste. „Als erstes werden wir uns mit Proviant und allem, was wir für die Reise benötigen, eindecken: Wasser und Brot müssen reichen, Decken und warme Umhänge. In Berian kann es sehr kalt werden."

Das hatten die Freunde bereits auf dem Schiff gemerkt, zumindest die Zwerge. Kalinosch und Kardir waren ja um einiges größer und anscheinend nicht ganz so kälteempfindlich wie die kleinen Zwerge. „Außerdem einen Topf und Lichtstäbchen…" „Was sind denn das", unterbrach Thea. Aratea sah sie etwas irritiert an und brachte sie damit zum Erröten, aber sie erklärte breitwillig: „Das sind lange Holzstäbchen, die an ihrem Ende eine Pulvermischung haben, welche sich bei Reibung entzündet. So ist es einfacher Feuer zu machen."

Die Zwerge staunten. Kardir hatte von diesen Lichtstäbchen schon gehört und Kalinosch hatte sie auf dem Schiff natürlich schon gesehen und benutzt.

Wieder bog Aratea ab, in eine noch kleinere Gasse rechts von ihnen. Vor einem etwas marode wirkendem, unscheinbaren Gebäude, das einst mal ein prächtiges Bauwerk gewesen sein musste, blieb sie stehen und klopfte an eine große Doppeltür: einmal, dann zweimal kurz und nach einer Pause noch einmal. Die Tür öffnete sich und die fünf Gäste traten in einen dunklen Gang.

Aratea lief zügig mit schlafwandlerischer Sicherheit durch den Gang, bis sie vor einem Tor stehen blieb und wieder klopfte, diesmal mit einem anderen Rhythmus. Das Tor öffnete sich und die vier Freunde staunten nicht schlecht, was sich ihnen dort bot.

Auch die Ponys spitzten neugierig die Ohren. Hinter dem Tor lag ein, wie die Zwerge fanden, riesiger Innenhof, dessen Seiten von Gebäuden lückenlos flankiert wurden. Ein Brunnen und eine Art kleiner Markt befanden sich im Hof und dazu recht viele Leute. Und was für welche!

Die vier Freunde bekamen immer größere Augen, selbst Kalinosch, der bei den Seefahrern ja schon einiges Volk gesehen hatte, staunte.

„Das ist eines unserer Hauptquartiere", berichtete Aratea. „Kommt, dort drüben werden wir den Tag und den Abend verbringen, um uns vorzubereiten."

Auf dem Weg quer über den Markt in die angegebene Richtung kamen sie an großen und kleinen Wesen vorbei, teils Seefahrervolk, teils sehr dunkel, sehr wenig behaarte Gestalten, teils mit lustigen spitzen Ohren und sehr heller Haut, fast durchsichtig. Manche waren sehr kleine, rothaarige und extrem sommersprossige Wesen mit weit ausladenden Röcken oder Hosen.

Die Zwerge staunten mit offenem Mund, die Ponys schnüffelten und schnaubten und selbst Kardir und Kalinosch konnten sich verstohlene Blicke in alle Richtungen nicht verkneifen. Vor einem hölzernen Gebäude blieb Aratea schließlich stehen: „Hier können die Ponys bleiben", erklärte sie und wies auf einfache, aber saubere Verschläge mit guter Einstreu hin.

Kardir machte sich sofort daran, die Ponys zu versorgen, die Zwerge halfen ihm. Kalinosch drückte sich anscheinend etwas unbehaglich in einer Ecke herum. Aratea betrachtete ihn eine Weile. „Keine Angst, du fällst hier zwar etwas auf, aber so lange du in meiner Nähe bleibst, wird dich niemand behelligen", beruhigte sie ihn. „Meinst du?" fragte Kalinosch zaghaft, „ich bin der einzige Grolm, alles andere scheint hier vertreten zu sein, Zwerge, Seefahrer, Berianer, Gnome, Elfen und so weiter."

„Hmm", gab Aratea in Gedanken versunken zurück. Kalinosch sah sie unsicher an. „Du bringst mich auf eine Idee", sagte sie schließlich. Fragend blickte Kalinosch weiter zu Aratea, auch die Zwerge und Kardir waren nun aufmerksam geworden. „Auf welche denn?" wollte Thea neugierig wissen.

„Sind die Ponys versorgt?" entgegnete Aratea nur und blieb eine Antwort schuldig. Als Kardir nickte, machten sie sich gemeinsam wieder auf den Weg. Aratea führte die vier zu einem Gebäude, nur ein paar Schritte von den Stallungen entfernt.

Auf dem Schild über der Tür prangte ein Schild: „Zum fliegenden Vogel" stand dort mit grünen Buchstaben und darunter flog ein merkwürdiger, aber anmutig aussehender Vogel mit ausgeprägtem Kopfschmuck. Zögerlich traten die vier Freunde hinter Aratea ein.

„Ah!" kam ein freudiger Ausruf von der hölzernen Theke gegenüber der Tür „Ist das lange her!" rief die kleine Gestalt, die etwas watschelnd auf sie zu geeilt kam. Auch sie hatte feuerrotes Haar und weit ausladende Kleider an. Das sommersprossige Gesicht lachte wie ein Honigkuchenpferd.

„Dolly!" begrüßte Aratea die rundliche Frau. „Schön dich zu sehen, das hier sind Thea, Mattis, Kardir und Kalinosch. Freunde von uns." Warmherzig begrüßte Dolly die vier Freunde, bei Kalinosch zögerte sie jedoch unmerklich und wechselte einen schnellen Blick mit Aratea, bevor sie auch ihn herzlich begrüßte. Kalinosch entspannte sich ein wenig.

„Kommt", rief Dolly aus, „ihr müsst müde sein! Eure Heimat ist bestimmt weit weg. Zwerge kommen immer von weit her, aber sie sind ja so drollige Geschöpfe und die Gnome erst, du bist doch einer, oder? Ja klar, was denn sonst, und das Ganze auf einem so riesigen Schiff wie der Rose des Windes..." vor Worten nur so sprudelnd führte sie die Truppe eine kleine Treppe hinauf und zeigte ihnen ihr Zimmer. „Danke sehr", sagte Aratea und zu den vieren gewandt, sprach sie weiter: „Ihr müsst müde sein, ruht euch aus, ich kümmere mich um alles andere. Kommt einfach runter, wenn ihr etwas geschlafen habt."

Damit drehte sie sich zu Dolly um und verschwand. Im Hinausgehen konnten die vier noch hören, wie sie bereits mit Dolly erörterte; was sie alles benötigten. „Ich weiß ja nicht wie's mit euch aussieht, " gähnte Mattis, „aber ich bin hundemüde!" Die anderen drei nickten und so legten sie sich erst einmal in die weichen gut duftenden Betten, um ein wenig auszuruhen. Nach nur wenigen Augenblicken waren alle trotz der vielen Aufregung eingeschlafen.

Sie verschliefen den gesamten Tag und erwachten erst am nächsten Morgen, wider Erwarten noch vor dem ersten Licht. Doch als sie in den Aufenthaltsraum taperten, war Aratea schon wach und mahnte zur Eile. Sie hätten einen langen Weg vor sich und müssten sich beeilen.

„Esst", wies Aratea die vier an. „Und dann packt schnell zusammen, das Boot ist schon bereit". „Das Boot???" fragten alle vier wie aus einem Munde. Sie waren doch gerade erst vom Schiff runter! „Ja ihr habt richtig gehört", fing Aratea an zu erklären, „zum Ältestenrat müssen wir noch einmal übers Wasser, aber," unterbrach Aratea die neu aufflammenden Fragen, „die Rose des Windes wäre zu groß gewesen." Sie machte eine Pause, als überlege sie. „Ich weiß natürlich nicht, ob wir die Ponys auf das kleine Boot bekommen… Egal, werden wir sehen. Also, wie ich schon sagte, müssen wir noch einmal aufs Wasser. Allerdings ist die Anlegestelle dort sehr, sehr, sehr schmal. Wahrscheinlich auch der Grund, warum die Grolme den Ort meiden." Kardir machte ein langes Gesicht, die Aussicht, die Ponys evtl. nicht mitnehmen zu können, das war nicht schön. Aber Mattis schien sich zu freuen, wieder auf ein Boot! „Also denn, esst auf und dann treffen wir uns draußen bei den Ponys" sagte Aratea und verschwand nach draußen.

Die vier Freunde aßen schweigend ihr Frühstück. Sie hätten auch gar keine Chance auf ein Gespräch gehabt, denn Dolly sprudelte über vor lauter guten Ratschlägen, von Nierenwärmern bis zur Verwendung von doppelten Socken zur Vermeidung von Blasen und dazwischen ihre Anekdoten über alte Zeiten. So zum Beispiel erklärte sie den verdutzten Zwergen, dass die Grolme ein ebenso altes Volk sind wie die Zwerge, Gnome oder Elfen. Oder waren sie mal eins gewesen, die Gnome und Grolme oder die Zwerge? Sie konnte es einfach nicht auseinanderhalten. „Soweit wir wissen, sind sie relativ jung und erst aus den Mobblern entstanden, alle drei." entgegnete Thea. Dolly lachte auf ihre laute aber freundliche Art „Ach, noch eine neue Version." Belustigt fuhr sie fort: „Das ist alles so lange her, wer weiß, ob davon überhaupt irgendetwas wahr ist. Und wer von wem abstammt. Demnächst behauptet noch jemand, wir wären alle aus dem Meer entstanden". Lachend plapperte sie weiter und gab den Zwergen noch einige gutgemeinte Ratschläge.

Als die Zwerge, der Gnom und der Grolm ihr Frühstück beendet hatten, gingen sie hinaus zu den Ställen, wo sie Aratea fanden. Sie hatte die Ponys bereits mit Säcken und Taschen beladen. „Da seid ihr ja", rief sie, "Dann kann es ja losgehen."

Immer noch staunend über die verschiedenen Wesen, die schon so früh am Morgen unterwegs waren und ihre Marktstände aufbauten, folgten die vier Freunde Aratea auf dem Weg, den sie am Tag zuvor schon gekommen waren.

Am Dock lag ein flaches, kleines Boot. Falls die Ponys dazu bewegt werden konnten, es zu betreten, würde es doch recht eng und Kardir hätte wohl einiges zu tun, um sie ruhig zu halten. Denn Platz zum Umdrehen hätten sie nicht.

„Ganz ruhig ihr beiden," beschwichtigte Kardir Mini und Mickey. Aber das war bei echten Shetties, wie Mini und Mickey es ja nun einmal waren, gar nicht nötig. Mutig stapften sie auf das kleine Boot und blieben dort wie angewurzelt stehen. Wären es keine echten Shetties gewesen, hätte man meinen können, sie bewegten sich aus Angst nicht weiter.

Als alle an Bord waren, setzte Aratea die Segel und nach einer recht kurzen Fahrt an der Steilküste entlang, bog das Boot in eine kleine, schmale und von scharfen Felsen flankierte Mündung ein. Im Vergleich war ihr letztes Anlegemanöver mit der Rose des Windes ein Kinderspiel gewesen. Selbst Mattis verlor für einen kurzen Augenblick die Lust an der Seefahrt und klammerte sich gemeinsam mit seinen Freunden an der Reling fest. Sie standen nun genauso steif wie die Ponys. Aratea hingegen schien jetzt erst richtig Spaß zu haben, geschickt manövrierte sie das kleine Boot an den scharfkantigen Felsen vorbei, auch dort, wo selbst Kalinosch hätte schwören können, dass es kein Vorbeikommen gab. Endlich gingen sie vor Anker. Als sie nun nahe genug an der Felswand waren, konnten die vier Freunde einen kleinen schmalen Kai entdecken.

Sie gingen am Kai entlang, Aratea vorweg, die vier Freunde im lockeren Haufen hinterher. Man konnte nur hier entlang gehen, denn die Breite des Kais wurde durch eine hohe überhängende Felswand begrenzt. Der Weg war weit, der Kai war länger als sie gedacht hatten.

„Es gibt nur einen Zugang zu diesem Kai, dort drüben." Aratea deutete auf ein Gebäude am Ende des Kais. Als sie langsam näher kamen, erkannten sie, dass das Gebäude viel größer war, als es zunächst aussah. Es befand sich ganz am Ende des Kais und hatte ein großes Tor in der Mitte. Rings um das Tor und auch darüber waren viele kleine, rechteckige Fenster angeordnet. „Die Fenster dienen der Verteidigung," sagte Aratea. Konnte sie Gedanken lesen?

Das Tor war offen, sie gingen hindurch. In der Mitte des Torbogens blieb Aratea stehen und drehte sich zu den Freunden um. „Wartet hier bitte einen Moment, ich bin gleich zurück." Dann wandte sie sich einer Tür im Innern des Torbogens zu und ging hinein. Nach kurzer Zeit trat sie wieder heraus, kam zu den Freunden herüber und sagte: „Lasst uns weitergehen, wir dürfen passieren. Wisst ihr, dieses Tor ist sehr wichtig für uns. Grolme können es nicht passieren. Es ist noch ein magischer Ort und Grolme meiden ihn. Sie werden hier schwächer und weniger angriffslustig und gierig. Bisher hat kein Grolm es gewagt, näher als fünf Mannslängen an das Tor heranzukommen. Auf diesem Weg kamen, kommen sie nicht herein." verbesserte sie sich so schnell, dass es die vier Freunde gar nicht mitbekamen. Kalinosch musste schlucken, er war doch auch ein Grolm, würde er auch schwächer werden? Gierig und angriffslustig war er ja nicht...

Dann hatten sie den Ausgang des Torgebäudes erreicht und Kalinosch atmete etwas erleichtert auf, er fühlte sich nicht anders als vor dem Tor.

„An jeder Seite ein großes, dickes Tor. So etwas habe ich noch nie gesehen," sagte Thea. Sie traten ins Licht und blinzelten. Im Torgebäude war es recht dunkel gewesen. Aratea blieb stehen. „Seht ihr", sie machte eine umfassende Bewegung mit dem Arm. „Dies ist unsere Hauptstadt. Sie ist vollkommen von steilen Bergen umgeben. Nur ein Pass über die Berge führt vom Land aus hierher. Wie gefährlich der Zugang vom Meer ist, habt ihr ja mitbekommen. Das Torgebäude und die Felswand trennen beides voneinander. Vom Torgebäude aus sind Gänge in den Felsen gehauen worden, und es gibt einen geheimen Eingang. Wasser und Nahrung sind auch kein Problem, es würde für viele Monate reichen. Trotzdem haben die Grolme einen Weg über die Berge in die Stadt gefunden und sie blieben. Ob freiweillig oder aus Schwäche, weiß ich nicht. Wir wollen sie auch nicht vertreiben, flüchtende Grolme könnten anderen Grolmen den Weg zeigen. Aber einsperren oder töten möchten wir sie auch nicht, so lange sie sich friedlich verhalten. Wie schon gesagt, hier sind sie geschwächt und tun uns von sich aus nichts, also dulden wir einander soweit wie möglich. Glücklicherweise gibt es einige magische Orte in diesem Tal, sie alle werden von den Grolmen gemieden. Einer dieser Orte ist der Sitz des Ältestenrates, dort oben". Sie deutete mit dem Finger der rechten Hand auf die Felswand an der linken Talseite. Die Felswand wurde gerade von den ersten Strahlen der Sonne erreicht, so dass jedes Detail erkennbar wurde.

Ziemlich in der Mitte der Felswand gab es ein großes dunkles Loch. Zu diesem führte nur ein gewundener Pfad vom Tal. Er sah sehr steil aus. „Seht ihr den Pfad"? fragte Aratea. „Diesen Pfad müssen wir erreichen, bevor die Grolme aufwachen. Wenn sie vorher aufwachen, werden sie versuchen, uns daran zu hindern. Und selbst in ihrem geschwächten Zustand hier, sind sie eine ernstzunehmende Gefahr und können viel Schaden anrichten, bevor wir sie schlagen würden. Das wollen wir gar nicht erst riskieren. Also vorwärts, bleibt so dicht wie möglich hinter mir". Aratea ging vorweg, diesmal deutlich schneller als vorher. Die Freunde hatten Mühe, ihr zu folgen, aber es ging. Sie gingen nach links auf dem Weg, der um die weite Bucht herum und zu den Häusern führte. Bald erreichten sie die Häuser und gingen zwischen ihnen auf einer befestigten Straße weiter. Die Straße wand sich zwischen den Häusern hindurch, führte aber immer bergauf. Dann hatten sie das Ende der Straße erreicht, vor ihnen begann der Pfad. „Noch ein kleines Stück weiter, dann können wir eine Pause machen" sagte Aratea ohne sich umzudrehen. Nach der ersten Biegung des Pfades hatte man ihn erweitert, indem man eine Nische in den Felsen gehauen hatte. Hier blieb Aratea stehen und drehte sich um. Ihr Atem ging schwer und die vier Freunde ließen sich keuchend zu Boden sinken. Auch die Ponys schienen dankbar für eine Pause. Kardir nahm ihnen einen großen Teil des Gepäcks ab und legte es auf den Boden.

„Ab hier können uns die Grolme nicht mehr sehen. " sagte Aratea.

Puh, das war aufregend und anstrengend! Nun waren sie wenigstens vor den Grolmen sicher. Da fühlte man sich doch gleich viel besser. War dies schon einer der magischen Orte, von denen Aratea gesprochen hatte? Der Sitz der Ältesten war ja nicht mehr so weit. Oder doch? Die vier Freunde betrachteten den Anfang des Pfades, der jetzt sehr steil wurde und sahen Aratea fragend an. Diese erriet (mal wieder) ihre Gedanken. „Ja, das war nur der Anfang. Zwar gefährlicher, aber weniger anstrengend als das, was jetzt vor uns liegt", erklärte sie ihnen.

Eine kleine Pause gönnte Aratea den vieren noch, und sie selber konnte ja auch noch gut etwas Zeit brauchen, um Kräfte für den beschwerlichen Aufstieg zu sammeln. Und dann würde sie nach endlos langer Zeit vor den Ältestenrat treten. Sie durfte nicht versagen!

„Auf geht's", sagte sie dann. „Wir haben noch einen langen Weg vor uns." Also wurde das Gepäck wieder verladen und weiter ging es.

Der Pfad war steil, steinig und immer wieder versperrten umgefallene Bäume den Weg. Manchmal war der Pfad kaum noch zu erkennen vor lauter Geäst. War wohl schon eine Weile her, dass ihn jemand gegangen war. Außerdem musste man sich immer wieder von überdimensionalen Spinnennetzen befreien, für Zwerge eine wahre Herausforderung. Welche Spinnen mochten dazu gehören? Thea schüttelte sich bei diesem Gedanken. Dann hörte die Vegetation auf. Immer wieder standen sie vor einem Geröllfeld, das den Pfad noch mühsamer machte. Die Freunde mussten sich ungeheuer anstrengen, um die Strapazen durchzuhalten.

„Ich dachte, wir können uns gemeinsam überall hin wünschen", dachte Thea gerade etwas angesäuert und erschöpft. „Aber nicht, wenn ihr an einem magischen Ort seid und nicht wisst, wie euer Ziel aussieht", antwortete die Stimme. „Das schafft Ihr schon." Klar, aber wenn selbst so ein starker Mann wie Kalinosch kämpfen muss ....Thea schielte zu Kardir und Mattis. Mattis.....er war doch immer so ein dicklicher Zwerg, zwar ausnehmend nett und loyal, der beste Kumpel, aber eben doch etwas langsam und behäbig. Und jetzt? Ein wirklich gut aussehender Zwerg, mutig und zäh. Auch Kardir machte eine gute Figur und gab sein Bestes. „Also mache ich auch nicht schlapp", dachte Thea, "wäre doch gelacht".

So stapften sie weiter, Stunden um Stunden, kämpften mit dem unwegsamen Pfad und dem Gestank, der in der Luft lag.

Dann schließlich standen sie erschöpft, aber glücklich, vor dem Loch in der großen Felswand, das sie von unten gesehen hatten. Das Herz schlug allen bis zum Hals. Was würde sie hinter der großen schweren Tür erwarten? Würde der Rat der Ältesten Kalinosch akzeptieren? Würden sie so kleine Zwerge und einen Gnom ernst nehmen? Am stärksten klopfte Arateas Herz. So aufgeregt war sie noch nie in ihrem Leben.

Nur kurz brauchte Aratea, um sich zu sammeln. Sie hatte es bis hierher geschafft und alle waren am Leben und munter, selbst die kleinen Ponys. Sie würde auch den Rest schaffen. Sie klopfte an die Tür und sprach seltsam klingende Worte in einer unbekannten Sprache. Die vier Freunde warteten gespannt. Und warteten. Nichts passierte. Aratea allerdings schien unbekümmert. Nach einer, den vier Freunden endlos erscheinenden Weile, schwang das mächtige Tor auf und die fünf traten ein, gefolgt von den Ponys. Kaum hatten sie das Tor durchschritten, schloss es sich wieder. Dahinter befand sich Dunkelheit. Aratea zündete eines der Lichtstäbchen an und den Zwergen entfuhr ein erstauntes „Ohhh".

Die Wände glitzerten in allen Farben! Als sie weitergingen, verbreiterte sich der Tunnel und es wurde heller. Dann öffnete sich ein Talkessel mit sehr hohen steilen Wänden, um sich in eine Lichtung zu eröffnen. Jetzt staunten alle vier und auch Aratea hatte fast vergessen, wie wunderschön es beim Rat der Ältesten war. Das mit vielen Türmchen verzierte Gebäude funkelte in der Sonne. Es war umgeben von wunderlichen, bunt

blühenden Bäumen, Vögel zwitscherten und Thea konnte eine leise Melodie vernehmen. Sie sah Aratea an. „Ja", sagte diese, „hier stimmt die Melodie". „Ich komm mir vor wie bei Caleidope", murmelte Mattis und Kardir nickte zustimmend. Aber das Gebäude selber war das erstaunlichste von allem. Massiv und mächtig gebaut, wirkte es grazil und fast durchsichtig. Einfach wunderschön. Die Ponys fanden sich sofort zurecht. Sie grasten bereits abseits und wirkten sehr zufrieden. Das Gepäck auf ihren Rücken schien sie gar nicht mehr zu stören. Trotzdem nahmen Mattis, Kardir und Kalinosch das Gepäck ab und stellten es ordentlich zur Seite. Aber immer wieder hielten sie inne, um sich umzuschauen. „Kommt", unterbrach Aratea das Staunen, „wir werden erwartet". Und tatsächlich, an der großen geschwungenen, weißen, marmorartigen Treppe, die anscheinend zum Eingang führte, stand eine hochgewachsene Gestalt und schien zu warten.

Der Rat der Ältesten

Die Freunde konnten sich kaum rühren. Sie starrten gebannt auf ihre Umgebung. Wie schön und friedlich war es hier! Und das nach all den Strapazen und hässlichen Dingen, die sie erlebt und gesehen hatten. Es lag ein betörender Duft in der Luft und die Melodie war so schön. Thea stiegen die Tränen in die Augen vor lauter Glückseligkeit. Die Anspannung der letzten Wochen war auf einmal einer Art tiefer Entspannung gewichen. Den Freunden ging es ähnlich. Nur Aratea war noch etwas angespannt.

Ein Lächeln lag in ihrem Gesicht, als sie auf die hochgewachsene Gestalt zuging und sich mit ehrfurchtsvollem Stolz verneigte. Die Gestalt erwiderte ihren Gruß genauso ehrfurchtsvoll. Auch in diesem Gesicht war ein leises Lächeln zu sehen. Die Gestalt glich Aratea sehr. Die gleichen lichtdurchfluteten Haare, die warmen, klugen Augen. Es war Arcasar, die helfende Hand des Ältestenrates. „Seid willkommen", sagte er, „Ihr werdet schon erwartet." Er blickte wohlwollend auf die kleine Gesellschaft (wobei sein Blick unmerklich länger auf Kalinosch ruhte), die ihn voller Erwartung ansah. Auf einen Wink Arateas schritten sie (sie konnten gar nicht anders an diesem wunderschönen Ort) würdevoll auf Arcasar zu. Dieser machte eine einladende Bewegung und alle stiegen die Treppe empor. Es wurde immer schöner, heller, geheimnisvoller. Sogar auf der großzügigen Treppe wuchsen Blumen und bunte Vögel sangen ihre fröhlichen Lieder. So musste das Paradies aussehen! Oben angekommen öffnete sich wie von selbst eine mächtige, dennoch leicht aussehende Tür.

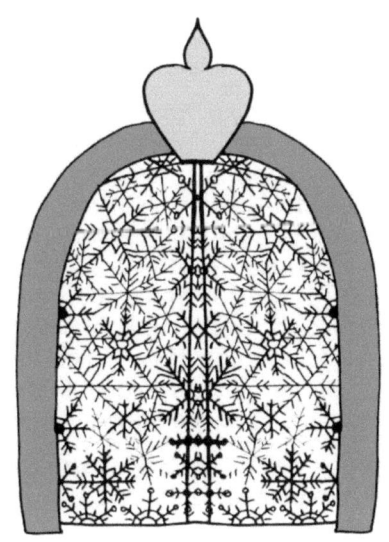

Sie sah aus, als wäre sie aus Eisblumen gemacht, sie glitzerte dezent in allen Farben. Das Innere des Raumes dahinter war atemberaubend. Hinter einem langen Tisch, der aus demselben Material zu sein schien wie die Tür, saßen 12 Gestalten, 6 Männer und 6 Frauen. Sie wirkten freundlich, es schien als würden sie irgendwie leuchten. Aber das war wohl eine Nebenwirkung der eigenartigen Beleuchtung in diesem Raum. Niemand glich dem anderen und doch strahlten sie alle eine gütige Würde aus. Die Freunde fühlten sich sofort aufgenommen. Nun fiel auch von Aratea die Spannung ab. Hier war sie zu Hause! Wieder verneigte sie sich, diesmal noch ehrerbietiger, und wies auf ihre Begleiter. „Ehrwürdiger Rat", fing sie an zu sprechen, „Seid gegrüßt. Meine Freunde und ich sind gekommen, Euch um Euren Rat zu bitten in einer delikaten und sehr dringlichen Angelegenheit." Sie sah Thea auffordernd an. Diese trat wie selbstverständlich hervor.

Thea wirkte ein bisschen verlegen. Sie war es nicht gewohnt, vor so vielen Leuten zu sprechen. Daher zögerte sie etwas, bevor sie sich sagte: „Wenn nicht jetzt, wann dann...?" Sie öffnete gerade den Mund, um ihr Anliegen vorzubringen, als in ihrem Kopf eine recht laute Stimme sagte: „Ganz richtig, sag es ihnen einfach!"

Aber, so einfach war es jetzt nicht mehr. In diesem großartigen, schönen Raum machte sich plötzlich Unruhe breit. Es herrschte gewissermaßen ein gedankliches Chaos und völliges Durcheinander.   Fast alle Mitglieder des Rates redeten durcheinander und miteinander. Sie deuteten mit den Fingern auf die Freunde.

Dann stand einer der älteren Ratsmitglieder langsam auf. Er ächzte dabei ein bisschen, aber nur ein bisschen. Gerade so viel, dass die anderen Ratsmitglieder aufmerksam wurden und schwiegen.

„So ist es also geschehen" sagte er mit einer Stimme, die seine vorgetäuschte Gebrechlichkeit Lügen strafte. „Soeben ist eine Prophezeiung in Erfüllung gegangen. Liebe Räte, wir haben Besuch, mächtigen Besuch." Er machte eine Pause. „Es ist unsere Pflicht, diesem Besuch unsere vollste Aufmerksamkeit zu widmen. Dieser Besuch wurde schon vor langer, langer Zeit prophezeit. Lasst uns also zuhören, wie wir es gewohnt sind: unvoreingenommen und offen." Er setzte sich wieder, ordnete die Falten seines Gewandes und winkte dann in Richtung Thea: „Bitte, fahre fort. Wir haben die Stimme gehört und ich vermute, dahinter steckte eine Absicht." Jetzt lehnte er sich wartend zurück, die übrigen Ratsmitglieder folgten seinem Beispiel.

Thea war verwirrt. Sie verstand nicht, was hier vor sich ging. Was war überhaupt passiert? Und was sollte sie jetzt tun? Ihre ganze zuvor gespürte Sicherheit existierte plötzlich nicht mehr. Sie verspürte das dringende Bedürfnis, wegzulaufen. Weg von diesem Ort.

Doch dann überkam sie Ruhe. Sie wusste nicht woher, aber das interessierte sie auch nicht. Sie hob mit geschlossenen Augen die Hände und fühlte, wie andere Hände die ihren ergriffen. Als sie die Augen öffnete, sah sie Kardir und Mattis. Sie bildeten jetzt einen Kreis, und dann schlossen sie gemeinsam die Augen.

„Nicht schlecht, meine Freunde, nicht schlecht." Die Stimme war nun nicht mehr so laut wie zuvor. „Ich hatte es zwar etwas anders geplant, aber dies hier ist mindestens genauso gut." Nach einer kleinen Pause fuhr die Stimme fort: „Also gut, lasst uns beginnen. Am besten von ganz vorne."

Und so fing Thea an zu erzählen, vom Nimmersangtal, der Begegnung mit Kardir, der Gefangenschaft, der Seefahrt und natürlich von Kalinosch. Und der Rat hörte aufmerksam zu. Bei der Erwähnung des Kristalls, den Kalinosch bei sich trug, ging ein kurzes Raunen durch den Saal. Auch die Einheit und Illidan erwähnte Thea. Das schien die Ältesten allerdings kaum zu beeindrucken, nicht nachdem sie die Stimme gehört hatten und schließlich mußte dieser Teil ihnen, wenigstens in der Theorie, ja bekannt sein.

Als Thea geendet hatte, breitete sich Schweigen aus. Unsicher sah sie ihre drei Freunde an. Sie nickten ihr zu „Gut gemacht" poppte in ihrem Kopf hoch. Das Schweigen wurde langsam unbehaglich, auch die Stimme schwieg und schien zu warten. Schließlich erhob sich einer der Ältesten. Bei näherer Betrachtung und nachdem die Augen sich an das Licht gewöhnt hatten, handelte es sich um einen kleinen, gebrechlich wirkenden Gnom. Aber seine geschmeidigen, fließenden Bewegungen straften sein Alter Lügen. Mit ruhiger Stimme verkündete er: „Ich danke euch, meine kleinen Freunde" er lächelte die vier leicht an. „Auch euch danke ich, Aratea, Arcasar", er nickte den beiden zu. „Doch jetzt muss ich euch bitten zu gehen."

Die sechs angesprochenen standen wie vom Donner gerührt da. Das war's? Das war alles? Auch die Stimme schwieg. Nach anfänglicher Benommenheit wurde Thea wütend und auch der zurückhaltende Mattis schien kurz davor, Einwände zu erheben. Doch als er den Mund öffnen wollte, kam kein Ton heraus. Stattdessen ertönte die Stimme deutlich hörbar: „Vielen Dank Ältestenrat".

Den vier Freunden stand der Mund offen vor Sprachlosigkeit. Von Aratea und Arcasar wurden sie vorsichtig aus dem Raum geschoben. Was sollte das denn jetzt? „Wozu ist denn diese Einheit gut, wenn sie uns jetzt im Stich lässt?" wollte Mattis etwas erbost wissen. Auch Kardir und Thea waren ratlos. Als sie draußen vor dem Palast waren, ließen sie sich mutlos auf den Stufen nieder. Sie verstanden die Welt nicht mehr.

Nach einer Weile wandte sich Kalinosch Aratea zu: „Und was machen wir jetzt?" wollte er unsicher wissen. Doch Aratea und Arcasar standen ruhig vor dem Palast und beobachteten die großen Palasttüren. „Wir warten", entgegnete Arcasar nach einer Weile. „Aber worauf denn?!" wollte Thea wissen. „Der Rat hat uns doch praktisch rausgeschmissen," fügte Kardir hinzu. Da lachte Arcasar und auch Aratea konnte sich ein Lächeln nicht verkneifen. „Wir warten auf ihre Entscheidung," erklärte Arcasar, „sie haben eine Menge zu besprechen." Wieder waren die vier Freunde sprachlos. An Thea gewandt sagte Aratea: „Komm, lass uns ein wenig singen", sie streckte eine Hand aus. „Du wirst sehen, die Melodien sind hier gut zu hören, sie sind rein und fast komplett." Dankbar nahm Thea die Einladung an. So nichts tuend herumsitzen, das war überhaupt nicht ihr Ding. Und Aratea hatte Recht, die Melodie an diesem Ort war rein, nur eben nicht komplett. Auch wenn Thea momentan noch nicht so recht wusste, woher sie dieser Auffassung war. Etwas neidisch sahen Kardir und Mattis den beiden nach. Auch sie hätten gerne etwas zu tun gehabt. Plötzlich hellte sich Kardirs Miene auf. Die Ponys! Wie hatten sie die beiden nur vergessen können. Friedlich grasten die Ponys in der Nähe des Eingangsportals. Kardir lief zu ihnen. So blieben nur noch Mattis, Kalinosch und Arcasar auf den Stufen sitzen.

Nach einer Weile fing Arcasar an zu erzählen: „Wisst ihr" fing er mit bedächtiger Stimme an, „vor langer Zeit, kurz vor dem Verschwinden des Kristalls, wurde im nun zerstörten Palast der Weisen eine Prophezeiung gesprochen. Damals war die jährliche große Versammlung einberufen worden, an der der Rat der Ältesten zusammen mit dem Rat der Weisen das weitere Schicksal der Völker besprachen, Entscheidungen trafen und die Richtung wiesen. Gerade in Zeiten der immer mächtiger werdenden Grolme war dieses Zusammentreffen wichtig. Der Kristall, genauer genommen Illidan, schien die kommende Bedrohung zu spüren. Eine Stimme sprach von vier gleichen Ungleichen, die aus der See kommen würden. Sie würden anders sein als Andere und von einer Art. Wir dachten an ein anderes, uns unbekanntes Volk. Eines aus den Tiefen der Ozeane. Oder ähnliches."

Kurz schwieg Arcasar, als überlege er, wie sie nur auf so eine Idee hatten kommen können. „Deshalb fährt das Seefahrervolk seit Ewigkeiten über die Ozeane, auf der Suche nach diesen vieren. Nie hätte ich mir träumen lassen, dass einer und dann alle von ihnen auf meinem Schiff fahren würden." Seine Augen strahlten kurz vor Freude und Stolz auf. Er sah Mattis und Kalinosch an. „Noch hätte ich mir je erträumen lassen, dass es sich bei den vieren um, " er suchte nach Worten, „na ja, um euch handeln würde, " beendete er dann mit einem entschuldigen Lächeln den Satz.

„Dein Schiff?" fragte Mattis, „ich dachte ..." „Ja, mein Schiff. Und Altavar, dieser prächtige Bursche, ist mein Kapitän."

Nach einer kurzen Pause fuhr er fort: „Wie dem auch sei. Die Stimme sprach nun von diesen vieren, die die Magie wieder befreien würden. Damals dachten wir natürlich alle, „Ja, ja, die Magie befreien, haha" sie war doch gar nicht gefangen. Wir passten doch nur auf den Kristall auf bis Illidans Prophezeihung eintreten oder die Grolme vernichtet würden. Das das Portal geteilt würde, das hat keiner von uns kommen sehen. Keiner hat die Warnung damals ernst genommen, leider. Vielleicht hätten wir es verhindern können." Schon zum zweiten Mal staunte Mattis über das „Wir", wie alt war Arcasar denn? Kalinosch schien das nicht aufzufallen, er hörte einfach nur zu. „Aber wir haben es nicht. Der Kristall wurde gestohlen und wie wir jetzt wissen, geteilt. Das Amulett wurde daraufhin durch einen unserer Diener auf einen anderen Kontinent gebracht. Dass auch der Kristall mittlerweile auf dem anderen Kontinent gelandet war, davon ahnten wir nichts. Wir dachten, er wäre noch irgendwo unter den Grolmen in Berian. Und nun liegt es an euch, euer Wissen zu nutzen und den Kristall wieder zu vereinen und die Magie freizusetzen." So beendete Arcasar seinen Monolog und sah Mattis und Kalinosch abwechselnd an. Mattis beschlich das Gefühl, er verschwieg noch etwas. Etwas Wichtiges?

Nach einer gefühlten Ewigkeit öffneten sich die großen Türen wieder. Arcasar erhob sich und bedeutete den anderen ihm zu folgen. Auch Aratea hatte es bemerkt und kam mit Thea und Kardir hinterher. Vor dem Rat der Ältesten blieb Arcasar stehen, die anderen taten es ihm nach. Ein hellhäutiges Wesen mit sehr langen, ulkigen Ohren stand auf und begann mit erstaunlich tiefer Stimme: „Der Rat der Ältesten ist zu einem Entschluss gekommen", verkündete er. „Es ist Zeit, dass auch der Rest der Prophezeiung sich erfüllt." Sein Blick streifte Arcasar. Dieser nickte kaum merklich.

Wie seltsam. Wieso brauchte der Rat der Ältesten seine Zustimmung? Die vier Freunde tauschten Blicke. Auch ohne die Einheit wussten sie, was der andere dachte. „Ja, Arcasar war einst ein weiser, mächtiger Mann", war deutlich zu vernehmen. Als die vier Freunde sich umsahen, bemerkten sie, dass anscheinend nur sie die Stimme vernommen hatten. Arcasar, ein weiser, mächtiger Seefahrer? Weise?

Doch bevor die vier diesen Gedanken zu Ende führen konnten, fuhr der langohrige Älteste an die vier Freunde gewandt fort: „Vor langer Zeit wurde in einer Versammlung der Weisen und Ältesten das Portal der Magie durch einen hinterhältigen Plan einer der anwesenden Grolme gestohlen. Ohne den Kristall und seiner Restmagie verstummte die Melodie. Nur noch vereinzelt hat sie sich etwas erholt, aber die Magie ist durch das geschlossene und wie wir jetzt wissen, geteilte Portal von unserer Welt getrennt. Die Folgen habt ihr ja gesehen." Er machte eine Pause.

Ein weiterer Ältester, diesmal ein weibliches Wesen mit Ohrringen und erstaunlich blauen, bei näherer Betrachtung ins lila gehenden Augen, stand auf und fuhr mit glockenheller Stimme fort: „Den ersten Teil der Prophezeiung habt ihr erfüllt," dabei sah sie zwischen Kalinosch, Kardir und den Zwergen hin und her, „Wenn die alten Geschlechter sich vereinen", zitierte sie, „den Teil sehe ich. Und bis heute nahmen wir an, er befände sich in der Hand der Grolme. Da dem nun nicht so ist, müsst ihr nur noch die Kristallhälften zusammenbringen und die Melodie ins Reine bringen, so dass im Tal, das immer singt, weder Baum noch Fluss mehr weinen."

Die vier Freunde sahen sich an. Und wie sollten sie das machen? „Das müsst ihr für euch entscheiden" fuhr die weibliche Älteste fort, „aber ich glaube ihr habt weise Freunde, die euch mit Sicherheit helfen werden." Schon wieder diese Anspielung auf die Weisheit. Aber von wem, von Arcasar oder Aratea? Was sollte das? Der Rat der Ältesten saß nun wieder geschlossen und sah die sechs oder besser acht Besucher, Kardir hatte die Ponys nicht wieder alleine lassen wollen, erwartungsvoll an. „Ähm", begann Thea ungewohnter Weise verlegen, „Tja", fuhr Mattis fort, „dann werden wir wohl einen Weg finden." Nun waren alle Augen der Ältesten auf Mattis gerichtet, der noch um ein paar Zentimeter schrumpfte bei so viel Aufmerksamkeit. „Das wissen wir", erklang wieder der tiefe Bass.

„Kommt", ertönte auf einmal die Stimme von Arcasar von der großen Eingangstür aus. Er und Aratea hatten schon den Rückweg angetreten. Die vier Freunde und die Ponys folgten.

Vor dem Tor blieben sie alle erst einmal stehen. Die Gefährten waren unschlüssig, sie hatten keine Ahnung wie es weitergehen sollte. Die Ältesten hätten ruhig ein wenig deutlicher werden können!

„Ihr seht etwas deprimiert aus," sagte Arcasar. „Habt ihr einen Grund dafür? Die Ältesten haben doch entschieden. Alles ist gut gelaufen." Auch Aratea musterte die Freunde jetzt aufmerksam. Dann sagte sie: „Ich glaube, ich kenne den Grund. Der Ältestenrat hat euch nicht gesagt, was ihr tun sollt. Und ihr selbst habt auch nicht die leiseste Ahnung. Stimmt das?" Sie lächelte dabei.

„Nun ja …" kam von Thea, natürlich – wieder mal die erste. „Eigentlich haben wir uns etwas mehr erhofft …" Arcasar hob die Hand. „Wir sollten darüber sprechen", begann er. „Ich sollte für euch die Gedanken der Ältesten ein wenig erläutern."

Nach einer Pause fuhr er fort: „Als erstes hat der Rat festgestellt, dass ihr nicht oder nur zum Teil das seid, wonach ihr aussieht. Ihr vier zusammen bildet einen unglaublich starken Geist, der sich seiner Fähigkeiten noch nicht voll bewusst ist. Aber das Potential dieses Geistes ist so groß, dass es alles bisher Dagewesene bei weitem übersteigt. Dieser Geist wacht über euch und unterstützt euch. So wurde es prophezeit und so ist es geschehen".

Arcasar machte eine Pause. Dann fuhr er fort mit den bekannten Informationen über den Kristall: "Ihr seid im Besitz der beiden Kristallhälften. Der nächste große Schritt wäre der Prophezeiung nach, die beiden Stücke wieder zu vereinen. Dann wird Illidan schon den weiteren Weg weisen, hoffe ich, und den Kristall öffnen. Mit der Magie werden auch alle eingeschlossenen Wesen frei. Danach ist der Kristall nicht mehr existent, das heißt er existiert nicht mehr und er hat auch nie existiert". Wieder hob er die Hand und die sich öffnenden Münder schlossen sich sofort wieder. „Ich weiß," fuhr er fort. „Das ist schwer zu begreifen, aber genau das ist das Wesen der Magie."

Arcasar schwieg jetzt. Nach einer Weile fragte Thea: „Arcasar, kann ich dich mal etwas fragen?" „Natürlich Thea, frag' was immer du willst. Ich ahnte schon, dass du das fragen würdest." „Aber wieso…" „Lass nur" sagte Arcasar, „frag' einfach".

Thea war verdutzt, aber sie fing sich schnell wieder. „Also gut, Arcasar, da du es ja sowieso schon weißt, so frage ich dich einfach: Arcasar, wer bist du und wie alt bist du?"

Stille. Absolute Stille. Aratea drehte sich erschreckt zu Arcasar um.

Erst ein Gemurmel, dann lauter alle durcheinander, Stimmengewirr. Arcasar hob wieder einmal die Hand und die Stimmen verstummten. „Ja, das ist die Frage. Thea," er verbeugte sich leicht, „meinen Respekt. Du hast wirklich ein gutes Gespür für Magie. So schnell war noch niemand." Er lächelte dabei und sagte dann zu Aratea „Schau nicht so erschreckt. Es war nur eine Frage der Zeit, bis sie das erkennen würden."

Zu den vier Freunden gewandt fuhr er fort: „Trotzdem möchte ich eure Frage erst etwas später beantworten. Lasst uns zuerst noch einmal den Beschluss des Ältestenrates anschauen".

Nach einer kleinen Pause sagte er: „Der Rat hat euch keine Handlungshinweise gegeben. Das verwirrt euch, das habt ihr nicht erwartet". Wieder eine kleine Pause. „Nun, die Erklärung ist einfach. Der Rat ist zwar sehr weise und hat ein ungeheures Wissen zur Verfügung, aber er ist nicht allwissend. Und schon gar nicht kann er einer Gruppe Wesen wie euch Anweisungen geben. Dazu müsste er viel mehr über euch wissen und eure Fähigkeiten kennen. Aber die kennt ihr ja nicht einmal selbst. Wahrscheinlich kennt sie nur Illidan selber," Arcasar machte eine kurze Pause, als würde er sich ärgern. „Ich hoffe er verrät uns nicht wieder," murmelte er kaum hörbar. Lauter fuhr er fort: „Außerdem, und das ist das Entscheidende, der Rat weiß nicht, wie die beiden Stücke des Kristalls überhaupt zusammengefügt werden können. Darüber gibt es natürlich keinerlei Aufzeichnungen oder Überlieferungen, es war ja nicht geplant. Es gibt nur euch, die Prophezeiung und die ungeheure Macht, die euch zur Verfügung gestellt wird. Also muss die Lösung von euch kommen. Und ich bin sicher, dass ihr die Lösung finden werdet. Ich bin ganz sicher". Den letzten Satz betonte er. Dann fuhr er fort „ Vielleicht kann ich euch aber doch einen kleinen Hinweis geben. Ich versuche es einmal".

Man konnte fühlen, wie die Spannung bei allen Anwesenden stieg. Sogar die Ponys hoben die Köpfe. Arcasar sah sich um und setzte sich dann auf einen der herumliegenden Felsbrocken. „Macht es euch etwas bequemer" sagte er und deutete auf die Rasenfläche vor ihm. Alle setzten sich.

„Betrachten wir einmal den Teil der Prophezeiung, der euch zur Handlung auffordert: Ihr sollt eure Magie finden;Ihr sollt den Kristall finden und an euch bringen; Ihr sollt den Kristall öffnen und alle Magiewesen befreien.

Es ist klar, dass der letzte Punkt noch nicht erledigt ist.

Beim zweiten Punkt kann man sagen, dass ihr den Kristall habt, beide Teile. Sie müssen nur noch zusammengefügt werden.

Kommen wir also zum ersten Punkt. Habt ihr eure Magie gefunden? Ich würde sagen: Ja, das habt ihr. Sonst ständet ihr nicht hier und hättet nicht solch ein Machtpotential. Eure Magie hat euch geholfen und unterstützt bei allem was ihr seitdem getan habt. Möglicherweise ist jetzt eure Magie wieder einmal gefragt. Wie das gehen soll, wisst ihr wahrscheinlich selbst am besten. Hier könntet ihr ansetzen".

Arcasar schwieg jetzt. Alle schwiegen, nachdenklich. Dann sagte Thea (etwas kleinlaut) „Ich bin total blockiert! Angenommen wir schaffen das alles, meine Gedanken kreisen ständig um die Frage, wie wir eine so große Menge an Magiewesen überhaupt transportieren können. Das ist für mich völlig unvorstellbar. Und sie kommen ja aus allen Ländern dieser Welt. Länder von denen wir noch nicht einmal gehört haben. Wie soll das nur gehen?"

Wieder Stille. Dann „Hmmm.." von Mattis, „Ähh..." von Kardir mit offenem Mund. Kalinosch blieb gleich stumm. Aratea hatte die Stirn gerunzelt, was selten bei ihr vorkam.

Nur Arcasar lächelte leicht. Dann sagte er: „Ich glaube, jetzt kann ich euch doch ein Stück weiterhelfen. Thea, deine Frage ist natürlich berechtigt. Niemand kann eine solche Menge an Magiewesen transportieren. Nicht einmal ihr, die ihr doch die größte Macht verkörpert, die zurzeit existiert Die Vorstellung vom Transport dieser Wesen zeigt jedoch, dass ihr wenig Erfahrung im Umgang mit Magie habt. Für alle Transportfragen im Zusammenhang mit dem Kristall ist allein die Magie zuständig. Durch Magie wurden die Wesen in den Kristall gebracht und eingesperrt, ebenso können und müssen die Wesen durch Magie befreit und wieder an ihren Ursprung gebracht werden. Vertraut auf die Magie, nur so geht es. ihr müsst ihr vertrauen." Und zu sich selbst fügte er hinzu „Genau wie wir alle".

Magie..... ! Welche Magie denn? Sie hatten hier doch viel mehr davon als so ein paar Zwerge. Und wo war denn die Einheit? Und gehörte

Kalinosch überhaupt dazu? Aber er war einer der magischen vier, vielleicht machte er, zusammen mit den beiden Zwergen und dem Gnom, den einen Großen aus, der alle befreien sollte? Thea war verzweifelt. Wie sollten sie denn diese große Aufgabe bewältigen - ohne Hilfe. Etwas mehr hatte sie sich ja doch erhofft. Hätte sie vielleicht doch nicht mit Mattis losziehen sollen? Es war ja ganz schön im Nimmersangtal, obwohl.... Es gab dort keinen Gesang wie hier. Sollte ich vielleicht singen? Lächerlich! Vom Singen fügte sich der Kristall sicher nicht richtig zusammen. Und die anderen konnten ja auch gar nicht singen. Wie es wohl bei Mattis klingen würde? Und bei Kardir und Kalinosch. Thea musste kichern. Beim Singen waren sie jedenfalls keine Hilfe.

„Was gibt es denn da wohl zu lachen?" Mattis machte einen etwas säuerlichen Eindruck. „Ich jedenfalls habe keine Idee, wie wir die Magiewesen befreien sollen. Und woher denn auch? Ich will zurück ins Nimmersangtal."

„Und alles war umsonst?" Kalinosch war enttäuscht von den Worten der Zwerge, und Mattis sah etwas beschämt weg. Aufgeben wollte er eigentlich auch nicht.

„Hast Du denn eine Idee?" kam es hoffnungsvoll von Thea. Kalinosch sah beschämt aus. Nein, hatte er nicht.

Auch Kardir brütete vor sich hin. Arcasar beobachtete die vier etwas amüsiert. Ja, sie würden den richtigen Weg finden. Er konnte förmlich sehen, wie sich die Gedanken und Ideen formten, veränderten und erst mal wieder verworfen wurden. Aber sie würden früher oder später schon ihren Weg erkennen. Aratea hatte zumindest ihre Aufgabe hervorragend gemeistert, auch wenn ihr vielleicht gar nicht so bewusst gewesen war, wie wichtig das Singen für Thea war. Arcasar sah zu Aratea hinüber, die ihn immer noch mit nicht recht deutbarer Miene ansah. Was hinter ihrer hübschen Stirn vor sich ging, blieb auch ihm manchmal verborgen, trotz seiner langen, langen Erfahrung. Aber so war das nun einmal mit den Singenden. Sie waren nicht so einfach zu durchschauen.

„Und jetzt, was machen wir jetzt?" hörte Arcasar Mattis fragen und wurde aus seinen Gedanken gerissen. „Jetzt, " antwortete er, „jetzt gehen wir erst einmal zurück in unsere Stadt."

„Und..." setzte Mattis wieder an, wurde aber von Arcasar freundlich unterbrochen. „Macht euch nicht so viele Gedanken, soweit ich weiß, hat die Magie euch schon einmal gefunden, als ihr sie brauchtet. Sie wird euch wieder finden. Habt Geduld, dann werdet ihr euren Weg schon sehen." Damit erhob er sich und machte sich auf den Weg zurück in die, von den Grolmen noch unbehelligte Stadt in der Stadt.

Thea sah ihm erst eine Weile nach, bevor auch sie den anderen folgte. Sollte er wirklich sehr, sehr alt sein? So alt, dass er den einstigen Rat der Weisen kannte? Oder mehr noch, hatte er ihnen gedient? Oder sogar noch mehr, war er einer von ihnen oder ein Nachkomme? Dann müsste er selber mit Magie umgehen können, oder sie nutzen können? Thea trottete den anderen hinterher und grübelte. Am Rande nahm sie Gesprächsfetzen von Mattis und Kalinosch oder auch Kardir wahr. Auch sie gingen das Erlebte noch einmal gemeinsam durch. ..."Ich wusste gar nicht, dass Thea so gut singen kann...." vernahm Thea abwesend von Mattis. Ja woher denn auch, dachte sie, zu Hause hatte sie, wenn überhaupt, nur im Chor gesungen und schon gar nicht zu so wunderbaren Melodien, wie sie sie hier gehört hatte. Überhaupt, so was Schönes hatte sie noch nie zuvor gehört. Auch schon auf dem Meer waren die Melodien schön gewesen, außer in der Nähe des Hafens, dort wo die Grolme waren, dachte Thea düster. Doch gleich hellte sich ihre Miene auf, als sie wieder an die Melodien bei dem Rat der Ältesten dachte. Und dann blieb sie wie angewurzelt stehen. So abrupt, dass sogar Mini ihr nicht mehr ausweichen konnte. Selbst für einen blitzschnellen Geist, wie der eines waschechten Shetties war der Stopp zu schnell gewesen und Mini schnaubte etwas verärgert. Doch sogleich rieb sie ihre Nase an Thea, es war bestimmt keine Absicht von ihr gewesen, Mini so zu überrumpeln.

Kardir sah sie besorgt an: „Geht's dir gut?" fragte er. „Ja, geht's dir gut, du bist ganz blass", stimmte Mattis Kardir zu. Auch die anderen waren stehen geblieben. Nur die beiden Seefahrer schienen sie nicht besorgt anzusehen. An Aratea gewandt murmelte Thea leise: „Die Musik...", etwas lauter und gefasster fuhr sie fort: „Die Musik, richtig, die Melodie, das Singen, das ist der Schlüssel, oder?" Verwirrt tauschten Mattis, Kardir und Kalinosch Blicke. Doch Arcasar lächelte nur und sagte: „Das könnte ein Weg sein, meint ihr nicht?" „Wenn weder Fluss noch Baum mehr weinen," murmelten Mattis und Kardir gleichzeitig. Dann erhellte sich Mattis Gesicht und er rief: „Das ist's!" Freudestrahlend wandte er sich Thea zu, „du musste einfach singen," so dass die Melodie, die du hörst, überall ist, dann können Fluss und Baum nicht mehr weinen, wie auch immer sie das machen" fügte er etwas von seinem Enthusiasmus gedämpft ein, fuhr dann aber ebenso fröhlich fort: „und dann kehrt die Magie zurück!" Auch Kardir strahlte, das war eine gute Idee und logisch.

Schüchtern meldete sich Kalinosch zu Wort: „Und der Kristall, was machen wir mit dem?" Etwas erschrocken, weil Kalinosch sich doch sonst so sehr zurückhielt, dass man sich manchmal wunderte, dass er überhaupt da war, sahen die drei anderen ihn an. Nachdenklich stimmte Thea ihm zu: „Ja, und was ist mit dem Kristall, wie sollen wir denn die Magie befreien? Wenn es nur das Singen wäre, dann hätte Aratea das doch schon längst erledigen können, oder nicht?" fügte sie etwas unsicher an Aratea hinzu. Diese nickte nur lächelnd. Ja, die vier würden ihren Weg schon finden.

An der Felsspalte verabschiedete sich Arcasar von den vier Freunden und Aratea und wünschte ihnen viel Glück. Doch als die vier Freunde den Pfad in Richtung Tal betreten wollten, hielt Aratea die vier zurück. „Es ist noch nicht dunkel", mahnte sie. Verwirrt sahen die vier sie an. Und dann dämmerte es ihnen, sie mussten warten bis die Grolme schlafen gingen, also bis die Sonne unterging.

Aratea setzte sich und beobachtete, wie die Sonne langsam verschwand und auch die vier Freunde setzten sich. Sie waren müde. Erst jetzt bemerkten sie, wie müde sie eigentlich waren. Sie hatten so viel gesehen und erlebt und waren so lange auf den Beinen. Thea gähnte und auch Mattis streckte seine Beine lang aus und lehnte sich bei Thea an. Von Kardir konnte man schon ein leises Schnarchen hören und Kalinosch konnte auch nicht leugnen, dass ein kurzes Schließen der Augen doch bestimmt sehr angenehm wäre. Innerhalb kürzester Zeit waren die vier eingeschlafen. Nur Aratea blieb wach. Sie war zu aufgeregt, um zu schlafen. Die vier waren wirklich aus der Prophezeiung! Endlich würde die Magie zurückkommen. Kein Schweigen mehr! Sie vertraute darauf, dass Illidan sie kein zweites Mal hintergehen würde. Zufrieden und voller Hoffnung beobachtete sie, wie das Tal von der Dunkelheit ummantelt wurde.

Heimat

Später, als die Nacht das Tal in Dunkelheit getaucht hatte und Aratea sich sicher sein konnte, dass alle Grolme schliefen, weckte sie die vier Freunde und gemeinsam machten sie sich auf den Weg zurück nach Ingristoll.

Unterwegs musste Thea ständig an die Aufgabe der vier Freunde denken. Es war aber auch zu verwirrend. Ihre Gedanken hüpften hierhin, dann wieder dorthin; und scheinbar gab es nirgendwo einen viel versprechenden Ansatzpunkt, an dem man hätte anknüpfen können. Es war zum Verzweifeln.

Während einer kurzen Rast sprach sie mit den Freunden darüber – in der Hoffnung, dass einer von ihnen eine Idee hatte – irgendeine Idee. Aber da war nichts, gar nichts. Sie gingen weiter, jeder jetzt tief in Gedanken versunken. Es musste irgendwo einen Punkt geben, von wo aus sie weitermachen konnten. Sie mussten etwas...

Mattis blieb plötzlich stehen. Mickey prallte auf seinen Rücken und schnaubte protestierend wie zuvor Mini. Aber Mattis achtete nicht darauf, sondern rief: "Das ist es!"

Thea wirbelte herum „Was ist was?" Mattis sammelte sich, die anderen standen um ihn herum und schauten erwartungsvoll auf ihn. Er fühlte sich ein klein bisschen schwindelig, er musste sich konzentrieren.

Mattis holte tief Luft. Dann begann er: „Wir wissen also nicht mehr, wie es weitergehen könnte – richtig?" Er sah alle nacheinander an, alle nickten. „Wir haben nicht die leiseste Idee - obwohl wir angeblich gegenwärtig die stärkste Macht auf dieser Welt sind – richtig?" Er sah sich wieder um. Alle nickten, bis auf Kardir. Der murmelte „ Also stärkste Macht auf dieser Welt – ich weiß nicht ..." Thea hob die Hand „Kardir, bitte! Lass ihn weiterreden..." „Ich mein ja nur ..." Kardir schwieg.

Mattis kam jetzt richtig in Fahrt, er reckte sich. „Dafür kann es nur eine einzige Erklärung geben: wir haben etwas übersehen. Oder anders ausgedrückt: wir haben etwas nicht getan, was wir hätten tun sollen. Ich weiß noch nicht, was es ist. Aber wir müssen es tun, wir alle vier zusammen. Ich wette, es ist etwas ganz Einfaches, wir haben es nur übersehen. Vielleicht weil es so einfach ist. Wir vier müssen zusammen etwas tun, was wir schon längst hätten tun sollen. Puh, jetzt seid ihr wieder dran. Also, was haben wir übersehen? Was haben wir noch nicht getan?"

Ganz schön lange Rede von Mattis, aber so war er. Immer für eine Überraschung gut. Und diese Überraschung war auch auf den Gesichtern der anderen drei zu sehen. Thea sah ihn etwas irritiert an; natürlich hatten sie etwas übersehen, wie er es nannte, aber das brachte sie doch auch nicht weiter. Schließlich war das keine Idee, oder doch?

Nach einer Weile öffnete Kardir den Mund „Vielleicht, es ist ja nur eine Kleinigkeit, …" „Einen Moment" mischte sich Aratea ein. „Wir müssen uns jetzt beeilen, sonst schnappen uns die Grolme. Seht nur, bald geht die Sonne auf! Nun kommt schon, es wird knapp."

Aratea drehte sich um und ging mit hohem Tempo voran. Die vier Freunde und die Shetties hasteten hinterher.

Und es wurde knapp! Atemlos gelangten sie an das große Tor und rannten hindurch. Sie brachten den restlichen Proviant und Ausrüstung zu Dolly zurück und verabschiedeten sich hastig. Kaum waren sie auf dem Kai in Sicherheit, ging auch schon die Sonne auf. Erschöpft setzten sich alle auf den Boden, die Shetties rupften an ein paar mageren Grasbüscheln.

Nachdem sich ihr Atem wieder beruhigt hatte, wandte sich Thea an Kardir. „Kardir, du hattest doch vorhin eine Idee. Weißt du noch was du sagen wolltest?"

Kardir runzelte die Stirn. „Ja, aber ich weiß wirklich nicht, ob es eine gute Idee ist. Mir ist nur aufgefallen, dass drei von uns schon an diesem seltsamen Ort waren, wo wir Caleidope getroffen haben. Aber wir waren noch nie zu viert da. Wir sind doch jetzt zu viert, oder? Außerdem hat Kalinosch den fehlenden Teil des Kristalls. Wir haben ja früher schon vermutet, dass dieser Ort unsere Magie ist. Ich finde, wir sollten auch einmal mit Kalinosch dorthin gehen – wenn es funktioniert. Das wissen wir ja auch noch gar nicht."

Thea sprang auf. „Das muss es sein. Wieso bin ICH nicht darauf gekommen? Wir sollten das so schnell wie möglich angehen. Kommt, lasst uns die Shetties aufs Schiff bringen, etwas frühstücken und dann geht es los." Sie war gar nicht mehr zu halten. Sie rannte zu Mini und brachte sie dazu, zum Schiff zu traben. Sie selbst lief nebenher, ganz schön schnell für eine Zwergin. Kardir und Kalinosch folgten mit Mickey, Mattis trottete hinterher.

Aratea hatte die Situation aufmerksam verfolgt, auch sie stand jetzt auf, schüttelte den Kopf und folgte den Freunden.

Zurück auf der Rose des Windes wartete schon Altavar auf sie. Mit hochgezogenen Brauen beobachtete er die eilige Thea und die Freunde, dann wandte er sich mit freundlichem Lächeln Aratea zu. „Nun, wie war es? War euer Besuch bei den Ältesten ein Erfolg?" „Das kann man wohl sagen" entgegnete Aratea. „Sie wussten fast sofort, dass die Prophezeiung sich erfüllt und haben es begrüßt. Außerdem haben sie festgestellt, dass die vier die stärkste Macht verkörpern, die zumindest zurzeit existiert. Sie hatten keine Ratschläge oder Hinweise über das weitere Vorgehen, wie sollten sie auch? Sie sind nur die Hüter des Wissens und vertrauen der Macht der vier oder besser der Magie von Illidan." „Ja, das ist schon erstaunlich, so wie die vier. Was sonst?" fragte Altavar. „Arcasar war da. Grüße von ihm. Er sieht aus wie immer. Auch er ist von den vier Freunden überzeugt. Thea hat ihn übrigens gefragt, wie alt er sei. Er ist der Frage ausgewichen und hat sie auf später vertröstet. Er sagte den Freunden, sie müssten ihrer Magie vertrauen. Die Magie fände immer einen Weg. Ich glaube, die vier haben unterwegs eine Lösung gefunden, zumindest für den nächsten Schritt." Sie machte eine Pause. „Aber vorher wollen sie noch frühstücken." Sie lächelte jetzt „Manchmal sind sie schrecklich normal..." „Na dann," sagte Altavar, „gehen wir frühstücken!"

Als Aratea und Altavar die Kajüte erreichten, wo das Frühstück serviert wurde, sahen sie die vier Freunde etwas abseits der übrigen Mannschaft an dem großen, zentralen Tisch sitzen und eifrig diskutieren. Aratea und Altavar setzten sich zu ihnen. Die Diskussion verstummte, flammte dann jedoch wieder auf. „Was für ein Ort ist das?" fragte Kalinosch gerade. „Wir wissen es nicht genau." antwortete Thea. „Aber wir können diesen Ort anscheinend nach Belieben verändern oder auch mit den Geschöpfen reden, die in dem Kristall seit unzähligen Jahren eingeschlossen sind, wie zum Beispiel Elfen, Trolle, Fabelwesen oder Drachen und Einhörner. Außerdem haben wir dort unsere seltsamen Fähigkeiten erhalten vom Schöpfer des Kristalls persönlich. Dazu gehört auch diese Stimme, die nur diejenigen hören, für die sie bestimmt ist - unser Berater sozusagen."

„Berater! Ja, das ist gut. Ich wollte schon immer ein Berater sein! Hi, hi," gluckste plötzlich eine Stimme in ihren Köpfen. Aratea und Altavar zuckten zusammen, aber sie kannten das ja schon. Die vier jedoch hörten die Stimme sehr deutlich, der Rest der Mannschaft am

Frühstückstisch bekam nichts mit. „Das" sagte Thea zu Kalinosch, „war die Einheit. Wir nennen sie so, denn sie gehört zu uns. Und seit einiger Zeit auch zu dir. Oder vielleicht nennen wir sie besser Illidan. Die beiden sind oft schwer zu trennen, vielleicht sind sie auch eins, wir wissen es nicht."

„Aber wie kommt man an diesen merkwürdigen Ort?" fragte Kalinosch. „Oh, das ist einfach" sagte Kardir. „Ich habe hier das Amulett. Wir fassen es alle gleichzeitig an und schon sind wir dort. Wenn wir es loslassen, sind wir wieder zurück. So einfach ist das".

„Ihr werdet noch lernen müssen, dass es nicht immer ganz so einfach ist," ertönte wieder die Stimme in ihren Köpfen. Aratea und Altavar waren erneut zusammengezuckt.

„Ich hasse das" sagte Altavar. „Da geht Großes vor sich und ich habe keine Ahnung, um was es eigentlich geht. Darum meine Frage an euch: wann wollt ihr starten und von wo?" Er schien etwas verärgert zu sein. Thea antwortete „Jetzt gleich, direkt von hier." „Und wie geht das vor sich? Kommt da ein Drache und trägt euch davon, oder was?" „Nein " sagte Thea, „wir verschwinden einfach. Und wenn wir fertig sind, kommen wir genauso zurück." „Einen Moment" hakte Altavar ein. „Wenn ihr verschwindet, hat dieses Schiff eine bestimmte Position im Raum. Das heißt, der Punkt, an dem ihr verschwindet, kann sich durch nachfolgende Ereignisse, wie zum Beispiel Ebbe, Flut, Windrichtung, Strömung verändern. Wenn ihr zurückkommt, ist das Schiff möglicherweise nicht mehr dort, wo ihr gestartet seid. Habt ihr das berücksichtigt?" Altavar blickte gespannt von einem zum anderen. Er sah nur Gesichter voller Fragezeichen. „Altavar, das ist ein wirklich guter Punkt!" Diesmal hörten Altavar und Aratea die Stimme ebenfalls. „Los jetzt, wir machen das vom Kai aus!" Die Einheit konnte auch Kommandos geben! Oder, in diesem Fall, war es wohl eher Illidan gewesen.

Die vier rannten auf das Deck und den Laufsteg hinunter. Kalinosch folgte als letzter. Aratea und Altavar beobachteten die vier vom Schiff aus. Sie sahen, dass Kalinosch zögerte, aber schließlich doch zu seinen Freunden aufschloss. Sie standen auf dem Kai, die Gesichter zueinander gewandt. Kardir hielt das Amulett in der Hand. Dann, wie auf Kommando, fassten die anderen drei ebenfalls an das Amulett. Und sie verschwanden, sie waren einfach weg, ohne Spuren zu hinterlassen, ohne Geräusch.

Altavar und Aratea sahen sich an. „Na, das ist doch was" sagte Altavar. „Wo mögen sie jetzt sein?" fragte Aratea. „Wahrscheinlich dort, wo die Magie ist" mutmaßte Altavar. Sie drehten sich um und gingen ins Schiff zurück.

Die vier Freunde waren inzwischen an dem Ort der Magie. Kalinosch staunte nicht schlecht. Wie konnte es irgendwo nur so schön und so geheimnisvoll sein? Die Tränen fingen an zu fließen vor lauter Glückseligkeit. Und das ihm! Hoffentlich merkte es keiner.

Aber die anderen waren auch viel zu sehr mit Staunen beschäftigt. Ganz so wunderschön und geheimnisvoll war es zum ersten Mal, obwohl sie ja schon einiges erwartet hatten. Die lila Berge funkelten in allen Farben. Das Meer rauschte nicht, es klang wie ein Gesang. Thea summte sofort mit. Und immer wieder erschienen die schönsten und merkwürdigsten Wesen und verschwanden wieder.

Als sich das Erstaunen gelegt hatte, stellten sich die Freunde wieder der Realität. H i e r war es wunderschön. Aber wie sollten sie all das in die reale Welt bringen? Wie sollten sie diese Wesen, die immer wieder verschwanden, aus dem Kristall herauslassen? Sie kamen auch hier nicht weiter.

Plötzlich wurde es ganz hell und eine geheimnisvolle Stille kam auf. Caleidope war erschienen. Sie strahlte und war noch schöner als beim letzten Mal. „Ihr seid wiedergekommen... und diesmal vollständig". Sie blickte Kalinosch an und dieser wurde sehr verlegen. „Nun wird sich die Prophezeiung erfüllen, die alten Geschlechter, die Mobbler, haben sich wieder vereint."

„Fragt sich nur wie", murmelte Thea vor sich hin und brachte die anderen, trotz der Schönheit um sie herum, wieder in die Realität zurück. „Ja, wie?" fragte auch Mattis und sah Caleidope hoffnungsvoll an. Diese erwiderte nur lachend: „Das ist eine gute Frage, und hätten wir die Antwort, dann wären wir nicht mehr hier, sondern frei".

Kalinosch, der nur langsam aus dem Staunen herauskam, wandte sich nun auch Caleidope zu. „Du" begann er stotternd, „du kannst uns also nicht helfen?". Wieder lachte Caleidope: „Vielleicht, vielleicht auch nicht". Stirnrunzelnd sah Kalinosch seine neuen Freunde an. Wie sollten sie denn hier Hilfe finden?

„Was habt ihr denn bisher?" wollte Caleidope wissen und die Freunde berichteten: von der Reise, Kalinosch, den Grolmen und dem Rat der Ältesten. Caleidope hörte aufmerksam zu und genauso aufmerksam beobachtete Thea das Wesen, hatte sie sich geirrt oder hatte sich Caleidopes Miene leicht verändert bei Arcasars Namen? „Kennst du Arcasar?" wollte Thea wissen, und der sonst eher schüchterne Mattis fügte hinzu „Oder besser: Wer ist er? Wie alt ist er?" Caleidope drehte sich zu Thea und Mattis um und ließ sich mit der Antwort Zeit. Dann sprach sie: „Du bist ein schlaues kleines Geschöpf, aber du hast Recht mit deiner Vermutung. Arcasar ist sehr alt, sehr alt."

Sie schwieg eine Weile. Dann fuhr sie fort: "Arcasar ist der einzige Überlebende aus dem einstigen Rat der Weisen, zumindest der einzige Überlebende in eurer Welt." Verbesserte sie sich. „So wie du!" rief Thea erstaunt aus. Caleidope sah lachend in die Runde. „Ja, so wie ich," antwortete sie anerkennend. „Ich bin ebenfalls im Rat der Weisen, so wie einige andere Geschöpfe hier". Dann wurde ihre Miene ernst. „Ich meine, ihr solltet alles haben, um die Prophezeiung zu vollenden, ihr seid weit gereist, ihr habt euch gefunden, ihr habt Freundschaft geschlossen und ihr habt den Kristall. Auch hier hat es sich verändert, die Magie blüht auf."

Die vier sahen sich an, Arcasar und Caleidope, beide im Rat der Weisen? Aber warum nicht. Vieles war anders, als es auf den ersten Blick ausgesehen hatte. Also was hatten sie übersehen, an was hatten sie nicht gedacht?

„Noch einmal von vorne", sagte Thea, „lasst uns noch einmal alles überdenken. Der Rat der Weisen wurde zerstört, aber die Weisen existieren noch. Die Magie wurde eingeschlossen, aber auch sie existiert noch, selbst in unserer Welt. Wir haben die Kristallhälften." Kalinosch zog seinen Teil hervor und Mattis brachte die andere Hälfte zum Vorschein. „Dann haben wir das Amulett und die Einheit oder besser Illidans Geist oder Kraft oder was auch immer", fuhr Thea fort und hielt das Amulett den Freunden entgegen.

Plötzlich zuckte Mattis zusammen, sein Kristall fing an warm zu werden und er leuchtete! Er sah zu dem Teil von Kalinosch, auch dieser leuchtete! Und das Amulett! Die vier sahen sich an, dann Caleidope. „Das sieht doch sehr vielversprechend aus!" freute diese sich. Die vier Freunde brachten die Kristallhälften und das Amulett zusammen, das Licht wurde intensiver, wärmer und einladend. Aber mehr passierte nicht. Es schien etwas zu fehlen.

Nach einer Weile, als sich nichts änderte, verstauten sie die Kristallhälften und das Amulett wieder. Kalinosch sah auf den Horizont und murmelte: „Wie wunderschön das Meer doch ist, es rauscht so schön, fast wie ein Gesang". „Hmm", kam von Mattis. Er hatte das Meer lieben gelernt, als sie mit den Seefahrern unterwegs gewesen waren.

Auf einmal schrie Thea auf. „Das ist es!" rief sie ganz aufgeregt. „Wie war die Prophezeiung noch mal?" „Wenn die alten Geschlechter sich vereinen", fing Kardir an, er hatte schon immer ein gutes Gedächtnis gehabt. Doch bevor er fortfahren konnte unterbrach Thea ihn: „Ja, das sind wir, die Zwerge, Gnome und Grolme. Alte Geschöpfe, die sich heute voreinander fürchten oder sogar hassen und doch sind wir Freunde, vereint!" „Und der Rest?", wollte Kardir wissen, „wenn weder Baum noch Fluss mehr weinen? Was ist damit?" Thea sah strahlend Mattis an: „Ja, kommst du denn nicht drauf?" wollte sie wissen. Mattis sah sie nur ratlos an und Thea fuhr fort: „Unser Nimmersangtal? Na?" Mattis sah sie immer noch zweifelnd an. Doch dann erhellte sich seine Miene etwas. „Du meinst den Bach im Tal?" Thea nickte eifrig und als von Mattis nichts mehr kam fuhr sie fort: „Ja der Bach, ‚wenn weder Baum noch Fluss mehr weinen'" Erwartungsvoll sah sie in die Runde. Doch keiner schien ihrem Gedankengang so richtig folgen zu können.

Da wandte sich Caleidope an Thea: „Thea, ich glaube du vergisst, deine Gabe ist dir zugeteilt, die anderen haben sie nicht." Stimmt, das hatte Thea in ihrer Euphorie ganz vergessen, also erklärte sie: „Der Bach, er singt nicht, nicht so wie hier oder auch beim Rat der Ältesten. Er weint!" Die drei sahen sie nun mit ebenfalls wachsender Begeisterung an „Und ich wette, die Bäume am Ufer tun dies ebenfalls, wenn ich genauer hinhöre!" Nun waren sie alle vier ganz aufgeregt. „Und wenn sie es nicht mehr tun, dann werden wiedergeboren werden, die Magie und der Zauber hier auf Erden," vollendete Kardir die Prophezeiung.

Das ist es! Sie mussten zurück zum Nimmersangtal und dort weitermachen. Zufrieden wandte sich Caleidope ab und verabschiedete sich mit den Worten: „Ich bin froh, dass ich helfen konnte". Kalinosch sah ihr fragend nach. „Was hat sie denn gemacht?" wollte er wissen, „du bist doch drauf gekommen, Thea." Die drei anderen lachten ihn an. „Das spielt doch keine Rolle, Hauptsache, wir können weitermachen. Auf ins Nimmersangtal!" rief Thea und streckte den Freunden das Amulett entgegen.

Das Nimmersangtal

Doch dann zögerte Thea. Sie blickte Kalinosch an und sagte: "Kalinosch, damit das funktioniert, müssen wir uns alle auf das gleiche Ziel konzentrieren. Kennst du das Nimmersangtal?" Kalinosch schaute verwirrt. „Ich, ich weiß nicht. Wo ist das denn?"

„Keine Sorge, ich kümmere mich darum. Macht einfach nur weiter" Oh, Illidan hatte gesprochen – na denn…

Alle vier fassten das Amulett an – und weg waren sie. Wie immer, einfach so, kein Knall, kein Luftwirbel, nichts. Sie waren einfach nicht mehr an diesem Ort.

Sie waren nach langer, langer Zeit wieder im Nimmersangtal. Sie waren genau an der Stelle, von wo Thea und Mattis aufgebrochen waren, am Ende des Nimmersangtals. Sie standen neben dem Bach und konnten den Wasserfall hören.

Trotz seiner Müdigkeit sah Kalinosch sich um und sagte: „Ich kenne diesen Ort. Mein Vater hat uns einmal hierhergeführt und verlangt, dass wir den Ausgang des Tales blockieren. Das hat aber nicht ganz funktioniert, weil es hier etwas gibt, das mein Vater nicht überwinden konnte. Was das war, haben wir nie herausgefunden. Ich war aber auch nur ein einziges Mal dabei. Mein Vater war danach der Meinung, ich würde zu überhaupt nichts taugen."

Thea, Mattis und Kardir schauten Kalinosch nachdenklich an. Dann sagte Mattis gähnend: „Du sagtest eben, es gäbe hier etwas, das dein Vater daran hinderte, das Tal zu blockieren. Kannst du das mal näher beschreiben?" „Ja, bitte" ergänzte Thea, „das könnte uns jetzt weiterhelfen". Auch sie fühlte die nervige Müdigkeit, aber zum Schlafen hatten sie jetzt keine Zeit und auch keinen Nerv.

Kalinosch nickte und dachte nach. „Was es genau war, konnten wir nicht erkennen und auch nicht verstehen. Aber jedes Mal, wenn mein Vater etwas zerstörerisches tat, um das Tal zu blockieren, fiel das auf ihn zurück. Ihr müsst wissen, dass mein Vater sich dabei meistens der Magie bediente. Allerdings beherrschte er nur die dunkle Seite der Magie. Hier jedoch hat sie sich umgekehrt, alles, was mein Vater tat, musste er hier selbst ausbaden. Das hat ihn ziemlich mitgenommen und er wurde sehr böse. Zum Schluss mussten wir abbrechen und meinen Vater nach Hause tragen. Wir haben hier gar nichts erreicht."

Thea, Mattis und Kardir schauten sich an und nickten. Ja, das kannten sie doch...

„Kardir" sagte Thea nachdenklich, „hol doch mal das Amulett heraus..." Kardir holte das Amulett hervor und legte es auf die flache Hand. Alle kamen näher, um es genau zu sehen. Und es gab etwas zu sehen: das Amulett leuchtete! Es leuchtete in einem grünlichen Farbton, die Helligkeit pulsierte und ab und zu lief ein rot schimmernder Streifen über das Amulett. So hatten sie das Amulett noch nie gesehen, bisher war es einfach nur schwarz gewesen. Es gab keinen Zweifel, hier war eine Aktivität, die sie bisher noch nicht beobachtet hatten.

Mattis hatte sich als erster gefasst: „Hat jemand eine Idee?" fragte er und schaute in die Runde. Als er Thea anblickte, sagte Thea: „Dazu fällt mir im Moment nichts ein. Aber du erstaunst mich immer wieder. Du bist nicht mehr der Mattis, mit dem ich von hier aufgebrochen bin." Mattis fühlte, wie er rot wurde. Wenn sie das doch nur lassen würde...

„Äh, ich meine, es könnte doch sein, dass das Ding eine Art Kompass ist. Vielleicht ändert sich etwas, wenn wir ein paar Schritte hin- und hergehen." Gesagt, getan. Zuerst gingen sie am Bach entlang. Sie folgten dem Wasser. Nach einigen Schritten wurde das Leuchten blasser und der rote Streifen blieb aus. Also drehten sie sich um und gingen in die andere Richtung.

Nach einer Weile nahm das Leuchten wieder zu und wurde intensiver. Der rote Streifen erschien häufiger. Je weiter sie in Richtung Wasserfall gingen, desto intensiver wurde das Leuchten, wechselte die Farbe, und der rote Streifen erschien in schneller Folge. Dann standen sie vor dem Wasserfall.

Das Amulett leuchtete jetzt in einem hellen blau so intensiv, dass man fast geblendet wurde, der rote Streifen zuckte in schneller Folge über das Amulett. Plötzlich horchte Thea auf und drehte den Kopf hin und her. Dann fixierte sie den Wasserfall. „Was ist?" fragte Kardir. „Ich höre etwas, und es kommt vom Wasserfall" sagte Thea. „Ja", sagte Kardir „er ist ziemlich laut". „Nein, das meine ich nicht," entgegnete Thea, „ich höre etwas anderes...".

Unter dem Getöse des Wasserfalls ging es fast unter: Es war ein leises Singen zu hören. Sehr leise! Und auch nur stellenweise harmonisch.

Manchmal klang es sogar traurig, dann wieder leicht und beschwingt. Nur Thea konnte das hören. Die anderen hörten nur das Tosen. Aber sie fühlten etwas. Kalinosch fasste an die Stelle, an der der Kristall hing und auch Kardir wurde es sehr warm. Beide rissen sie ihre Kristallstücke weit weg vom Körper….und fügten sie wie von Geisterhand ganz leicht zusammen.

Die Kristalle begannen zu leuchten, hell und kraftvoll wie das Leben. Die Freunde sahen sich sprachlos an. "Wenn die alten Geschlechter sich vereinen, und weder Baum noch Fluss mehr weinen. Dann werden wiedergeboren werden, die Magie und der Zauber hier auf Erden…" murmelte Kardir vor sich hin. Und sah Thea dabei fragend an, welche ebenso fragend zurückschaute. "Und", wollte Kardir wissen, "weint der Fluss noch?" "Woher soll ich das wissen, " entgegnete Thea. Doch dann entsann sie sich des traurigen Gemurmels und nickte etwas betrübt. Der Kristall glühte immer noch in ihrer Mitte. "Wie klang denn das Meer?" wollte Mattis auf einmal wissen. Thea überlegte einen Moment, dann antwortete sie:" Irgendwie tröstlich, ganz " und sie fing an leise die Melodie des Meeres zu summen. Der Kristall schien darauf zu reagieren und fing in seinem Glühen an, die Farben zu verändern, zuerst ganz schwach und sacht, dann immer schneller und kräftiger, wie eine irisierende in sich leuchtende Perle.
Voller Staunen nahmen sich Mattis, Kalinosch und Kardir bei den Händen und lauschten Thea. Sobald sich jedoch ihre Hände zusammen gefunden hatten, schien es, als würde der Kristall größer werden und sich ausbreiten. Fasziniert und auch ein wenig erschrocken rückten die vier Freunde näher zusammen und Thea griff nach Mattis Hand. Der Kristall weitete sich immer mehr und eine leise Melodie war zu hören. Gebannt starrten die Freunde auf den Stein, bis er sie so stark blendete, dass sie wegsehen mussten und nur noch die Melodie vernahmen. Und dann nach einer Weile, vernahmen sie alle ein Wort. Die Einheit? Illidan? Fragte sich Thea und versuchte blinzelnd in das Licht zu sehen.
Die anderen drei taten es ihr nach, hatten sie doch auch das Wort "Danke " laut und deutlich vernommen.
Das Licht des Kristalls schien nun überall zu sein und doch, stellte Thea erstaunt fest, blendete es ganz und gar nicht.
"Caleidope?" flüsterte Kalinosch zaghaft. "Ja, " lachte diese, "ihr habt eure Aufgabe erfüllt. Nun seht!" fügte sie hinzu und wies auf ihre Umgebung.

Und da sahen die vier sich das erste Mal richtig um. Der Wald hatte sich verändert, die Blätter rauschten leicht im Wind und glitzerten vor Vitalität. Überall kamen seltsam anmutende Wesen aus dem Licht und verschwanden im Wald, im Fluss und sogar in den Bäumen! Sprachlos beobachteten die beiden Zwerge, der Gnom und der Grolm, das bunte Treiben. "Ihr habt uns befreit, die Waldelfen, Baumhüter, Wassergeister und Blumenfeen. Und noch viele andere. "
"Aber wie? " wollte Thea leise wissen. Caleidope lachte. "Na, ihr habt das alte Geschlecht der Mobbler wieder vereint, als Gnom, Zwerg und Grolm... " "und weder Fluss noch Baum mehr weinen, " unterbrach Mattis und an Thea gewandt fügte er hinzu:" Du hast gesungen und sie getröstet." Nach einer kurzen Weile des Staunens, fielen die vier Freunde sich lachend in die Arme.

Es dauerte noch eine ganze Weile bis die Magie wieder in jedem Winkel der Welt angekommen war und die Grolme ganz verschwanden, es entstanden sogar wieder einige Mobbler, vielleicht aus den schwindenden Grolmen? Auch der Rat der Ältesten und der Rat der Weisen wurde wieder einberufen, dieses Mal um vier Mitglieder reicher.